감의 빛깔들

옮긴이 정홍섭

서울대학교 영어영문학과 및 동 대학원 국어국문학과 졸업. 아주대학교 다산학부대학 교수. 저서로『채만식 문학과 풍자의 정신』,『소설의 현실 비평의 논리』,『영어공부와 함께한 삶의 지혜를 찾는 글쓰기』, 편저로『채만식 선집』,『치숙』, 역서로『코페르니쿠스: 투쟁과 승리의 별』,『상상력과 인지학』,『파르치팔과 성배 찾기』,『생각을 확장하다』, 『신성한 씨앗』등이 있다.

감의 빛깔들

초판 인쇄 | 2017년 3월 7일
초판 발행 | 2017년 3월 8일

지은이 리타 테일러
옮긴이 정홍섭
펴낸이 최종기
펴낸곳 좁쌀한알
디자인 제이알컴
신고번호 제2015-000058호
주소 경기도 고양시 일산동구 장항로 139-19
전화 070-7794-4872
E-mail dunamu1@gmail.com
ⓒ좁쌀한알, 2017

ISBN 979-11-954195-3-1   03800

이 도서의 국립중앙도서관 출판예정도서목록(CIP)은 서지정보유통지원시스템 홈페이지(http://seoji.nl.go.kr)와 국가자료공동목록시스템(http://www.nl.go.kr/kolisnet)에서 이용하실 수 있습니다.(CIP제어번호: CIP2017004866)

판매·공급 | 한스컨텐츠㈜
전화 | 031-927-9279
팩스 | 02-2179-8103

감의 빛깔들

- 리타 테일러가 만난 한국의 자연과 사람들 -

리타 테일러 지음 | 정홍섭 옮김

도서출판
좁쌀한알

차례

다른 대부분의 나라들처럼 오늘날 삶의 온갖 소란과 소음에 휘말려 있는 한 나라, 한국에서의 내 경험을 아주 특별하게 만들어준 것은 무엇일까? 아마도 그건 이런 깨달음일 것이다. 한 문화의 내적 아름다움, 즉 정신없이 움직이는 외적인 삶과 무수히 많은 외적 인상들에 영향 받지 않은 채로 남아 있지만, 그럼에도 끊임없이 변천하고 있는 어떤 문화의 내면 또는 그 공통의 행로를 직관하거나 느끼는 데 우리가 아무리 머뭇거린다 할지라도, 그 내면의 본질에 도달하는 것은 마치 산에서 불현듯 불어오는 향기를 체험하는 것과 같다는 깨달음 말이다. 바로 그 덧없지 않음과 신묘함이, 우리가 내면에서 영원하다고 느끼는 모든 것의 울림 같은 느낌을 우리에게 준다.

리타 테일러

오두막(혼비섬)

산책로(혼비섬)

리타 테일러

산과 절

시리게 푸른 저 산은 내게
고요히 살라 하네.
눈부시게 파란 저 하늘은 내게
맑게 살라 하네.
탐욕 없이
화도 없이
바람처럼
흐르는 물처럼,
살다 가라 하네.

The Mountain with perfect green tells me
Live in Silence.
The sky with perfect blue tells me
Live in purity.
Free from greed
Free from anger
Like wind
Like water flowing,
Live and leave
They tell me.[1]

---

1 역주) 공민왕의 왕사이자 고려 말의 고승인 나옹
   선사(1320~1376)의 시로 알려져 있다.

운문사 근처의 느티나무

1
느티나무 그늘 아래에서

청도 운문사에서 멀지 않은 곳에 작은 마을이 하나 있는데, 이곳에는 낮은 돌담과 좁은 둑으로 구획한 논과, 사과와 배와 포도 과수원들이 서로 어우러져 넓게 펼쳐져 있다. 이 풍경을 보고 있노라면 여러 가지 천 조각을 바느질해서 만든 색색의 천이 떠오른다. 한국에서는 이것을 조각보라 부르는데, 전통적으로 여러 가지 꾸러미나 휴대품을 한데 싸는 데 사용했다.

여름이면 장마철 습기를 머금은 논이 드넓게 펼쳐지면서 싱싱한 녹음의 물결이 청도의 풍광을 뒤덮는다. 가을에 울긋불긋한 단풍나무와 참나무 잎이 주변 산들의 낮은 비탈을 물들일 때, 감나무 열매의 빛깔이 마을의 잿빛 담장들에 멋진 운치를 더해준다. 겨울이 되면 포도밭을 비롯한 과수원의 앙상한 나뭇가지와 벼 그루터기에 더 부드러운 빛이 비친다. 나뭇잎이 모두 떨어져 엷은 갈색과 베이지색의 풍광이 산자락까지 넓어지면 그런 경치가 더욱 광대해진다. 겉으로 보면 차분히 가라앉아 있는 듯하지만 지구 자체에 내장되어 있는 햇빛의 어떤 내면의 광휘를 담고 있는 이 엷은 갈색들은 고요의 감각을 내뿜는다. 여기저기에 작은 수풀과 소나무가 짙푸른 빛깔로 외따로 서 있고 산에는 크고 작은 회청색 바위들이 한국 겨울 특유의 맑고 푸른 하늘 아래 드러나 있다.

봄은 또 다른 느낌을 전한다. 봄을 알리는 것은 비와 소나기인데 곧바로 뒤쫓아 오는 여름의 열기 때문에 오래 머무르지 않는다. 풍성하게 피어나는 흰색 자두꽃, 분홍빛 복사꽃과 흰색 사과꽃이 차례로 눈에 들어온다. 개나리, 진달래, 찔레꽃과 형형색색의 다양한 야생화들이 시내와 길가와 산비탈에 피어난다. 아마도 새뜰말New Garden Village[2]이라는 이 마을의 이름은 이 사랑스러운 봄, 이 마을 사람들이 생애 내내 간직하고 싶어 하는 이 봄에서 왔을 터이다.

여느 마을과 마찬가지로 주 도로에 접한 이 마을 어귀에도 넓은 잎을 지닌 큰 느티나무가 있는데, 바로 이 그늘에서 나는 어느 이른 아침에 이 나무의 정령과 이야기를 나눈다. 실은 그 정령이 내 얘기를 들어주는 것이다.

연못이 가는 소낙비를 맞을 때면, 작은 빗방울이 연못의 주름진

---

2 역주) 새뜰말New Garden Village : 운문사가 있는 경북 청도군 운문면 신원리를 가리키는 말일 것이다. 아마 이 책에 등장하는 저자의 가까운 지인이 신원리라는 지명의 한자 풀이를 이렇게 해준 것일지도 모른다. 그렇다면 그 한자는 '新園里'일 터인데, 신원리의 실제 한자는 '新院里'여서 'New Garden Village'라는 영어 풀이는 맞지 않는 것이다. 그러나 저자의 묘사를 통해 생생하게 살아나고 있는 이 마을 풍광의 아름다움을 보자면, 본래 이 마을의 한자 이름을 이 영어 이름의 뜻대로 바꾸고 싶다는 충동마저 생긴다. 아니, 한자어 이름을 아예 '새뜰말'이라는 한글 이름으로 바꾸면 어떨까 싶기도 하다.

표면에 닿는 곳에 저항이 일어난다. 이것이 교향악을 만들어낸다. 하지만 느티나무 정령이 내 생각을 들어줄 때면 아무런 저항도 없는데, 그것은 마치 그녀의 마음과 내 마음이 하나가 되는 느낌이다. 그리고 나는 안다. 내 생각은 나한테서만 나오고 마는 것이 아니라 저 너머로부터 고음질의 메아리를 얻는다는 것을. 또한 내 생각을 들어주는 이 없이는 내 생각은 흐르지 않고 정체되어 딱딱하게 굳거나 하릴없이 소멸한다는 것을.

내 이야기를 듣는 이, 그 거대하고 오래된 느티나무의 정령은 목소리도 가지고 있다. 그 목소리는 여러 가지다. 매미와 귀뚜라미 같은 여름 벌레들, 나무뿌리 사이의 흙을 파고드는 벌레들, 하늘에 떠도는 구름, 나뭇가지를 휘젓는 바람과 새들의 펄럭이는 날갯짓이 만들어내는 교향악이 그것이다. 그 속에는, 마을을 내려다보면서 오래된 바위 속 깊은 곳으로부터 이따금씩 우르르 울려대며 덮개 씌운 나직한 북소리 같은 소리를 내는 호거산의 소리도 담겨 있다.

세월의 풍파를 겪은 이 나무의 그늘에서 나는 내가 이 나라에 오게 된 이야기를 들려준다. 우리가 하는 모든 여행은 무언가를 찾는 것이다. 여행을 하고 나면 여러 해 동안 그 울림과 여운이 남는 것처럼, 앞으로 다가올 일의 눈에 보이지 않는 징조들을 가져다주기 위해 미래가 우리를 만나러 오는 순간에는 전조가 있는 법이다. 시간의 지평 저 너머로부터 우리에게 손짓하는 미래가 오는 것을 우리가 깨닫지 못하는 순간들 말이다. 이것은 차안과 피안에 걸쳐 놓여 있는 시간의 강을 건너게 해주는 디딤돌들이다. 차안에서 우리는 강을 건너기 시작하는데 머나먼 피안의 빛은 아주 희미하게 반짝거린다. 벌어지는 일들의 의미를 우리는 제대로 인식할 수 없지만, 그것은 미래의 씨앗을 담고 있다. 돌이켜 볼 때에야 우리는 그 모든 것이 어떻게 서로 얽혀 있는지 알게 된다.

그래서, 천천히 움직이는 느티나무 그늘 속에 앉아, 작은 산들로 이루어진 나라 코스타리카의 산호세에 있는 선원의 어느 방으로 들어가던 날을 회상한다. 코스타리카 선원은, 전범으로 일본에 있다가 선불교를 만나고 야스타니 로시의 가르침을 따르게 된 필립 카플로 로시가 설립한 곳이다. 그 전 오랫동안 불교에 관심이 있었지만 마음 맞는 코스타리카 선불교도들과 본격적으로 선 명상 수행을 시작한 것은 코스타리카에 머문 7년간이었다.

이 선원의 객실에 들어갔을 때 나는 큰 벽장의 문을 열어보았다. 먼지가 쌓인 선반 위에는 아주 큰 벽걸이 두루마리 그림이 있었다. 두루마리를 펼치자, 왼손바닥은 위로 향하여 무릎 위에 올려놓고 오른손은 땅을 가리킨 채 결가부좌를 하고 깊은 명상에 잠겨 있는 커다란 석불 그림을 보게 되었다. 촉지인이라 불리는 이 손짓mudra은 미망을 이겨내는 깨달음의 정신을 표현하는 동작이다.

그림에는 이 부처님이 본래 어디에 계신 분인지 알려주는 제목이 없었고 코스타리카 승단 사람들 가운데에도 아무도 그 그림에 관해 아는 이가 없었다. 내가 만나본 부처님 가운데 가장 아름다운 부처님이라 느꼈기 때문에 그 분을 구출해 드렸다. 나는 그 불화를 벽에 걸어 놓고 여러 달 동안 즐거운 마음으로 그 분을 만나 뵈었다.

이 부처님을 그 본래의 모습으로 만난 것은 10년도 더 지난 뒤였다. 한국의 대구에 정착한 뒤 처음으로 경주로 가는 여행길에 나는, 이젠 머나먼 산들의 나라가 된 코스타리카에서 내 마음속에 들어왔던 부처님과 마주 서 있었다. 이곳, 토함산 석굴암, 그 석불은 내면의 평화의 빛을 발하며 그지없이 찬란한 모습으로 앉아 있다.

이 초행 때에는 석굴암 부처님이 유리벽으로 가로막혀 있지 않아서 오랜 세월의 무게를 지닌 그 고요하고 거대한 석불이 발하는 깊은 에너지를 내 온 존재로 느낄 수 있었다. 그러나 지금은 이 8세기의 신라시대 부처님이 두꺼운 유리판으로 보호되고 있다.

이 고대의 석굴 앞에 서면 동해로 이어지는 계곡들을 내려다볼 수 있다. 이 아래쪽 풍경 일부가 지금 아마도 길을 내기 위해 도려내어져 있다. 한때는, 동해에서 태양이 떠오르며 처음 발하던 빛들이 저 부처님의 눈썹 사이 이마에 놓여 있던 보석에 생명을 불어넣었을 것이다. 고대 신라의 공학 기술에 의해 습기가 자연 배출되게 고안되었고, 본존불 주위의 돌에 여러 보살과 부처님의 제자들을 새기는 식으로 만들어진 이 석굴은, 불교의 시대에서 성리학의 시대로 넘어간 조선왕조시기에 돌보아지지 않았을 뿐더러 외세의 침략과 식민화의 충격을 겪었다. 보석은 사라졌고 석굴에는 시멘트가 발려 있다.

한때 맨 처음으로 이 동굴 안에서 모든 보살들을 지나가면서 석굴암 부처님 주위를 돌고 또 돌며 걷던 신라 왕의 발걸음 소리는 시간과 함께 사그라들었다. 하지만 본당인 불국사에서 석굴암으로 가는 길을 걸어 오를 때 우리는 과거와 미래의 공기를 숨 쉬고, 영원의 후광 안에 있는 깨달음을 향한 귀의의 중심인 이 석굴 본래의 찬란함을 자유로이 만난다. 부처님은 무엇보다도 우리들 가슴 속에 살아 계시기 때문이다.

한국으로 가는 여정의 또 하나의 징검돌도 불교와 연관되어 있다. 또 다시 나는 그 정확한 출처를 의식하지 못한 채, 한국에서 온 아주 귀중한 예술품 한 점과 만나게 되었다.

작은 산의 나라들은 서로 얼마나 연결되어 있는 것일까! 한국, 코스타리카, 그리고 그렇다, 이번에는 또 다른 산의 나라 스위스에서였다. 스위스에서 나는 그게 뭔지 알지도 못한 채 한국 문화와 만나게 되었다. 〈달마가 동쪽으로 간 까닭은?〉, 배용균 감독의 영화 한 편이 취리히의 한 작은 극장에서 상영되고 있었다. 불교식 제목에 이끌려 극장에 들어갔다. 영화는 이미 시작되었고 그것이 한국 영화인지 몰랐다. 최면에 걸린 듯 넋이 빠진 채 나는 한 동자승과 한 젊은 스님과 한 노스님이 외딴 암자에서 함께 살며 펼치는 이야기를 보았다.

젊은 승려 기봉 스님은 산 속 아주 작은 외딴 암자에서 스승과 함께 수행하면서 수많은 내면의 갈등을 겪는다. 가난과 고생으로 점철된 그의 인생 역정이 스승을 찾게 한 것이었다. 버려진 고아인 동자승은 스승이 거두어들여 암자로 데려와 업어 기른 아이였다. 이 아이는 어린아이다움과 놀람과 두려움과 상처를 간직한 자기 자신만의 세계에 살고 있다.

세 사람 각자가 고통을 받아들이는 법을 배운다. 스승인 노스님 은 이미 지혜와 깨달음에 도달하여 고통을 넘어서 있다. 그는 영화 의 막바지에서 명상에 든 동안 숨을 거두는데, 오래된 나뭇잎이 최후에 나무와의 연결을 풀고 땅에 떨어지는 것처럼, 결가부좌로 앉아 있다가 엎어지는 자세로 쓰러진다.

물질 육체가 땅으로 돌아가는 이 중력의 반대편에는 날아가는 새, 즉 무한히 뻗은 하늘 속 영혼의 이미지가 있다. 동자승에게 자기 짝이 죽임을 당하여 암자에서 사로잡힌 새는 영화가 끝날 때 자유로이 날아간다.

쓰러진 나무가 땅을 비옥하게 하여 다른 나무들을 강하게 해주는 것처럼, 스승의 죽음이 그의 가르침을 받아들인 젊은 스님과 동자승에게 어떤 자유를 가져다주어 이제 그들이 그것을 실천하게 된다. 스승을 장작더미 위에서 화장하고 나자, 제자 기봉 스님은 그 재에서 고승에게서 나오는 작은 보석인 사리와 유골 조각들을 조심스럽게 찾아낸다. 그는 그 뼈를 갈아 가루로 만들고 물과 음식에 섞어 작은 경단으로 만든 뒤 떠돌이 짐승과 무주고혼들을 위해 숲에 뿌린다. 스승의 진수 이외에는 아무것도 남지 않는다. 스승의 정신, 곧 그 생각과 행위로 짜 만든 것은 지금 이곳에서 영원히 사라지지 않았다.

동자승 역시 이해하게 되었다. 암자에 홀로 남게 되자, 그는 젊은 스님이 자신에게 준 돌아가신 스승의 마지막 작은 유품 꾸러미를 부엌 아궁이 불 속에 밀어 넣는다. 기봉 스님은 스승이 돌아가신 뒤 암자를 떠난다. 하늘의 흘러가는 구름을 응시하면서 그는 끊임없는 구도 여정의 다음 단계로 나아간다. 그러나 스승께서는 한 가지 진리를 말씀해주지 않으셨던가. 삶의 여정의 단계마다 있는 고통과 즐거움을 통해 직관하는 마음으로 포착하고 우리 스스로 가

습속에서 깨달아야 하는 진리를. 우리 자아 안에서 흘러가는 우주 전체를 껴안을 때 정토는 바로 지금 이 순간, 이 깨달음의 순간에 경험되는 것이다. 그 진실한 마음을 일깨울 때 우리는 정토에 있는 것이다.

기봉 스님이 암자를 떠나자, 동자승이 그를 부르며 뒤쫓아 가 묻는다. "어디로 가세요?" 스님은 고개를 들어 하늘의 흘러가는 구름 속에 날고 있는 새들을 바라본다. 그것이 동자승의 물음에 대한 그의 침묵의 대답이다. 구름처럼 되라. 너 자신에게 얽매이지 마라. 아무것도 영원하지 않다.

"어디로 가는가?"

12년 전, 비행기에 올라 서울에 내렸을 때, 나는 이것을 알았다. 한국의 한 대학에서 일을 맡겠다는 결정은 매우 빨리 그리고 필연이라는 느낌으로 이루어졌다. 비록 당시에 두루마리 그림 속 부처님과 그 영화 속 세 스님의 이야기를 한국과 직접 연관 지어 생각하지 못했다 할지라도, 그들이 없었다면 내가 그 결정을 내렸을 것인가?

한국으로의 내 여정의 서곡에 해당하는 이야기를 하고 나니, 느티나무의 정령이 내게 말한다. 모든 오고 감은 결국 신비로 남게 되는 것이라고. 이곳 이 길가에 있으면, 내 마음은 벌거벗은 채 드러난다. 그러나 움직이고 있는 우주가 발하는 웃음의 부드러운 잔물결과 기쁨이, 이 거대한 나무, 이 느티나무의 그늘 속에 있으면 내게 전해진다.

2
송광사의 십우도

소나무는 저절로 푸르다.

Pine trees are green of themselves.

구산 스님

한국의 수많은 경이로운 절을 찾을 때 가장 매력적인 것 가운데 하나는 절의 바깥 벽면을 장식한 벽화를 보는 일이다.

그림 하나하나가 불교의 정수를 보여주는 이야기를 묘사하고 있다. 인도에서 중국으로 선불교를 전해주었고 동굴에서 면벽한 채 9년 동안 명상한 달마 스님의 매서운 눈을 모르는 이가 있을까? 또는 부처님의 어머니께서 부처님 탄생을 예언하는 흰 코끼리 꿈을 꾸는 순간으로부터 보리수 아래에서의 부처님의 깨달음을 거쳐

송광사 전경

마지막으로 육체의 죽음에 이르는 생애를 묘사하는 여덟 장의 부처님 그림은 어떤가? 아니면 저 아래 깊은 구렁에서 호랑이가 턱을 벌리고 자신을 받아먹을 태세인 것도 모른 채 바위에서 떨어지는 꿀을 핥아먹으려고 절벽에 위태로이 밧줄로 대롱대롱 매달려 있는 소년의 그림은 또 어떤가?

또는, 절간 부엌에서 장작을 쪼개고 쌀을 빻는 일을 할 뿐이어서 스님들에게도 알려지지 않은 천진난만한 젊은이였지만, 이미 자신이 얻은 깨달음을 시로 표현한 혜능도 있다. 글을 몰랐으나 자신이 지은 시의 지혜 덕분에 혜능은 다섯 번째 조사인 그 절의 주지 스님에게 가사와 발우를 물려받고 법을 이어받았지만, 시기하는 승려들의 분노를 피해 달아나야 했다. 여섯 번째 조사로서 그는 나중에 가장 아름답고 숭엄한 불교 경전 가운데 하나인 『육조단경』

을 설파했다. 한국 선불교에 영감을 준 것이 바로 혜능 학파였다.

때로는 불교 이전의 옛이야기에서 온 따뜻한 이야기도 찾아볼 수 있다. 천상에서 온 베 짜는 여인과 결혼했지만 결국 헤어져 일 년에 단 한 번 까막까치들이 하늘의 은하수에 다리를 놓아줄 때만 서로 만날 수 있었던 목동의 이야기가 그것이다. 대개 칠성각 외부의 벽화에서 찾아볼 수 있는 이 이야기는 천문학적 사실을 보여주고 있는데, 은하수 양편에 있는 별들인 견우성(목동)과 직녀성(천상의 베 짜는 여인)의 위치를 가리키고 있는 것이다.

여러 가지 해석의 가능성을 지닌 오랜 지혜를 보여주며 한국 사찰의 특징이 나타나는 일련의 이야기 그림인 십우도가 있다. 그러나 대개의 경우, 십우도에서 구도를 열망하는 승려와 평범한 사람 양쪽 모두가 속세의 삶을 사는 동안 자기완성의 길을 볼 수 있게 된다.

나는 12세기에 지눌 스님이 창건한 '소나무들이 넓게 펼쳐진 절the Temple of Expansive Pines' 송광사의 십우도를 특별히 기억한다. '넓게 펼쳐진Expansive'이란 단지 과거에 이 지역을 아름답게 장식했던 소나무 숲을 언급하는 것이라기보다 오히려 마음의 작용에 들어맞는 말이다. 넓게 펼쳐져서 모든 것을 포용하여 모든 것과 함께 하나가 되는 마음 말이다. 이 절은 불교의 삼보, 즉 부처님과 법과 승가를 대표하는 한국의 세 주요 사찰 중 하나다. 부처님의 진신사리가 있는 통도사는 부처님을 대표한다. 오래된 목판 경전이 있는 해인사는 법, 즉 부처님 법의 가르침의 본가이다. 대도시들로부터 멀리 떨어진 전라남도에 위치한 송광사는 승가, 즉 스님과 재가자들의 공동체이다.

조계산에 자리한 송광사에는 특별한 느낌이 있다. 나는 그곳에서 아주 아름답고 신선한 향기를 맡을 수 있었다. 틀림없이 맑은 산 공기이지만, 그것이 내겐 그 이상인 것 같았다. 나는 특히 실제 사찰 경내에서 그것을 알아챘다. 명상을 통한 공기의 정화일까? 12세기 고려시대의 지눌 큰스님의 창건 당시로부터, 송광사에 국제선원을 세운 구산 큰스님, 그리고 그 이후까지 오랜 세월 동안 수행이 있어 왔다.

거기서 우리는 이탈리아를 한국식으로 말할 때 쓰는 '이태리'라는 별명의 이탈리아 스님을 만났다. 그는 엄격한 선 수행과 한국어가 둘 다 매우 어렵다는 것을 알게 되었지만, 자신의 정신적 여행에 열정적이었다. 우리는 원관 스님이라는 젊은 스님도 만났다. 이 스님에 관해서는 나와 동행한 내 친구 민정이 들은 바가 있었다. 어느 나무의 가지 밑에 서서 봄꽃들을 가리키면서 그는 우리에게 진정한 현실, 사물 이면의 진정한 본질을 찾고 있다고 말했다. 현상 이면의 본질, 형태 속의 텅 비어 있음을.

그가 그 절에 정주한 스님인지 그를 다시 만날 수 있을지 궁금했다. 그는 자신이 어느 절에도 붙박여 있지 않아서 미래에 어디에 있게 될지 알지 못한다고 말했다. 1년에 두 번 있는 '결제', 즉 90일간의 고정된 명상 수행기간 이외에는, 다른 많은 한국 승려들처럼 그는 이 절에서 저 절로 떠돌 것이었다.

하지만 사실 여러 해 뒤에 대구의 내 아파트 근처 어느 산허리에서 이 승려를 예기치 않게 다시 만났다. 회색 승복을 입은 한 사람이 나무들 사이에 난 길 위에서 걸어가는 것을 보았지만, 내가 처음에 그를 만났던 것과는 아주 동떨어진 상황이었기 때문에 그를 알아보지 못했다. 그러나 그는 그때 그 서양인을 알아보고는 내게 인사를 하면서 우리가 처음 만났던 때를 상기시켜 주었다. '인연.' '업'. 운명의 만남은 때때로 나비의 날갯짓과 같다. 잠시여서 알아채지 못하지만, 무언가 귀중한 것이 남는다. 산허리 오솔길의 나무들 사이로 엷은 회색빛의 날갯짓이 있었다.

송광사 벽화의 십우도 가운데 첫 번째 그림에서 우리는 흰 바지에 푸른 웃옷을 입고 털메기를 신은 어린 목동을 볼 수 있다. 밧줄을 손에 들고서, 장수를 상징하는 큰 소나무 곁의 바위 위에 서 있다. 작은 시내가 그 앞을 흐른다. 여정이 시작된 것이었다. 그는 황소를 찾고 있다. 찾게 될까?

두 번째 그림에서 목동은 소의 발자국을 발견하고, 세 번째 그림에서는 두꺼운 몸통에 배배 꼬인 껍질을 지닌 두 그루의 오래된 쌍향나무 옆에서 소가 나타난다. 밧줄을 등 뒤로 감춘 채 풀을 조금 주면서 소의 친구가 되려 한다.

그 다음 그림에서는 목동이 소를 붙잡기는 했지만 소는 밧줄에 끌리지 않으려 버티고 있고, 다섯 번째 그림에서는 목동이 버드나무 옆 작은 시내에서 소를 씻고 있는 모습을 보게 된다. 소의 머리와 몸통 일부가 이미 하얘서 나머지 부분의 갈색 몸과 대조를 이룬다. 이 그림에서는 소를 돌보는 소년이 다정한 미소를 띠고 있다. 이것이 송광사에 있는 십우도의 특징인 것 같다. 푸른 웃옷과 하얀 바지를 입고, 머리에는 작은 상투 두 개를 튼 채 순진하고 동그란 어린아이다운 얼굴의 사랑스러운 목동 때문에, 이 그림들에는 천진난만한 면이 있고 어떤 부드러움이 번져 있다.

그런데 다음 그림에서 무슨 일이 벌어지고 있는 걸까? 이제 우리는 피리를 불면서 완전히 하얘진 소를 타고 가는 목동을 본다.

"번져가는 저녁 안개 속에 목동의 피리 소리 저 멀리 울려 퍼지네"라고, 12세기 중국의 선승 곽암 스님은 썼다.

이어지는 벽화에는 소가 없다. 목동만이 옹이 많은 나무에 등을 기대고 앉아 있다. 하늘에는 붉은 달이 있다. 목동은 평화롭다.

여덟 번째 그림에서는, 가장 굵은 붓으로 낚아채듯 돌려 그린 한 획의 커다란 검은 원이 강렬한 발언을 한다. 때로는 여기서 그림이 끝나지만, 그림이 더 이어지는 경우가 아주 많다. 아홉 번째 그림은 어떤 풍경을 보여준다. 이제는 목동도 소도 보이지 않는다. 폭포수와 꽃나무와 바위산으로 이루어진 세계가 있을 뿐이다.

그런데 결국, 마지막 벽화에서는, 목동이 다시 나타나지만 다른 모습을 하고 있다. 등을 보이고 있는 그는 이제 소년이 아니며, 승복을 입고 큰 회색 승모를 쓴 채 초가들이 있는 작은 마을을 바라보고 당당히 서 있다. 첫 번째 그림에서처럼, 소나무가 그의 왼편에 서 있고 그는 자신과 마을을 가르고 있는 작은 시내를 건너려 한다.

오랜 세월 전해져 내려온 이 단순해 보이는 이야기에는 깊은 가르침이 담겨 있다. 1969년부터 1983년까지 송광사의 주지였던 구산 스님은 황소 길들이기를 마음 길들이기, 명상 수행의 비유라고 설명했다. 오랜 세월 동안 선 전통의 화두 또는 공안을 가지고 명

송광사의 십우도(부분)

상하면서, 구산 스님은 깨달음이 이생에서 완전히 이루어지는 경지로까지 당신 자신의 명상을 발전시켰다. 스님은 이런 궁극의 깨달음을 이렇게 오도송으로 표현했다.

깊이 보현의 털구멍 속으로 들어가고,

문수를 붙잡아 이기니, 이제 대지가 고요하구나.

동짓날 볕이 나고, 소나무는 저절로 푸르다.

돌사람이 학을 타고 청산을 지나간다.

Penetrating deep into a pore of Samantabhadra,

Manjusri is seized and defeated: now the great earth is quiet.

It is hot on the day of the winter equinox; pine trees are green of themselves.

A stone man, riding on a crane, passes over the blue mountains.[3]

보현과 문수는 화엄경에서 이야기를 나누는 두 보살이다. '깊은 털구멍'이란 어떤 부처의 단 하나의 털구멍이 수많은 세계, 수많은 부처들을 그 안에 담고 있다는 생각을 말하는 것이다. 진실과 거짓을 판별하는 문수보살의 검도 필요치 않고, 만물이 고요해진다. 그런데 돌사람은 누구일까? 이 이미지는 여러 가지 느낌과 생각을 불러일으킬 수 있다. 학을 타고 있는 돌사람은 소를 타고 있는 목동의 변형일까? 더욱 더 영속적이고 더 높은 단계의 깨달음과 정

---

3 Buswell, Robert E. Jr., *The Zen Monastic Experience*, NJ: Princeton University Press, 1992, p.68.

신적 성장을 표현하는 것일까? 목동의 여정은, 우리 스스로 성취하기는 힘들다 할지라도, 이야기로서는 쉽게 따라갈 수 있는 것이지만, 학을 타고 있는 돌사람의 이미지는 합리적 사고로 이해하기 힘들다. 만물을 아우르는, 즉 우주와 같은 마음universal mind으로 확장해 가기 위해 합리적 사고의 틀을 불가피하게 깨버리는 것이 바로, 대개 분별하지 않는 역설적 화두 또는 공안에 완전히 집중하는 선 '기술'의 목적이다. 개념들을 뒤로 밀어두면 마음이 자유로워진다.

그러니 한국 사찰 벽화의 두드러진 특징인 십우도를 다시 한 번 보자. 명상 수행을 위한 교훈 우화인 일련의 그림들을 제외한다면, 재가자 또는 불교에 관한 약간의 기본 지식만을 지닌 사람들인 우리는 그것을 어떻게 이해할 수 있을까?

각개 인간을 상징하는 목동이 탐색의 여정을 시작하고 있다. 그가 찾는 것은 무엇일까? 자기 자신을 이루는 본질적 요소일까? 자신의 존재 이유일까? 소가 없다면 목동은 존재하지 않는다. 그의 '자아'인가? 그의 마음인가? 소의 발자국들을 보자 목동은 자신으로부터 길을 잃고 헤매는 그 부분을 꾀어 그것을 '재소유'해야 한다는 것을 안다. 적어도, 처음에 얼핏 보면 그렇게 보일 수도 있다.

목동은 소를 붙잡는데 그것을 길들이기 위해서는 억제해야 한다. 이젠 정화의 과정이 시작된다. 본래의 마음으로 돌아가는 것일까? 본래의 자아로? 목동과 소는 이 지점에서 밧줄로 서로 매여 있다. 그러나 어떤 사물이 목동에게서 분리되는 것처럼, 소를 붙들어둘 필요가 없게 되자 목동이 이제는 길들여져 있고 모습도 희게 변한 소를 타고 피리를 불 정도가 된다.

동양철학에서 피리는 인간의 몸과 같은 것이어서, 소리와 생명을 주는 신성한 호흡이 그것을 통해 흐른다. 소와 목동이 하나가 되어 간다. 이 자연스럽고 자발적인 통일을 표현하는 데 밧줄은 필요 없다.

그런데 소에게는 무슨 일이 일어났을까? 그 다음 그림에서 소가 갑자기 사라졌다. 말하자면, 소는 분리된 자아였던 적이 없고 사실은 그 동안 내내 목동의 일부이었던 것이니, 목동은 항상 자신의 일부였기 때문에 겉으로 드러날 필요가 없는 것을 찾거나 '재소유' 할 필요가 없고, 만지거나 느낄 필요조차도 없는 것이다. 승려 시인 한용운은 이것을 시로 표현했다.

소를 잃어버린 일 없으니,

소를 찾음은 어리석네.

Since no ox has been lost,

it's folly to look for it.

그렇다, 여덟 번째 그림의 검은 원은 실제의 진리를 깨닫는 순간을 상징한다. 8이라는 숫자는 불교의 숫자, 즉 자기완성의 팔정도 八正道, 여덟 개의 바큇살을 지닌 법륜法輪이다. 대개는 특색 없는 배경에 검은 원만 그려져 있는 반면에, 송광사 벽화에는 크고 굵은 원의 배경에 산들의 풍경이 하늘을 향해 솟아 있다.

만물이 하나다. 텅 빈 마음. 소는 없다. 자아도 없다. 존재의 흐름이 있을 뿐. 아홉 번째 그림에서는 흐르는 물과 꽃과 나무와 산이라는 자연이 나타나면서 맑은 우주적 생명력의 순수성을 지닌 세계가 반짝이고 있다. 목동이 그야말로 그 세계에 통합되어 하나가 되어 있다. 더 이상 분별하는 마음을 가진 분리된 독립체로 존재하지 않는다.

그러나 이것으로 충분할까? 말하자면, 우리가 이 복된 상태를 유지할 수 있을까? 우리의 지식, 우리의 지혜는 우리 자신만을 위한 것인가? 이제는 소년이 아니라 성인인 목동이 마지막 열 번째 벽화에 다시 나타난다. 사람들이 사는 마을을 향하고 있는, 깨달음을 얻은 남자 또는 여자는 가르치는 일이나, 거리를 쓰는 일이나, 혹은 무엇이든 자신의 인생행로가 가져오는 일을, 다른 이들을 위해 또는 다른 이들과 함께 함으로써 자신의 지혜를 나눌 것이다. 보살행은 다른 모든 이들이 깨달음을 얻는 일을 돕는 것이다.

사찰 벽화의 소는, 한국에 오기 전 내게 아주 많은 감동을 준 배용균 감독의 영화 〈달마가 동쪽으로 간 까닭은?〉에도 나타난다. 이 영화에서 소는 사찰 벽에 있지 않고 수풀과 소나무 숲을 질주하는데, 길을 잃어 겁을 먹은 채 고립무원인 동자승을 암자로 다시 인도해 간다. 여기서 소는 이승 저편 세상에서 자기 아이를 구하고 싶어 하는 동자승의 엄마의 영혼과 연결되어 있다. 길 잃은 소를 찾아나서는 소년 이야기를 대신하는 이 소 이야기의 재미난 반전은, 길 잃은 소년의 길 찾기를 돕는 것이 그 엄마의 영혼에 의해 몰려가거나 아마도 그 영혼이 씌어 있는 소라는 것이다.

송광사 경내를 걸으며 벽화와 유적과 탑, 돌다리와 아름다운 법당들을 경탄할 때에는 이 절이 어떤 역사를 거쳐 왔는지 가늠하기도 힘들다. 이 절이 동아시아에서 가장 장엄한 사찰들 가운데 하나였을 시기인 고려 말기 즈음에 이 절은 방치되고 만다. 이것이 고려가 쇠망하고 통치 이념으로서 불교보다 유교를 떠받든 조선왕조가 발흥하는 시기에 수많은 절과 암자가 겪은 운명이었다.

그럼에도 이 절은 부활했다. 그러나 16세기 말 도요토미 히데요시가 이끄는 일본의 침략 때 절의 일부가 불탔고 승려들은 흩어졌다. 17세기에 복구되어 다시 한 번 활기차게 번성하는 승가가 되었다. 2세기 뒤 큰 화재로 완전히 파괴되어 말 그대로 초토화되었다. 승려와 재가자들이 힘들여 재건하여 이전의 찬란한 모습을 되찾았지만 또 다시 완전히 초토화되고 말았다. 이번에는 1950년대의 한국전쟁 때문이었다. 전후에, 그리고 그 뒤 구산 주지스님의 주도로 재건이 시작되어 큰 규모로 다시 살아났다. 일부 시기를 해외에서 보냈던 구산 스님은 다른 나라에서 온 사람들에게도 절을 개방하여 받아들였다.

사람의 노력과 자연의 선물로 이루어진 이 절이 불꽃에 휩싸여 결국 숯과 재만 남았을 때의 비탄을 우리는 상상이라도 해볼 수 있을까? 전쟁의 파괴가 절과 땅과 주변 마을과 사람들의 일상생활에 끼친 공포는 어땠을까? 또한 절의 재건을 이끈 치열하고 결단력 있고 영웅적인 노고는? 새들은 날아다니는 길을 바꾸지 않았을까? 돌과 바위에는 슬픔과, 그러고 나서 다시 맞이한 재건의 영광이 아로새겨지지 않았을까? 산은 송광사의 죽음과 재탄생, 그 환생을 목격하면서 우르르 울렸을까 그저 침묵했을까? 나는 이 절의 정신과, 신앙심 또는 아마도 어떤 순수한 갈망으로 이 절을 지속케 했을 그 사람들의 정신에 관해 큰 경외심을 가지고 곰곰이 생각해 볼 수 있을 따름이다. 푸른 산들의 정신, 그 스스로 푸른 소나무들의 정신, 그리고 구산 스님의 깨달음으로 '고요해진' 대지에 관해 말이다.

그것은 외세의 침략과 인재와 천재로 점철된 역사를 지나오면서 거듭해 잿더미가 된 절을 계속해서 재건한 사람들에게 바치는 큰 찬사다. 그런데 지금 벽화와 탑과 돌다리와 선원과 승려들을 배경 삼아 포즈를 취하거나 웃고 있는 친구나 가족의 사진을 찍는 우리 여행객들에게 과거의 이 희생과 노고가 무슨 의미일까? 우리가 이 절이 지닌 그 긴 전통의 문화를 더 깊이 통찰하려는 의식적 노력을 하지 않는다면, 이렇게 별 수고 없이 사진을 찍는 것이 우리로부터 그 기억의 깊이를 앗아간다.

여러 해가 지난 뒤에야 송광사를 다시 방문했다. 이번에는 일본 출신의 하와이인 영어 교사인 엘리사와 함께였다. 엘리사는 수피교Sufism[4]에 완전히 귀의한 사람이었지만, 동시에 강한 불교 성향도 지니고 있었다. 그녀는 스스로를 불교도Buddhist와 수피교도Sufi를 합해서 만든 말로 '부피Bufi'라고 불렀다. 사찰 여행을 할 때면 그녀는 요동치는 계곡 물가의 넓은 바위 위에 앉아서 활동 명상active meditation을 하면서 지나가는 사람들로부터 호기심과 미소 그리고 심지어는 호감의 끄덕임을 얻어내곤 했다. 넓은 챙의 밀짚모자를

---

4 역주) 수피교Sufism : 이슬람교의 신비주의 종파.

쓰고 길을 가던 두 비구니 스님들의 환한 미소가 특히 기억에 남는다. 우러나오는 마음으로 수피 전통에 심취한 이 신심 깊은 친구의 동행이 나는 매우 고마웠는데, 그녀는 그러한 자기 신앙을 선불교의 더욱 금욕적인 형태와 어떻게든 융합해냈다.

송광사로 가는 여행길에 엘리사와 나는 먼저 선암사로 갔는데, 이곳에서 회색 교복을 입고 수학여행을 온 한 학급 여고생들이 우리와 함께 사진을 찍고 싶어 안달했다. 이 절은 작은 섬이 안에 있는 삼인당이라는 작은 달걀 모양 연못으로 유명한데, 그 연못 이름은 불교의 세 가지 가르침인 제행무상諸行無常, impermanence과 제법무아諸法無我, non-existence of self 그리고 이상적 진리인 열반적정涅槃寂靜, nirvana을 말하는 것이다.

우리가 선암사에서 조계산을 넘어 송광사로 가는 도보 여행을 시작한 때는 이미 오후였다. 이 여행은 몹시 힘들었다. 혼자 도보 여행을 하고 있던 한 남자가 산을 넘어가는 우리의 여행길을 안전하게 안내해 주기로 했는데, 걸음걸이가 너무 빠른 데다 도중에 쉬거나 멋진 경치를 감상하기 위해 쉬지도 않았기 때문이다. 특히 경치를 감상하는 것은 엘리사와 내가 도보 여행을 할 때 큰 즐거움을 얻는 일이었다. 주변의 장엄한 경치를 볼 수 있는 가파른 돌길들을 그냥 휙휙 지나쳐버리는 것은 딱한 노릇 같았다. 하지만 그는 곧바로 우리를 재촉했다. 우리는 다소 늦게 출발했기 때문에 바위가 많은 고지에서 소나무 숲을 거쳐 들판과 사찰 텃밭이 있는 더 넓은 장소로 내려온 것은 부드러운 빛이 비치는 해질녘이었다. 그러나 우리는 아직 본당 앞에 있지 않았다. 암자와 밭을 지나 어둠이 막

내려앉았을 때 우리는 사찰 경내에 도착했다.

우리는 예의 이탈리아 스님 '이태리'를 볼 수 있었으면 한다고 말했고, 작은 객실에서 두어 시간 기다리자 그가 우리를 맞으러 왔다. 이번에 보니 갇혀 지내는 생활을 좀 더 편안하게 느끼는 것 같았고 언어도 능숙해져 있었다. 우리가 절에서 잘 수 있도록 그가 주선해 주었고 다음 날 새벽 명상에 참여한 뒤 아침에 나는 다시 십우도를 보러 갔다. 그러고는 엘리사를 찾아보니 부엌에서 일을 하고 있었다. 나는 돌아다닌 것이 잘못이었음을 깨닫고 함께 일을 했다.

부엌에 있는 모든 이가 자비의 여성 보살 이름인 관세음보살을 조용히 반복해서 외웠는데, 그 암송이 칼로 채소를 착착 썰거나 냄비를 문질러 닦는 그들의 일에 독특한 리듬을 주었다. 이 모든 개별의 리듬들이 하나의 커다란 리듬으로 합해졌다. 이 암송이 이 일을 원활하게 해주고, 지금 하고 있는 과제와 공동체와 부처님에게 마음을 온전히 바치고 있다는 느낌을 키우는 데 도움이 된다는 것을 곧 알게 되었다. "관세음보살"을 외는 신앙심과 정성 가운데, 부엌 안으로 소가 들어왔다 사라진다. 오직 그 소리, 우주의 소리, "관음"만이 메아리친다.

3
산과 암자(1)

산에는 꽃 피네

꽃이 피네

갈 봄 여름 없이

꽃이 피네

In the mountain flowers bloom

There the flowers bloom

Autumn, spring and summer through

There the flowers bloom

김소월

사찰 본당 경내 위쪽에 마치 산의 가파른 절벽에 있는 새 둥지처럼 매달려 있는 암자 하나를 우연히 만나는 것만큼 반가운 일은 없다. 명상을 하는 작은 오두막 하나, 산신각 하나, 부엌 하나가 바위로부터 돌출되어 있다. 좁고 가파른 돌계단이 그 쪽으로 이어져 있다. 특별한 날에는 거기서 무슨 행사가 있기도 하겠지만, 암자는 아무도 없이 조용할 때가 많은데, 그래도 돌아오는 스님의 발자국 소리를 기다리면서 귀를 기울이고 있는 듯하다. 때로는 돌보지 않고 방치한 느낌이 분명히 드는 곳도 있지만, 어떤 때는 꽃병 몇 개와 잘 정돈된 도구들, 그리고 시주 과일을 가져오는 데 쓴 여전히 깨끗한 골판지 상자가 있어서 근처에 누군가가 있다는 것을 보여주기도 한다.

산을 여행하는 사람에게 산과 절의 느낌을 더 제대로 느끼게 해주는 것이 바로 이 장소이다. 관광버스가 비집고 들어올 수 없기 때문에 이 태고의 바위들과 오랜 주거지는 편안하면서도 명상하는 분위기를 제공한다.

지난 몇 해 동안 내게 가장 친근해진 산은 대구 북동쪽에 솟아 있는 팔공산이다. 이 산은 대구 근처의 교통이 편리한 위치에 있고 넓은 고속도로를 이용해 접근할 수 있기 때문에 떼로 몰려오는 유람객들에게 특히 피해를 입기 쉽다. 사람들이 가장 많이 찾는 동화사는 관광 때문에 많은 매력을 잃어버렸다. 관광안내소가 완비되어 있어서, 번잡한 날에는 사찰이라기보다는 쇼핑몰처럼 보인다. 하지만 갓바위 근처 골프 코스나 동쪽 기슭으로 이어지는 길에서 산을 오르면, 시냇물이 흐르는 작은 계곡으로부터 나 있어 눈에 잘 띄지 않는 길이 몇 개 있다. 이 계곡은 건강과 사업 성공을 빌기 위해 쌀과 과일을 제물로 가져오는 고객을 위해 무당이 빈번히 굿을 벌이고 제사를 하는 장소였고 지금도 여전히 그렇다.

내 친구인 프랑스인 교수 두 사람과 내가 거듭 찾으면서 그 고독과 해마다 있는 계절 변화의 고요한 흐름을 음미하는 곳이 바로 이 무명의 오솔길이다. 이른 봄에는 파랗거나 노란 아주 작은 제비꽃들이 이 오솔길 가에 소박한 모습으로 피어난다. 그 뒤에는 분홍색 진달래꽃들이 산 위쪽에서 타오르듯 빛난다. 이 길 양편에 수풀이 아주 크게 자라서 엷은 분홍색 꽃들이 그 위로 아치를 이루고 있는 '진달래 터널'이라 불리는 곳이 산꼭대기에 있다. 여름에는 산의 입김이 푸르면서도 축축하다. 무더운 열기가 갑자기 세차게 쏟아붓는 비로 바뀐다. 사람들은 산을 오르며 나는 땀을 식히려고 주차장 옆 아래쪽 시냇가 바위 위에 모여들곤 한다. 그리고 인기 있는 계절, 가을에는 황금빛 참나무와 붉은 단풍나무의 화려한 자태가 모든 이의 마음을 설레게 한다. 유람객들이 산으로 몰려들고 도보 여행자들은 이 계절의 빛깔에 경의를 표하기 위해 선홍색 등산 조끼를 뽐낸다. 그러나 아주 특별한 계절은 겨울인데, 특유의 황금빛이 충만한 가운데 갈색, 베이지색, 회색의 그늘이 함께 있기 때문이다. 산의 남쪽 면이 그렇다. 북쪽에는 서리와 얼음과 눈이 있다. 때로는 두 계절을 동시에 경험할 수 있다. 남쪽은 봄인데, 북쪽에서는 여전히 겨울이 맹위를 떨친다.

낮은 산등성이 길에서 보면 특별한 경관이 나타난다. 여기서는 저 멀리, 산비탈 쪽으로 쑥 밀려 들어앉아 있는 동화사를 볼 수 있다. 관광객들이 거기서 몰려다니는 게 보이지 않을 만큼 아주 멀고

북대암

주차장과 아스팔트길과 셀 수 없이 많은 식당들이 시야에서 가려져 있기 때문에, 그 절이 과거에는 어떻게 보였을지 그곳에서 엿볼 수 있다. 그리 크지 않은 경내 법당들의 비스듬한 잿빛 기와지붕과, 뒤편의 산신당과 칠성각, 그리고 그 뒤로 이어진 대숲과 솔숲이 보였을 것이다. 전통 건축물은 지나치게 야단스러워 보이지 않고 주변 경관과 완벽한 조화를 이룬다.

그 길을 계속 가다보면 시내에 놓인 작은 나무다리가 있었고 그 옆에는 이전에 대피소로 썼으나 낡아서 다 허물어져가는 돌집 하나가 있었다. 그 다음에 그 시내를 따라가다가 물이 깊은 곳에서 징검돌 몇 개를 뛰어넘으면 산등성이로 오르는 길고 좁은 계곡 쪽으로 방향을 틀어서, 과거에는 이 산을 가로질러 가는 최단 경로로 이용했던 신령재라는 등마루 길로 올라갔다. 이 길에는 사람이 별로 없어서 대개 우리는 사계절 내내 방해받지 않고 조용한 도보 여행을 즐길 수 있었다.

신령재에서는 동봉과 서봉, 즉 동쪽 봉우리와 서쪽 봉우리, 그리고 마지막으로 이 산등성이의 서쪽 끝에 있는 절인 파계사로 향하는 왼편 산등성이를 따라갈 수 있다. 오른편 산등성이 길은 돌 모자를 쓴 거대한 좌불상이 있는 갓바위 쪽으로 나 있다. 이 좌불상은 지역의 모든 관광 안내책자에서 볼 수 있다. 그곳에는 엄청난 인파가 몰려들기 때문에 우리는 갓바위 쪽 길로 가지 않는다. 사람들은 최단 경로, 즉 동쪽에서 곧바로 올라가는 가파른 돌계단 길을 이용한다. 특히 입시를 앞둔 시기에 학생의 엄마들이 자녀의 합격을 기원하기 위해 떼 지어 올라간다. 거대한 좌불상 앞 땅바닥을

팔공산의 석조여래좌상

평평하게 깎아서 이런 인파가 기도할 수 있도록 시멘트로 넓은 단을 만들어 놓았다. 정작 부처님은 쌀과 과일 같은 시주 물건을 놓는 거대한 제단이 일부를 가로막고 있다. 부처님을 향하고 있는 시멘트 단 안에서는 쌀이나 향 같은 물품을 담은 주머니를 팔고 있다.

산등성이를 따라서 동봉으로 가는 길은 아름다웠고 얼음이 언 바위를 밧줄을 당겨가며 오를 때는 짜릿한 기분이 들기도 했다. 하지만 이곳도 꽤나 번잡해졌다. 지난 수년간 우리는 등산복 유행이 얼마나 많이 변했는지를 보았다. 내가 처음 왔을 때에는 사람들이 다양한 색깔의 무릎 양말과 헐렁한 반바지를 입고 나무 지팡이를 과시했다. 몇 년 뒤에는 그 유행이 바뀌었고 아주 최근에는 검은 바지와 재킷이나 셔츠가 주류 옷차림이 되었다. 검정색 옷을 입고 나무 지팡이 대신에 알루미늄 등산 폴을 가지고 줄줄이 지나가는 남녀 무리들을 보고 있노라면 검은 개미들의 행렬이 떠오르기도 했다.

동봉 옆에는 하늘을 배경으로 안테나와 위성 수신용 접시 안테나가 나타나는 군 기지가 있다. 그러나 동봉 꼭대기의 툭 튀어나온 바위 바로 아래에는 거대한 바위 무더기가 있는데, 뒤에 있는 다른 평평한 바위들을 지지대로 하여 곧게 서 있는 높고 둥근 바위가 있다. 이 바위에 불균형하게 큰 손과 발을 가진, 얕은 돋을새김의 커다란 약사여래상이 있다. 세월의 풍파에 닳았지만 아직도 그 고결함을 온전히 볼 수 있는 이 불상은 여성으로 보이는데, 약사여래의 징표인 작은 사발을 왼손에 들고 있고, 이 불상을 조각한 옛 장인들의 신앙심을 보라고 우리에게 손짓한다. 이 약사여래상은 군 기지와 적나라한 대조를 보여준다.

여기서부터는 서봉과 파계사를 향해 서쪽으로 계속 갈 수도 있고 내려갈 수도 있다. 바위가 많은 가파른 길을 내려가다 보면 숲이 더 울창한 지역에 들어서게 된다. 거기서부터 한 갈래는 수태골, 즉 물이 많은 계곡으로 가는 길인데, 여기에는 도보 여행객들이 많이 찾는 폭포가 있다. 다른 갈래는 염불암이라는 작은 암자, 즉 돌부처 암자로 이어진다.

처음으로 염불암에 갔을 때에는 아래쪽에서부터, 그러니까 동화사의 좁은 콘크리트길에서부터 올라갔다. 입구 길 양편에 있는 당간지주를 지나자마자 맨 먼저 눈에 들어온 것은 그곳 스님이 돌보고 있는 텃밭이었다. 소박한 암자였지만 육중한 바위의 마애불좌상과 보살좌상으로 유명했다. 이 두 인물상은 암자 뒤편에 있는 거대한 바위의 두 면에 새겨져 있기 때문에 서로 다른 방향을 향해 있다. 이 바위를 아름답게 꾸미고 있는 오래된 소나무 한 그루가 바람에 살랑거리는 자신의 나뭇가지 소리를 길게 늘어진 부처님들의 귀에 가져다준다. 암자의 뒤쪽 위로 팔공산의 봉우리들이 솟아 있다.

대구에 머물던 처음 몇 년 동안, 오르는 길이 많이 힘들지 않기 때문에 나는 초심자들을 이곳으로 자주 데리고 갔다. 콘크리트길로 가지 않으려면 다른 쪽에 있는 계곡을 따라서 좁은 길을 올라가면 됐다. 그때 막 베이징에서 온 중국인 교수와 함께 어느 이른 봄에 염불암을 찾은 일이 특히 기억난다. 계곡에는 이미 꽃이 만발했지만, 우리가 염불암에 도착했을 때에는 암자의 지붕과 처마에서 눈 녹은 물이 떨어지고 있었다. 얇게 덮인 눈과 끊임없이 떨어지는 물방울 소리의 마법에 걸린 듯한 암자에서 그 영적 정수가 나타나고 있었다. 그날 우리는 길을 가다가 바위 위에서 판소리를 하면서 목청을 연마하고 있는 여인을 보았다. 쉬이 볼 수 없는 또 하나의 아름다운 순간!

　나중에 다시 가보니, 아주 많은 절과 암자들이 그런 것처럼, 좁은 길이 넓어져 있었고 차들이 돌아다니고 있었다. 텃밭이 주차장에 잠식되고 있었고 오르내리는 길에는 SUV를 몰면서 휴대전화로 이야기하는 승려들이 있었다. 몇몇 건물에는 새 지붕을 올렸는데, 이젠 전통 기와가 아니라 금속이었다. 돌부처님의 윤곽은 끌로 더 깊이 파냈는데, 이곳저곳에서 본래의 선에서 약간씩 벗어나게 파거나 특정 부분, 특히 얼굴 생김새를 부적절하게 부각해서 오래된 얕은 돋을새김의 느낌을 훼손하고 있었다. 그러나 불교보다 먼저 있었지만 불교에 통합된 한국 민속종교의 한 면을 상징하는 산신각, 즉 산의 정령을 모시는 사당은 이 변화들에도 불구하고 그 불상 바위를 바라보면서 본래의 매력과 지혜를 여전히 간직하고 있다. 위쪽으로 흐릿하게 보이는 산봉우리들 또한 여전히 흔들림 없다.

　내가 자주 찾은 또 하나의 암자는, 청도에서 가장 큰 사찰인 운문사, 즉 '구름 문의 절'의 위쪽에 있는 북대암이다. 이곳은 불교를 수행하고 공부하는 비구니들의 절이다. 운문사는 넓은 계곡이 끝나는 곳, 산에 둘러싸인 넓은 하천 곁에 위치해 있다. 나이 많은 벚나무들의 산책길이 이곳까지 이어져 있어서, 그 분홍색 꽃이 4월을 아름답게 장식할 때 상춘객들이 한껏 흥에 취한다. 이곳에는 고독한 새처럼 봉우리 절벽에 둥지를 튼 작은 암자, 그 유명한 사리암도 있다. 본당에서는 잘 보이지 않는 이 암자는 걸어서만 올라갈 수 있고, 수많은 돌계단이 이곳까지 연결되어 있다. 이 암자는 가을에 몹시 많은 사람들이 찾는다.

북대암은 운문사에서 가깝지만 가파른 길을 올라가야 한다. 이곳으로 가는 것은 쉽지만, 약간 숨어 있는 오솔길이, 위로 이어지는 좁은 포장도로로부터 숲속으로 사라져버린다. 북대암에서는 아래에 있는 운문사와 그 너머의 운문산을 기막힌 전망으로 볼 수 있다.

북대암은 아주 작지만, 돌로 만든 거북이 모양의 샘이 하나 있어서 누구나 산에서 내려오는 물을 맛볼 수 있다. 이 암자에서 바윗길을 따라서 위로 올라가다보면 아래쪽 계곡과 먼 산들을 볼 수 있는 곳에서 커다란 바위를 만나게 된다. 한번은 중국인 학생 네 명과 함께 갔을 때 우리는 그 바위에 앉아서 쉬었는데, 그 중 한 명인 왕팅이 중국의 옛 산 노래를 부르기 시작했다. 그 선율은 봉우리들을 감싸고 있는 하늘에서 계곡으로 내려와 다시 구름으로 피어나는 하늘의 숨결 같았다. 오르내리는 목소리로 부르는 그녀의 노래를 들으며, 나는 그 순간이 끊임없이 지속되기를 바랐다. 그러나 저녁이 찾아왔고, 버스가 우리를 데리고 돌아왔고, 학기가 끝나자, 나와 따뜻한 우정을 쌓은 이 젊고 열정적인 학생들은 곧 중국으로 돌아갔다. 그 선율, 그 순간, 그 파란 하늘과 소나무들은 내 가슴속에 섬세한 수채화처럼 아로새겨져 있다.

한번은 이 암자를 갔을 때 지장보살을 염하는 소리가 울려 퍼지고 있었다. 지장보살은 죽은 이들의 영혼을 달래는 지하세계의 보살로, 고려시대 두루마리 그림 속에서 흐르는 듯 매끈한 붉고 푸른 법의를 입은 모습으로 그려져 있는데, 지하세계의 문을 여는 지팡이를 지니고 있다. 다른 손에 들고 있는 작고 투명한 공은 어둠을 밝히는 보석을 표현한 것이다. 경전에 따르자면 이 보주는 "완전히 둥글고, 어둠 속에서 빛나며, 어떤 색조로도 더럽혀지지 않는" 진실한 마음을 표현하기도 한다.

강한 기를 발하는 비구니 스님 한 분만 그곳에 기거하고 있는 듯했지만 많은 재가 신도들이 작은 법당에서 기도를 올리고 있었다. 아주 친해져서 산행을 함께 하게 된 한국인 부부와 나는 돌로 만든 의자에 앉아 그 염불 소리를 들으면서 계곡을 내려다보았다. 산이 메아리치며 응답했다.

그러고는 다시 근처 봉우리까지 올라가서 바위가 들쭉날쭉한 좁은 정상에서 옹송그리고 모여 앉아 점심을 먹었다. 청명한 가을 하늘 아래 죽은 이들의 세계가 사라지듯 지장보살 염불 소리가 희미해져 갔다.

초겨울에 다른 중국 학생들인 쉬 루이와 왕 웬과 함께 다시 그곳에 갔다. 북대암은 그 오후의 어느 돌처럼 고요했다. 샘물조차 얼어서 아무 소리도 내지 않았고, 부드러운 겨울빛이 그 풍경에 충만했고, 헐벗은 나무 덕분에 모든 것이 더 잘 보였다.

돌아오는 길에 우리는 한 친구의 집에 들렀다. 북대암 근처 마을 뒤편에 자리했고, 선 전통에 심취한 유명한 혁신적 건축가 이현

재가 설계한 이 집은 조망을 극대화해서 앞 벽을 완전히 대체한 큰 창틀 안으로 호거산이 보이도록 지어졌다. 마치 조각품 속으로 들어가는 것 같았다. 집안으로 들어가려면 길고 좁은 통로를 따라서 정원까지 가야 한다. 그래서 번잡한 세상을 떠나고 나서야 진짜 이 집에 들어간다는 느낌이 들게 되는데, 그러면 이 집은 자연과 빛에 열려 있는 안식처가 되는 것이다.

내 친구 유영조가 한국 전통 방식으로 차를 대접한다. 갈색 질 그릇 화로 위에 놓인 큰 냄비가 환영의 노래를 부르고 있었다. 냄비 속에서 데워지고 있는 물소리가, 차를 대접하는 이에게 찻잎에 부을 만큼 물이 적당한 온도라는 것을 알려준다. 한국의 전통 다도 표현 가운데에는, '솔바람이 스치는 듯한 소리'처럼, 서로 다른 소리들을 구별해서 찻잎에 물을 부을 적절한 시간을 의미할 때 쓰는 말이 있다.[5] 곧바로 영조가 샘물 같은 녹차를 찻종에 넣는다. 보통 차는 작은 잔에 따르는 것과 달리, 그녀는 전통적으로 밥그릇과 찻잔으로 함께 썼던 큰 도자기 그릇을 사용한다. 이런 그릇들 중에 가장 빛나는 원형은 기자에몬喜左衛門 이도다완井戸茶碗[6]인데, 무명의 한

---

5   역주) 전통 다도에서 물 끓는 소리를 듣고 좋은 찻물을 분별하는 방법을 다음과 같이 나눈다고 한다.
   미미성微微聲 -- 희미하게 들리는 물 끓는 소리.
   초성初聲 -- 날카롭고 강하게 처음 끓는 소리.
   진성振聲 -- 초성이 없어지고 굴러가는 소리.
   취성驟聲 -- 말발굽 소리에서 전나무에 비 뿌리는 소리.
   회성檜聲 -- 삼매경에 빠지는 솔바람 소리.
   무성無聲 -- 잔잔하고 고요해지는 물결 소리.
   http://blog.daum.net/yeshualee/6503011 (2016.2.6).

6   역주) 기자에몬喜左衛門 이도다완井戸茶碗 : 임진왜란 때 일본이 조선에서 약탈해간 그릇으로 일본의 국보로 지정되어 있다.

국인 도공이 만든 이 그릇은 다른 수많은 한국 미술 명품과 함께 일본에서 귀양살이를 하고 있다. 본래 밥그릇인 이 그릇[7]은 오렌지 색조가 가미된 연한 베이지색과, 불규칙한 모양과 갈라진 표면에 특징이 있다. 이 그릇에는 관념을 탈피한 자연스러운 마음에서 우러난 것이어서 흉내 낼 수 없는, 16세기 한국 도공들의 도자기 작품에 전형적인 우아함과 아름다움이 있다. 그런 의미에서 이 그릇은 어떤 이상을 표현한다.

이 집 주인이 모아 놓은 찻그릇은 주로 현대 장인들이 만든 그릇들인데, 이 장인들은 한국 전통의 정수 또는 정신 안에서 작업하기를 열망하면서도 동시에 기술면에서 과거를 모방하지만은 않는다. 그들은 한국적 근원의 독특함을 의식하면서도 자신들만의 독창적 방식을 창조하는 것이다.

산의 진흙으로 만들고 불로 변형시키는 이 그릇은 그 나선형의 흐름을 황홀하게 바라보고 느끼면서 손으로 계속 돌려보면 따뜻하고 살아 있는 느낌이 있다. 이 나선형의 흐름은 물레를 돌리는 도자기 예술에 내재한 것인데, 이 예술은 하나의 소박한 그릇 속에다 끊임없이 움직이고 있는 더 큰 우주의 더 큰 소용돌이와 나선형 흐름들을 붙잡아두는 것이다.

한국 겨울 음식 특유의 구운 고구마만큼이나, 신선한 곶감은 붉은색, 오렌지색, 황금색과 노란 갈색의 아름다운 그림을 자아내면

---

7 역주) 그런데 아버지의 대를 이어 본인 역시 사기장인 신한균 씨는 소설 『신의 그릇』을 통해 이 그릇이 밥을 먹을 때 쓴 '막사발'이 아니라 진주 지역에서만 만들어진 민간 제기祭器라고 말한다. '막사발'론은 야나기 무네요시柳宗悦가 근거 없이 한 주장에서 유래했다는 것이다.

서 찻물 소리의 음악과 잘 어우러진다. 곶감과, 차 마시기의 명상
분위기는 중국인 화가 무치[8]가 여섯 개의 감을 그린 유명한 수묵화
를 떠오르게 한다. 검은색에서 회색을 거쳐 흰색으로 이어지는 이
감들은 깨달음의 여러 단계를 상징한다고 해석돼 왔다. 하지만 17
세기에 박인로가 지은 시조라는 형식의 시가 더 친근하고 따뜻하
게 느껴지기 때문에 매력 있고 단순한 이 시가 오늘날까지 공감을
불러일으킨다. 이 시는 가슴 깊이 사무치면서도 미묘하고 섬세한
상실감을 표현한다.

반중 조홍감이 고와도 보이나다.

유자 아니라도 품음 직도 하다마는

품어가 반길 이 없을세 글로 설워하나이다.

On the small table, the early mellowed

Red ripe persimmons are a lovely sight.

They may not be as rare as citrons,

Still I would like to hide one in my pocket.

But, oh, since my parents are gone,

There is no one to surprise with pretty things.[9]

---

8   역주) 무치 : 13세기 중국 선승.

9   *Sijo Poetry of Ancient Korea*, adapted by Virginia Baron, New York: Y.Holt, Rinehart
    and Winston, 1974, (no page number given). 이 영역은 원작품을 번안한 것이다. 좀 더 직
    역한 또 하나의 판본은 아래의 것이다.
    Early red persimmons on the plate

늦은 오후의 밝은 햇빛 속에 우리는 운문댐을 곁에 두고 비탈길을 오르다가 반대편에서 다시 내려가는 도로를 거쳐 경산으로 돌아왔다. 산으로 둘러싸인 과수원의 나목, 포도밭, 벼 그루터기만 남은 논이 황혼의 노래를 읊조렸다. 이내 밤의 눈꺼풀이 아직 오지 않은 완전한 낮 위로 살포시 닫혔다.

How beautiful.
They are not pomelos,
Yet I'll carry them in my pockets.
No one is there to welcome me,
And that makes me sad.

From: *Pine River on Lone Peak, An Anthology of Three Chosŏn Dynasty Poets*, trans. Peter H. Lee, Honolulu: University of Hawaii Press, 1991, p. 122.

4
산과 암자(2)

우주는 나선형의 힘이다.

The universe is a spiral force.

사람들은 내게 한국에서 가장 좋아하는 게 무엇이냐고 자주 묻는다. 여러 해가 지났지만, 대답은 똑같다. 두 가지가 이내 떠오른다. 하나는 한국의 친구들과 나눈 특별한 우정이고 다른 하나는 이 나라를 아름답게 꾸며주고 있고 내가 자유로운 시간을 보내기도 하는 산이다.

한국의 산이 특별한 이유는 무엇일까? 얼마간은 사찰 '문화' 때문이다. 본 사찰과 작은 암자, 넓은 길에서 가느다란 오솔길로 좁아져가는 길, 졸졸 흐르는 시냇물과 숨어 있는 연못, 이런 것들이 고요한 시간 속에 일렁이는 파도처럼 산 너머로 산이 펼쳐지는 산맥의 흐름과 조화되어 리드미컬한 형태를 만들어낸다.

종이 울리는 소리, 법당 처마에 매달린 풍경의 딸랑거리는 소리, 또는 승려들의 낭랑한 염불 소리와 함께하는 목탁 소리, 이 모든 것이 법당 뒤편 대나무 숲에 스치는 바람 소리나 근처 개울의 물 흘러가는 소리 같은 자연의 소리와 어우러진다. 이것이, 친한 스님들과 함께 마시는 녹차와 소나무 숲 그늘이나 맑은 하늘 아래에서 다른 등산객들과 함께 둘러앉아 음식을 나누어 먹는 것과 더불어, 한국의 산과 사찰을 경험하면서 친숙해진 것이다. 또한 물론, 신선한 공기를 호흡하고 산의 순수한 물을 맛보는 것은 도시의 일상생활에서 쌓인 스트레스를 덜어준다.

특별한 기억이 지금 난다. 가야산에 있는 해인사의 비구니 암자인 약수암 샘가에 앉아서, 나는 불어오는 부드러운 산들바람과 물 흘러가는 소리에 귀를 기울이고 있다. 나와 같은 대학에서 가르치고 있는 일본인 친구 야스코가 나와 함께 앉아 있고 우리는 둘 다 그 샘터에서 느끼는 큰 행복감을 즐기고 있다. 갑자기 내 일본인 친구가 샘터를 덮은 지붕에 달아 놓은 일본어로 쓴 표지판 하나를 읽는다. 표지판에는 일본 오사카에 사는 한 무리의 한국인 여성들이 약수암의 이 샘을 기증했다고 쓰여 있다고 그녀가 말해준다. 우리가 그 샘물 소리에 귀를 기울이니, 오사카의 그 한국인 여성들의 목소리가 우리에게 전해진다. 한국을 향한 그들의 향수이리라. 이 비구니 절에 무언가 시주하고 싶다는 그들의 바람이리라. 일본에서 태어난 사람들일까? 일본에서 사는 것을 어떻게 느낄까? 귀양

해인사 전경

살이라고 생각할까? 고향에 가볼 기회는 있었을까?

먼 곳에 있는 그 한국인 여성들에 대한 존경의 마음을 품은 채 그 샘에 관해 명상하며 조용히 있을 때, 비구니 스님이 한 분 와서 찻 주전자에 물을 긷는다. 우리가 그렇게 평화로이 앉아 있는 쪽을 흘 낏 보면서 스님이 환하게 함박웃음을 웃어준다.

녹차 물을 찻주전자에서 큰 그릇으로, 큰 그릇에서 찻잔으로 붓 는다. 산의 목소리가 부른다.

다음날 나는 다시 강의실에 있다. 하지만 나는 그 산의 목소리를 가지고 들어왔다. 그래서 그 샘에서 흘러나와 오사카의 그 여인들 을 내 곁에 데려오는 그 고요한 물소리는 내 수업에 배경음악이 되 어준다.

대학이 점점 더 학위 생산 장소로, 사회의 경제 권력에 봉사하는 도구로 되었고, 창조적 사고를 할 줄 아는 인간을 만들어내는 것이 아니라 점점 더 산업기술 발전에만 치중하는 장소가 되었기 때문 에, 나는 강의실을 갑갑하게 느끼는 일이 많았다. 인간의 발전에 무 슨 일이 벌어지고 있는 것일까? 게다가, 함께 작업할 수 있는 규모 가 아니라 엄청난 수의 학생들과 마주치다 보니 학점과 질 아닌 양 에 압력을 받아 수업에서 인간다운 질을 깊이 유지하는 게 힘들다.

그러나 산에 가면 질과 생기 넘치는 생명의 또 다른 세계가 내 감 각에 나타나고, 나는 수업을 위한 새로운 날개를 얻는다. 강의실의 제한된 벽이 확장되고, 학생들과의 관계에 새로운 온기와 생명이 들어온다. 마음은 맑고, '흐름'이 있다. 외부의 추세와 경향에 반하 는 것이라 할지라도 그것은 우리들 내면을 흐르는 것이다. 고정된 것은 없다. 불교의 가르침이 말해주듯이, "푸른 산은 항상 걷고 있다." 마음이 맑아질 뿐만 아니라 상상력도 회복된다.

몇 년 뒤 나는 또 다른 독특한 암자인 주왕암에 갔는데, 그 위편으로는 산신상과 가슴 아픈 역사가 있는 유명한 동굴이 있다. 주왕산이 가까워지자 높이 솟은 화강암 절벽들이 다가섰다. 산의 수호자들이다. 그러나 이 멋진 경관을 보고 있으면 이 어마어마한 산의 수호자들 뒤에 무엇이 숨어 있는지 상상하기 힘들다. 주왕산의 이전 이름들 가운데 하나가 돌병풍을 뜻하는 석병이다. 이 거대한 수직 암석 뒤에는 전설과 자연의 힘을 간직한 수많은 예기치 못한 보물들이 숨어 있다.

약수암이라는 비구니 암자에서는 텃밭과 졸졸 흐르는 물이 있는 산비탈에 나타나듯 자연의 힘이 부드럽게 보이는 반면에, 이곳 주왕산에서는 더 거칠고 더 격렬한 자연의 힘이 치솟은 절벽, 깊은 협곡, 동굴과 폭포의, 잊을 수 없고 독특하며 강력한 풍경을 깎고 새겨놓았다.

친구들과 나는 주왕산 꼭대기에 올랐다가 나선형 내리막길로 내려와 깜짝 놀랄 만큼 엄청난 세 폭포에 이른다. 폭포 자락 연못 끝에는 소용돌이와 급류에 파인 작고 접근할 수 없는 동굴들이 있다. 소용돌이치는 물은 나선형의 힘으로 돌을 깎고 닳게 한다. 때때로 아주 좁고 가팔라지는 협곡은 햇볕을 거의 받지 못하는 이끼 덮인 절벽에 둘러싸여 있다. 수많은 동굴과 바위 터널과 협곡이, 고려왕조로 권력을 넘겨주던 시기 신라의 전설과 역사와 연관된 이곳을 매혹의 장소로 만들어준다.

주왕산의 주왕계곡

산의 이름이 유래한 주왕은 누구였을까? 오랜 세월이 흐르며 전설적 신비의 베일에 싸이게 된 그는 적대하던 상대 당파 때문에 중국에서 한국으로 도피한 어떤 왕이라고 한다. 그는 이 난공불락의 지역에 스스로 군대를 만들고 요새를 구축했지만 결국 주왕 동굴 근처에서 신라 전사들이 쏜 화살에 맞았다. 또 다른 이야기에서는 선덕왕(780년에서 785년까지 신라를 통치한 왕으로 그보다 앞선 선덕여왕과 다른 인물이다.) 사후 왕위 계승 문제로 인한 권력 다툼 때문에 자신의 추종자들과 함께 산속으로 은거한 김주원에 관해 들려준다. 그리고 이곳에 사는 동안 신라 장군 마일성에게 화살과 철퇴로 암살당했다고 하는 당나라 출신의 주왕 이야기는 주왕산의 폭력의 역사에 담긴 인간의 삶과 죽음이라는 전설의 주단을 짠 또 하나의 설이다. 화산 융기 때 녹은 암석이 오래 전 주왕산에서 기상천외한 바위 형태들로 굳어 자리 잡았듯이, 변덕스러운 인간의 폭력과 영웅주의는 그 전설로 남게 되었다.

주왕암 위에는 주원이 죽은 주왕굴이 있다. 지금 이곳에서는 호랑이를 데리고 있는 산신 석상을 모시고 있다. 산 동굴에 있는 산신 석상들은 절의 산신각에 있는 채색 벽화와는 다른 자태와 울림이 있다. 이곳의 석상들은 실제로 산 자체를 이루는 한 부분처럼 보인다. 한국인의 조상인 단군도 결국 나중에는 산신령이 되었던 것이다. 주왕 동굴의 산신에게는 기억 속 깊이 묻혀 있는 특별한 힘이 있다. 그것은 아마도 그곳에서 훈련하고 숨어 지내다 죽은 전설의 전사들과 그들의 망명 지도자들의 힘 때문일 것이다.

동굴에서 나와 계곡을 따라 더 넓은 곳으로 내려오면서 계곡 한 가운데에 드러나 있는 넓고 평평한 바위들을 본다. 그 바위들은 붉고 푸른 색조를 띠고 있어서 아주 기이한 느낌을 준다. 물속의 어떤 금속 때문일까 아니면 바위 자체가 그런 색을 내는 걸까? 왕과 전사들이 흘린 피가 이 바위들을 이루는 한 부분이 된 것 같았다. 물속과 바위 속에 있는 사람 피의 철분 흔적. 바위를 본 내 느낌을 함께 여행하고 있던 친구에게 말하니까 주왕의 피와 관련된 전설 하나를 들려준다. 주왕이 동굴 위에서 화살로 살해되자 그의 피가 계곡으로 흘러내려갔다. 그다음 봄에 처음으로 계곡 양편 비탈에 수많은 진달래가 선홍빛으로 피어났다. 사람들은 그 꽃이 주왕의 영혼이라고 믿었다. 참으로 전설이나 역사와 풍경이 서로를 비추고 있다.

고국을 떠난 한국 여인들의 약수암 샘 기증 이야기는 고향 땅에서 쫓겨 간 고통이 낳은 향수의 이야기이다. 이 이야기와, 가야산의 낮은 비탈을 흐르는 땅과 물은 변화하는 거울의 면처럼 서로를 비춘다. 역시 망명의 이야기이자 힘과 인내와 전쟁과 폭력의 이야기인 주왕암과 주왕산의 이야기는 위대한 자연의 분출이 조각한 굉장한 바위 조각상들과 소통하면서 서로를 비춘다. 열정의 이야기, 격변의 이야기.

지붕도 건물도 없고 실제 바위로 된 또 다른 암자를 경주 남산의 삼릉 옆에서 볼 수 있다. 이곳의 자비의 보살, 즉 관세음보살은 서쪽을 향하고 있어서 맑은 날 저녁이면 바위에 새긴 그 얼굴에 석양빛이 비친다. 나는 이 석상과 우연처럼 마주쳤는데, 석상으로 이어지는 길 표시가 없었기 때문이다. 남산의 다른 쪽에서 금오봉을 지나 산을 내려오면서 이 지역을 돌아다니다가, 나는 말 그대로 우연히 이 보살상의 자태와 마주치고는, 이 땅과 하늘 그리고 천재 조각가와 통일신라 사람들의 신앙심이 만들어낸 큰 석상을 모두 빨아들이는 장밋빛 석양의 광채 속에 그곳에서 오랫동안 경외심에 잠겨 있었다.

팔공산 동봉의 툭 튀어나온 바위 봉우리 바로 아래에 있는, 여성의 모습을 하고 있고 자비의 보살을 닮았으며, 비바람에 깎이고 거칠게 조각된 약사여래와 달리, 신라시대의 이 관음상은 목걸이와 팔찌, 흐르는 듯 접혀 있는 천이 분명하게 보이는 우아한 선들이 화려하고 정교하게 조각되어 있다. 사람 크기로 연꽃 위에 서 있는 이 관음상은 오른손은 가슴에 얹고 왼손에는 마음과 정신과 육체를 치유하는 약이 담긴 작은 그릇을 들고 있다. 이 보살은 사람들의 울부짖음과 속삭임에 귀를 기울이는 보살이다.

강한 광채에, 둥글고 부드러운 얼굴로, 보살은 모든 사람들을 위해 치우치지 않고 무조건적인 보살핌의 마음으로 미소 지으면서, 고향 땅을 그리워하는 사람들이나, 주왕의 추방당한 병사들처럼 험준한 바위투성이의 외딴 산에서 군대 생활을 한 사람들을 해방시켜준다. 이원성과 분별하는 사고와 느낌을 넘어서, 보살은 고역과 잘못 그리고 때때로 정신과 행동의 영광의 순간을 겪는 모든 사람에게 귀를 기울인다.

저녁 빛이 숲과 산에 번지고, 그 빛이 소나무 줄기와 바위 표면을 밝게 비춘다. 서쪽을 바라보고 있는 관음이 서방정토의 아미타불에게서 오는 무한한 빛을 받아 그것을 무한한 자비의 빛나는 에너지로 변화시킨다.

　관세음보살, 관세음보살, 해질녘에 근처 계곡이 염불을 한다. 아미타불, 나무아미타불, 소나무 숲이 염불을 한다. 그러자 소나무 줄기 위를 달려 올라가던 다람쥐 한 마리가 바삐 가던 길을 멈추고 귀를 기울인다.

5
차의 향기(1)

향기와 색과 맛을 논할 필요가 없다.

그저 마셔보면 마음이 밝아짐을 알게 된다.

There's no need to discuss aroma, color, and taste;

Just drink it, and you'll find that your mind becomes bright.

서거정

　처음 한국에 왔을 때에는 전통 차를 마실 기회가 많았다. 그런데 그 이후로 커피 문화가 차 문화를 접수할 정도로 음험하게 침입했다. 처음에는 인스턴트커피와, 설탕과 크림 대용 분말이 든 커피믹스만을 슈퍼마켓 선반에서 보았다. 그러더니 점차, 갈아 놓은 커피와 커피 원두가 그 거부할 수 없는 향과 함께 들어왔다. 얼마 되지 않아 '시애틀스 베스트'와 '스타벅스'가 대도시 번화가와 공항에 모습을 나타냈다. 하지만 녹차가 최근 들어 건강에 좋다는 이유로 그 중요성이 새롭게 관심을 받고 있다. 녹차는 건강을 위해, 커피는 향과 중독과 쾌락을 위해 마신다는 것.

절이나 암자에서 녹차를 마시는 데 스님에게 초대 받는 것은 드문 일이 아니다. 그래서 내가 한국 땅에서 난 녹차를 처음으로 맛본 것도 푸른 산에서였다. 차를 마시는 모임은 방문객과 재가 신도들이 격식 없고 어느 정도는 사적인 분위기에서 스님과 이야기를 나눌 수 있는 멋진 기회를 준다. 이 고급의 조용한 환대는 한국 불교의 개방성을 보여주는 요소다. 모든 이가 환영 받고, 한국 기독교에서 자주 볼 수 있는 것처럼 새로운 내방자들을 개종시키려 하지도 않는다.

스님과 차를 마시는 것은 흔한 일이다. 솥이나 숯 풍로 같은 전통적인 기구들은 쓰지 않는다. 언제든 손님이 오면 사용할 수 있는 큰 플라스틱 전기 주전자가 물을 데운다. 전통적인 작은 도자기 잔을 쓸 때는 오른손으로 잔을 들고 왼손 바닥으로는 잔을 밑에서 가볍게 받치고 차를 마신다. 스님에게 차를 받을 때 합장을 하고 인사하는 것 이외에는 어떤 절차나 의례도 없다. 외국인 방문객이 방바닥에서 책상다리를 하고 앉는 것을 힘들어하면 스님은 "편히 하십시오"라고 말하기도 한다.

다탁은 보통 광택을 하거나 옻칠을 한 커다란 나무판이고 부드러운 윗면에는 잔물결 모양의 나뭇결이 나타나 있다. 자연이 만든 예술 명품이다. 다완이라 불리는 찻잔과 작은 찻주전자는 염색하지 않은 작은 면 또는 삼베 받침 위에 놓여 있는데, 이 천에는 먹으로 그린 단순한 디자인이 있거나 "만남과 차 마시기는 업이다" 같은 차나 선과 관련된 말씀이 한자나 한글 서예로 쓰여 있다. 이 천은 염색되어 있지 않아서 물과 차 얼룩을 쉽게 흡수하기 때문에 대개 재미난 사용 흔적을 많이 가지고 있다. 습기와 곰팡이 때문에 생긴 갈색 얼룩은 역사와 연륜을 보여준다. 그것은 큰 새처럼 앉아서, 꼭대기의 손잡이는 억누른 채, 그 부리 같은 주둥이에서는 아낌없이 물을 흘려 내려 보내는 매끈하고 깨끗하고 반짝거리는 플라스틱 전기 주전자와 대조를 이룬다.

스님과 차를 마시며 하는 대화는 대개 다른 데서와 마찬가지로, "어디서 오셨습니까?"나 "결혼하셨습니까?" 같은 사적인 질문으로 시작한다. 그리고 서양 여성이 가장 좋아하지 않는 질문도 있다. "나이가 어떻게 되십니까?" 나는 불교 신자이냐는 물음도 자주 듣는다. 내 대답은 대개 이렇다. "저는 불교를 깊이 느끼고 있고 큰 존경심을 가지고 있습니다." 그러고 나서는 명상 수행에 관해 이야기를 나눈다. 물론 스님들은 내 기독교 배경이라 짐작하는 것에 관해 당연히 호기심을 갖는다. 내 성장 환경은 사실 기독교이지만 그것이 불교에 관한 내 깊은 관심을 방해하지 않는다. 기독교와 불교에 영적으로 관련되어 있지만 교조주의자는 아니기 때문에, 나는 그리스도와 부처가 내 마음속 사랑의 만찬 탁자에서 함께한다고 말할 수 있을 뿐이다.

하지만 내가 경험한 가장 특별한 차 마시기 장소는 사찰 안이 아니라 야외 자연의 품속에서였다. 청도의 한 작은 마을 끝자락에,

내게 따뜻하고도 활기차게 한국문화를 소개해주어 내가 말할 수 없을 만큼 신세를 진 내 친구 영조가 땅을 조금 샀다. 집은 아직 짓지 않았지만 그녀는 이미 텃밭 일구기를 시작했고 언덕 비탈에 자두나무도 여러 그루 심어 놓고 있었다. 시간이 흐름에 따라 흰 꽃을 피우는 차나무를 비롯해서 여러 꽃나무와 관목이 그녀가 보살피는 마음과 손길 아래 무성해져 있었다.

테라스를 놓은 정원 바닥의 작은 돌담 곁, 바위 사이에 끼운 대나무 주둥이에서 흘러나온 물이 돌 대야로 방울을 튀기며 떨어졌다. 속을 파낸 작은 바가지가 대야 가에 놓여 있다. 텃밭 위쪽에는 다탁으로 쓰는 커다란 타원형 바위가 있다. 이른 봄, 자두나무가 막 꽃을 피우고 있을 때, 그녀가 이곳으로 일본인 친구 한 사람과 나를 차 마시는 자리에 초대했다.

아주 멋진 풍광이었다. 우리 앞으로는 강을 낀 계곡이 있었고, 오른편 아래로는 논과 큰 수호신 느티나무와 접하여 그 작은 마을이 있었으며, 건너편에는 호거산이 우뚝 솟아 있었다. 그 산은 사실 그리 높지 않지만, 가파른 경사와 절벽과 돌출된 바위 때문에 경작된 논과 과수원의 부드러운 곡선의 경치와 대조를 이루면서 거칠게 솟아 있었다.

영조가 작은 그릇에 물을 붓고 나서 다시 찻잔으로 옮겨 부어 찻잔을 데웠다. 우리는 찻물 따르는 소리를 듣고, 잔을 들어, 차의 묘한 녹색을 바라보고는 그 섬세한 향기를 맡고 나서 천천히 음미했다. 차의 빛깔이, 우리를 온통 둘러싸고 있고 우리 마음속에도 있는 초봄의 녹색과 어우러졌다. 고요히 차를 음미한 뒤, 그 광대한 풍경의 빛깔과 소리에 관해 우리의 대화가 이어졌다. 우리와 자연 사이에 아무런 벽이 없었기에, 우리는 떠도는 산들바람, 새들의 노래와 벌레들의 재잘거림, 천천히 흐르듯 굽이치는 땅 그리고 우리를 바라보고 서 있는 그 고요하고 옹골찬 산과 그 순간 완전히 하나가 될 수 있었다. 시간은 사라졌다.

기억할 만한 순간이었다. 나중에 많은 변화가 있었기 때문이다. 콘크리트와 유리로 지은 내 친구의 새 집은 다 쓰러져 가는 담으로 둘러친 소박한 마을 집들 바로 위의 그 장소에서 약간은 위압하는 듯한 큰 외양을 보이고 있었다. 샘물이 줄어들어서, 대나무에서 나와 돌 대야로 방울을 튀기며 떨어지는 그 즐거운 물소리를 더는 들을 수 없었다. 아래쪽 강바닥에서는 트랙터들이 분주하게 돌과 바위를 나르고 있었고, 새 다리를 놓고 건설자재용 자갈과 모래를 사용하기 위해 강줄기를 바꾸고 있었다. 시간이 지나면서 강에는 점점 더 물이 적게 흘렀고, 해가 감에 따라 도시 주민들이 사찰의 평온함과 전원 식당의 즐거움을 찾으려고 시골 경치 유람에 나서면서 운문사에서 언양으로 이어지는 도로의 교통량이 증가했다.

하지만 이 때문에 영조가 기가 꺾이지는 않았다. 그녀의 정원은 여전히 나무가 우거졌고 그 시골집은 예술가와 친구와 이방인들에게 따뜻한 환대를 베풀었다. 차 전통에 관한 그녀의 몰두는 불교에 관한 관심만큼이나 심화되었다. 그녀는 작가이자 강사인 정동주[10] 씨의 열렬한 제자가 되었는데, 이 분은 한국 차와 한국문화 일

---

10 역주) 정동주 : 저자는 '정두환'으로 쓰고 있으나 착각일 것이다. 시인이자 작가이기도 한 정동주는 차 연구가이기도 하다.

반의 기원에 관해 폭넓은 연구를 한 분이었다. 그는 제자에게 차 전통을 되찾아야 한다고 힘주어 말했다. 그래서 담이 없는 그 경치 속에서 차를 즐긴 그날의 몇 년 뒤, 영조는 서울에서 멀지 않은 서 일농원에서 있은 다도 모임에 나를 초대했다.

서일농원은 유기농 농장이자 식당이다. 이곳은 된장 같은 발효 제품으로 유명한데, 넓고 평평한 장소에 줄을 맞춰 놓아 둔 그 커 다란 갈색 장독들의 수가 아주 많아서 마치 군대처럼 보인다. 아주 인상적이고 잊히지 않는 광경이다.

이 농장에서 아주 의례가 잘 갖춰진 다도 모임을 개최했는데[11], 여기에는 온화한 심성으로 뭇 사람들을 즐겁게 하는 유명 여배우 강부자와 몇몇 작가들을 비롯해, 문자 그대로 동방의 차를 뜻하는 '동다'라는 다도에 사용되고 있는 도자기를 만드는 장인 몇 사람도 참석했다. '동다'라는 다례는 한국 다도의 전통 요소들을 종합하고 사실상 자기 나름의 형식을 만들어낸 정동주 씨가 창안하고 이름 붙인 것이다. 이것은 19세기에 초의 선사가 쓴 책『동다송』의 영향 을 일부 받은 것이어서 불교, 특히 선에 기원을 둔 다도와 아주 밀 접히 연관되어 있다.

다례를 주관하는 여성이 방석 위에 앉아 큰 토기 물그릇, 솥을 올 려놓은 숯 풍로를 자기 오른편에 두고, 선 명상에서 차 마시기 명 상을 시작할 때 으레 그런 것처럼 죽비를 엄숙히 세 번 치는 것으 로 다례가 시작되었다. 그다음에는, 물 따르는 소리와, 으깬 송화와

---

11 역주) 2006년 11월 26일의 일이다.

서일농원의 장독대

검은깨로 만든 작은 한과를 곁들여서 차를 가져다주는 여인들의 움직임 말고는, 정적만이 방안에 감돌았다. 손님 각자가 차를 마시기 위한 각자의 찻그릇과 찻주전자를 받았기 때문에 아름답고도 독특한 토기 찻그릇과 작은 찻주전자들이 풍성하게 널려 있었다. 손님도 많았고 진행 방식도 이러해서, 손님을 접대하는 이들과 일부 손님이 입은 아름다운 한복의 빛깔로 물들여진 방안에서 다례가 오랜 시간 계속되었다.

밥사발 크기의 큰 토기 물그릇과 도자기 찻그릇을 가지고 하는 '동다' 다례에서는 각자 개별 찻주전자와 찻그릇을 받기 때문에 그 개인이 강조된다. 손님 한 사람 한 사람이 독특하게 구워진 그릇과 작은 찻주전자를 가지고 있지만 모든 이가 하나의 공동체로서 동시에 함께 차를 마신다. 이것이 예컨대 찻그릇 하나를 이 손님이 저 손님에게 전달하는 일본의 다례와 아주 다른 점이다. 이 때문에 '동다'라는 이 독특한 다례를 만든 이는, 후대에 일본 다례의 요소와 부적절하게 혼합되었다고 자신이 느끼는 순수한 한국식 다례의 뿌리를 찾고 있기도 하다. 다례 형식의 기원과 다례 주객의 마음 모두의 이 순수함의 징표가 바로, 다례를 주최한 여인이 의식을 시작할 때 펼쳐놓고 그릇 하나를 정성스럽게 닦는 면으로 만든 흰색 천이다.

다례가 끝난 뒤에, 농장주 서분례씨가 우리에게 격식 없는 자리에서 연꽃차를 대접해주었다. 나는 농장에 도착했을 때 이미, 작은 연꽃들이 떠 있는 연못 곁으로 건물까지 나 있는 통로에 수많은 질그릇 단지들이 줄지어 서 있는 것에 눈이 갔다. 그곳에는 말 그대로 된장 같은 발효 제품들을 담아 둔 큰 갈색 항아리들이 엄청나게 많이 줄지어 서 있었다.

이때 아주 놀라운 일이 벌어졌다. 얼어붙어 있던 큰 연꽃 봉오리를 큰 질그릇에 넣더니 연꽃차에 알맞은 온도의 따뜻한 물을 그 위에 천천히 부었다. 그러니까 꽃이 꽃잎을 하나씩 펼쳐 완전한 모습을 갖추더니 활짝 핀 연꽃이 그 큰 질그릇 안에서 떠다니고 있었다. 모인 사람들이 몹시 힘들고 긴 선 수행 같은 의식 뒤에 즐겁고 기쁜 마음으로 연꽃차와 푸른 나뭇잎에 싼 떡을 나누어 먹으면서 흥겹게 대화를 나누고 있었다.

저녁이 되었다. 방문객들이 다실을 나서서 밤이 되면 오므라들 질그릇 안의 그 연꽃들 곁 통로를 걸었다. 저녁 빛이 농원 전체에 가득했다. 우리가 농기구를 둔 작은 초가 헛간을 지날 때 지평선에서 한 점 구름 같은 달이 금세 떠올랐다. 이 풍경을 보니 곽암 선사가 그린 십우도의 그림 한 점이 떠올랐다. 이 십우도의 일곱 번째 그림에서는 이제 소는 없고 목동이 혼자다. 목동은 그 장면에서 혼자 앉아 무릎을 꿇고 보름달을 향해 기도를 하고 있다. 이것은 목동이 깨달음을 얻는 장면 바로 전인데, 여덟 번째 그림에서 이 장면은 커다란 원으로 묘사되어 있다. 다탁의 둥근 모양은 둥근 달 또는 '하늘 전체'와 같은 것이다.

다실에서 우리가 본 수많은 찻그릇 형태는 하나의 이상적 찻그릇, 즉 우주의 정신을 비출 때 열리는 인간 마음의 그릇에서 나온 원형들이다. 곧 우리는 귀로에 올랐고 얼마 안 있어 교통 체증이 나타났다. 여전히 비단 한복을 입고 있는 차 안 친구들은 흥겹게 얘기들을 하고 있었다. 교통 체증을 걱정하며 운전을 하면서도 열심히 말을 하고 있는 사람은 다름 아니라 다례를 주관한 바로 그 여성이었다. 원기왕성한 데다 열정이 가득하고 밝은 심성을 지닌 그녀는 우리를 태운 차를 운전하면서 어둠 속에 불빛이 가물거리는 밤을 헤쳐 나가고 있었다.

6
차의 향기(2)

차 달이는 향기

돌길로 풍겨 오네.

The fragrance of steeping tea

is carried over the stony path.

혜심 스님

팔공산을 넘는 긴 등산을 하던 중에 한번은 친구들과 함께 서봉에서 수태골이라는 계곡으로 내려가던 어느 늦은 오후에 어쩌다 길을 잘못 들어선 적이 있었다. 발밑에서 사라지곤 하는 위험한 바윗길을 내려갈 때, 우리 앞에 타다 남은 초들이 있는 무속인의 동굴이 갑자기 나타났다. 근처에 샘이 있었지만 방치되어 있다는 느낌을 받았다. 누가 아직까지 이곳을 찾고 있었던 걸까? 바위 사이에는 신령님께 바쳤을 알코올이 들어 있는 우중충한 녹색의 깨진 소주병이 있었다. 우리는 말라서 돌투성이인 개울 바닥을 따라서 계속 내려갔다. 숲에서 탁 트인 곳으로 나왔을 때에는 날이 이미 어두워져 있었다. 구름 뒤에서 갑자기 달이 나타나 나무와 집들을 비추었다. 절이었다. 하지만 아무 빛도 없었고 아무도 없는 것 같았다.

무슨 절일까? 달은 이미 다시 모습을 감추고 있었고, 우리는 전등이 없었기 때문에 아래쪽 주도로로 이어지는 넓어진 길을 따라 서둘러 내려갔다.

몇 달 뒤 봄에 나는 아주 특별한 다례에 초대 받았다. 그 다례는 우리가 길을 잃은 그날 밤 마주쳤던 바로 그 절인 부인사에서 있었다. 통일신라시대의 선덕여왕을 모시고 있는 이 절은 한때 아주 크고 유명했지만 지난 몇 년 간 명성을 잃었다. 그 다례가 있을 당시에는 이 절이 법당 몇 개로 이루어져 있었지만, 확장을 위한 재건 계획이 이미 시작되어 최신식 건물들이 지어져서 본래의 소박한 법당들을 무색케 하고 있다.

부활절 주간의 토요일이었다. 우리는 포도밭을 거쳐서 좁은 콘크리트 굽잇길을 걸어 올라갔다. 참으로 아름답게 꽃이 만발한 오래된 벚나무들을 거쳐서 단청을 새로 입힌 작은 선덕여왕 사당에 이르렀다. 벽화는 과거 여성들의 활동 장면을 보여주었다. 다른 장면들 사이에 베틀을 놓고 실을 잣고 천을 짜는 여인들의 모습이 있었다. 아래쪽을 내려다보니 많은 사람들이 길을 누비며 올라오고

부인사 전경

있었는데, 여인들이 입은 전통 한복의 파스텔 색조가 꽃이 만발한 벚나무의 아름다운 빛깔과 어우러져 있었다. 그들 가운데에는 대구 시장과 그의 부인도 있었는데, 시장 부인은 아름다운 연녹색 예복을 입고 이마로 내려뜨리는 옥 장식이 몇 개 달린 아주 섬세하게 치장된 관을 쓰고 있었다. 그녀는 나중에 선덕여왕께 바치는 다례를 모시기로 되어 있었다.

이 차는 해마다 음력으로 세 번째 보름달이 뜰 때 왕실의 예법에 따라 선덕여왕께 바쳐진다. 선덕여왕 초상화는 대개는 대중에게 공개되지 않는 이 사당의 열린 격자문을 통해 볼 수 있게 된다. 금으로 테를 두른 붉은 어의를 입은 위풍당당한 모습의 선덕여왕은 일반적인 신라 금관을 쓰고 있는데, 사슴뿔과 생명의 나무 상징물을 정교하게 만들어 넣은 이 금관은 한때 우랄산맥에서 한반도까지 펼쳐 있던 고대 알타이 문명과 신라의 친연성을 보여준다.

선덕여왕에 관한 아주 사랑스러운 이야기가 하나 있다. 일곱 살

때 부왕이 중국으로부터 모란 씨와 모란 그림을 선물로 받는다. 그 그림을 들여다보더니 꽃이 보기에는 아주 아름답지만 향기가 없는 게 섭섭하다는 의견을 어린 공주가 말했다고 한다. 왜 꽃에 향기가 없다고 생각한 걸까? 공주는 그림에 벌이나 나비가 없기 때문이라고 대답했다. 아들이 없는 왕은 통찰력 있고 주의 깊은 이 공주가 왕위를 이어받아야 한다고 결정했다. 그녀가 지혜로운 통치자라는 것이 증명되었다. 그녀의 치세 기간 동안 첨성대라는 아시아에서 가장 오래된, 돌로 지은 천문관측 탑이 신라 수도 경주에 세워졌다.

다례 다음에는 여왕을 기리는 일의 일부로 특별한 의식이 행해졌다. 모두가 초봄을 느끼게 하는 밝은 연녹색 옷을 차려 입은 숙련된 다례 도우미들이 의식에 참여했다. 사당 앞의 평평한 장소에서, 모두가 궁중 예복을 차려 입은 음악인들이 고대의 궁중음악을 연주할 때 밝은 빛깔의 녹색과 분홍색 한복을 입은 여인들이 우아하게 춤을 추었다. 주지스님들, 대구 시장과 그 밖의 정부 공무원들을 비롯한 주요 내빈들은 그늘막 아래 의자에 앉아 있는 반면에, 인근 지역에서 온 다른 이들은 천이나 신문으로 머리를 덮은 채 땅바닥 깔개에 앉아 있었다. 날씨는 말 그대로 하룻밤 사이에 뜨거워져 있었다! 의식의 성격과 사당 앞의 상대적으로 좁은 공간 때문에 너무 많지 않은 사람이 모여 있었던 덕분에 전체적인 분위기가 유쾌하고 친밀했다.

늘 그렇듯이 봄은 온화하면서도 흥이 났지만 아주 짧았고 곧바로 무더운 여름철이 들이닥쳤다. 오래지 않아 춘분이 오고 하지가 지나가더니 추분이 왔다. 팔공산과 앞산 사이 거대한 계곡에 자리 잡은 부산한 도시 대구 한복판의 좁은 골목에 숨어 있는 어느 전통 찻집으로 초대를 받았다. '염색을 하지 않는다'를 뜻하는 〈무염〉이 라는 찻집 이름은 염색하지 않은 천연 직물 같은 순수한 마음을 말 한다. 다시 말해 비어 있는 또는 분별하지 않는 마음을 뜻하는 것 이다. 고대의 불교 문헌에는 이런 말씀이 있다. "염색하지 않은 한 조각 비단처럼, 시원하고 맑은 물처럼 되라…. 그러면 한 꾸리의 비단을 잘라내고 온갖 분별에서 벗어날 수 있다."

둘레에 작은 다실이 몇 개 있는 〈무염〉의 안뜰에는 작은 대나무 숲이 있는데, 여기에는 계절에 따라 변화하는 식물들이 많아서, 끊 임없이 확장하고 시끄러운 도시의 콘크리트로 된 정체불명의 외 관들로부터 눈을 돌려 잠시 여유를 가질 수 있다.

내가 이 찻집을 찾은 것은 어느 화창한 가을날이었다. 주인장인 보리심이 이 찻집을 인수한 것은 최근이지만 나는 그녀를 오랫동 안 알고 지내온 터였다. 보리심이 몇 년 전에 적은 수의 관심 있는 영남대학교 관계자들에게 차에 관한 기초를 장기간 가르쳐주었기 때문이다. 이 유쾌한 여성은 차를 대접하는 자기 기술에 아주 큰 기쁨을 느끼고 있었다.

모든 찻집이 그렇듯이, 이 찻집에도 다양한 발효 정도와 생산지 조건과 환경에서 생산된 아주 여러 가지 녹차가 있다. 나무 선반에 는 가을의 국화차와 겨울의 쌍화차처럼 계절에 따라 특별히 즐기 는 차가 놓여 있기도 하다. 쌍화차에는 다양한 꽃과 뿌리와 나무줄 기가 들어 있는데 예전에는 원기 회복용으로 날달걀 노른자를 넣어서 함께 마셨다. 한국의 산에서 여전히 많이 나는 칡으로 만든 칡차 그리고 물론, 한국의 홍삼이 세계에서 가장 좋은 것이라고들 말하는 그 유명한 인삼으로 만든 인삼차처럼 건강에 좋은 것으로 알려진 차들이 풍요로운 차 선택 목록을 완성해준다.

보리심이 황금빛 국화차를 준비하는 동안 지금 우리는 짚방석에 앉아 있다. 꽃잎차를 찻주전자에서 찻그릇으로 그리고 다시 작은 찻잔으로 부을 때 나는 샘물 방울 튀기는 것 같은 소리에 귀를 기울인다. 두 손으로 잔을 들어올리고, 한 손으로는 밑을 받치고 다른 손으로는 가볍게 몸통을 잡고서, 우리는 그 깊은 황금빛을 황홀히 바라보면서 미묘하면서도 잘 감지되지 않는 향기를 들이마신다. 승려 시인 한용운의 가을을 상기시키는 시 속에 아주 멋지게 묘사된 향기가 있다.

한강에 와서 보니 강물은 깊고,

깊은 물결 말 없는데 가을빛 어리네.

들국화는 어디에 피어 있는가,

때로 서풍 타고 슬며시 향기 풍기네.[12]

The waters are deep and calm, steeped in autumn.

Wild chrysanthemums in bloom somewhere

---

12 역주) 원시는 만해 한용운이 쓴 '漢江'이라는 한시이다.
    行到漢江江水長　深深無語見秋光
    野菊不知何處在　西風時有暗傳香

Waft their faint scent in the light wind.[13]

손에 든 따뜻한 잔을 느끼면서, 변형된 햇빛의 기운이 온통 번져 있는 이 액체를 음미한다. 그 맛은 향내만큼이나 묘하다. 고요의 순간을 맛본 것이다.

바로 그 한순간에, 금빛 국화차를 명상하면서 동방의 땅이라고도 알려진 금빛 세계, 화엄경에서 말하는 여러 가지 빛깔의 부처님의 열 나라the ten Buddha lands 중 한 곳을 언뜻 본다. 지혜의 보살인 문수가 이 세계를 관장한다. 문수보살은 진실과 거짓을 구별하고, 분별하는 지혜의 검으로 망상을 꿰뚫어 현실을 보는 이다. 차로 감각을 맑게 하면, 빛과 색과 향기로 이루어져 끊임없이 확장하는 순환의 세계를 꿰뚫어보는 지각력이 넓어진다.

일요일 오후 무렵에 손님들이 온다. 수다와 움직임으로 다실들이 흥성거린다. 회색 복장을 한 가톨릭 수녀님들이 차와 다구를 산다. 역시 회색이지만 약간 엷은 색조의 승복을 입은 스님들이 차에 합장하고 절을 한다. 꼬마아이 하나가 자기 누나와 숨바꼭질을 하면서 다실의 나무기둥 사이를 요리조리 헤집으며 뛰어다니고 그 부모는 사랑스러워 죽겠다는 표정으로 웃으며 바라본다. 물론 일요일에 가족이나 친구끼리 있을 때나 봄직한 분위기다. 인간생활의 샘물이 즐겁게 튀어 오르는 소리에 차의 명상이 자리를 내어준다. 문이 열려 있다. 바깥에 있는 은행나무가 가을의 황금빛으로

13   Han Yong-Un, *Love's Silence and Other Poems*, trans. J. Kim. and R. Hatch, Vancouver: Ronsdale Press, 1999, p.134.

반짝거린다. 결국 황금의 땅은 저 너머 어디가 아니라 지금 여기에, 끊임없이 변화하는 현상세계에 있다!

"차도무문. 차의 길에는 문이 없다."고 효당 스님이 말했다. 스님은 19세기의 초의 선사로부터 전해오는 한국 차 전통을 되살리는 일을 했다. 초의 선사는 차를 예찬하는 책『동다송』을 썼고, 주자학이 지배한 시대 동안 방치되고 만 한국 차 전통을 되살리는 일을 자신의 소임으로 삼았다. '차도무문'이라는 말은 중국 선승인 관계 스님[14]의 옛 말씀에 공감하여 따온 것이다.

시방에 벽이 없고,

사면에 문도 없네.

환하게 드러나 맑고 맑도다.

In the ten directions there are no walls;

at the four sides there are no gates.

All is innocent, pure and undefiled.

초의 스님과 효당 스님은 다도가 단순하고 모든 이가 즐길 수 있어야 한다고 역설했다. 본래의 순수함을 간직한 자연스러움이 지나치도록 엄격하게 형식화된 의례나 엘리트주의보다 더 중요했

---

14 역주) 관계 스님 : 관계 지한灌溪志閒(?~895). 중국 당대唐代 스님. 임제종. 관계는 입산하여 수행하던 지역 이름이다. 어려서 백암柏巖을 따라 출가한 후, 뒤에 임제 의현의 법을 이어받았다.

다. 이것이 물론 이 일요일 오후에 무염에서 느끼는 바다.

　벽도 없고, 문도 없다. 새로 심은 자두나무들에 둘러싸인 정원 돌 탁자 앞에 앉아 파릇파릇 피어나는 봄소식에 깨어나고 있는 산 경치를 건너다보면서, 한국과 일본과 유럽이라는 서로 다른 문화 배경을 지닌 세 여성이 찻잔을 들고 그 아름다운 빛깔과 향기를 온 감각으로 받아들이면서 완벽한 조화로움 속에 차를 마시던 청도의 풍경을 나는 기억한다. 우리 각자 서로가 그리고 우리 각자와 자연이 서로, 적어도 그 순간에는, 염색하지 않은 천처럼 마음이 순수하고 개념과 편견과 분별에서 자유롭다.

　혜심 스님이 송광사를 세운 지눌 스님을 뵈러 간 13세기에 내가 그곳에 있었을까? 백운산 밑에서 지눌이 머물고 있는 외딴 암자로 가는 바위투성이의 가파른 길이다. 마지막 오르막길을 오르기 직전에 잠시 쉴 때, 혜심은 갑자기 위쪽에서 심부름하는 아이를 부르는 스승의 목소리를 듣는다. 이때 혜심은 이런 게송을 짓는다.

　아이 부르시는 소리

　소나무 겨우살이에 낀 안개 속에 사라지는데

　차 달이는 향기

　돌길로 풍겨 오네.

　[재주 있는 젊은이

　백운산 자락 길 따라와

　암자 안 노스님

　어느덧 뵙고 인사 올렸습니다.]

The sound of the call to the boy

falls as if it were Spanish moss mist.

The fragrance of steeping tea

is carried over the stony path.

[A talented man at the bottom

of the path of Paegun Mountain

has already paid respects to the

venerable master in his hermitage.][15]

혜심 스님은 암자에 도착하자 이 게송을 지눌 스님에게 드렸다고 한다. 스승은 자신이 지니고 있던 부채를 건네주는 것으로 응답했다. 이것은 후계자에게 자리를 물려주는 순간을 암시하는 표현이다. 그런데 이것은 5대 조사에게 자리를 물려받은 혜능 스님 이야기에서 그런 것처럼 스승의 법의와 바루를 건네주는 통상적 방식이 아니라, 마음에서 마음으로 직접 전하는 지눌 스님의 표현으로 법을 전하는 모습을 보여준다. 혜심은 스승의 후계자이자 송광사의 정신적 지도자가 된다. 부채를 건네주고 받을 때, 서로 얽혀있는 두 스님의 환생이 모습을 드러내면서 과거와 현재와 미래가 하나가 된다. 혜심은 또 하나의 게송으로 응답한다.

---

15   Buswell, Robert E. Jr., *Tracing Back the Radiance*, Honolulu: University of Hawaii Press, 1991, p.31.

전에는 스승님 손에 있더니
지금은 제자 손 안에 있네.
만약 화급하고 광분할 때 만나거든
맑은 바람 일으킨들 어떠하리.

Before, the fan was in the venerable master's hand;

Now it is in your disciple's.

If you meet with burning haste and mad action,

There is nothing wrong with cooling it with a fresh breeze.[16]

    혜심은 법을 받았지만 사실 절의 지도권을 서둘러 맡으려 하지 않았다. 비교적 이른 나이에 돌아가신 지눌 스님은 당신이 돌아가시기 두 해 전에 혜심에게 그리 명했던 것이다. 그러나 혜심은 산으로 들어갔다. 지눌 스님이 돌아가시고, 왕의 명령이 있을 때에야, 혜심은 그 자리를 맡았다. 절은 계속해서 성장해 갔다. 혜심은 스승이 시작한 융성의 길을 자신은 이어갈 수 없다고 애석해하면서 스승의 죽음을 오랫동안 애도했다.

    서로 사랑하는 법우들이었던 제자와 스승 간의 시간을 초월한 백운암에서의 만남에 관해 더 이상의 기록은 거의 없다. 그러나 산에서 들려오는 목소리, 바람결에 번지는 차의 향기 그리고 우주의 기억들은 끊임없이 산에서 내려와 떠돈다.

---

16 Ibid., p.32.

하나의
운명

삶의 이야기라는 주단은
끊임없이 이어졌다 끊어지는
삶의 유대관계라는 실로 짜인다.

The tapestry of life's story is woven

with the threads of life's ties

ever joining and breaking.

타고르

이배의 〈숯 덩어리 묶음〉

7
숯으로 명상하기 —
이배 예술의 정신적 뿌리

자연은 예술을 통해 자연의 작업을 지속할 수 있는 위치에

자신을 놓아두는 사람들에게 자기의 비밀을 드러내 보인다.

Nature reveals her secrets to those who put themselves

into the position to continue her work through art.

루돌프 슈타이너

  2000년도에 올해의 한국 미술가 두 사람 중 하나로 뽑힌, 환히
웃는 표정의 이배가 내 친구와 나를 자신의 임시 작업장으로 초대
한다. 그가 전시회를 준비하기 위해 다른 미술가들과 함께 빌리고
있는 청도의 한 폐교 건물이다.
  대구 남쪽의 농촌 지역인 청도는 감나무가 많은 마을과, 논과 면

한 과수원이, 자연과 인간이 함께 공을 들여 짠 멋진 조각천 누비이불처럼 펼쳐져 있는 넓은 계곡으로 유명하다. 하지만 농촌 가족들이 도시로 이주해가면서 아이들이 왁자지껄 떠들며 놀던 소리가 사라진 여러 낡은 학교 건물과 운동장들에는 낯선 고요함이 드리워져 있다. 잡초가 자라고 있고, 서서히 퇴락해가는 건물 지붕 처마 밑에서는 새들이 둥지를 짓는다. 온전히 작업에 몰두하기 위해 자연 속에 어느 정도 고립된 공간이 필요한 도시 예술가들이 제약 없이 자유로이 작업할 수 있는 장소를 이런 폐교들이 제공한다.

지금은 프랑스에 거주하고 있는 이배의 작업을 나는 오랫동안 잘 알아왔지만, 한 번에 몇 달씩 이따금 방문하고 있고 그가 태어나 유년기를 보낸 곳인 청도에서 자기 작업의 정신적 과정과 내용을 예술로 더 잘 보여줄 수 있다는 것이 내 생각이다.

주위의 경치, 감나무가 특징인 청도의 마을과 곧장 관련지어진 그의 전시품 이름은 〈청도에서 꿈꾸기〉이다. 그가 땅에서 주워 들인 완전히 쪼글쪼글하게 마른 수많은 감을 가지고 꿈꾸는 작업인 것이다. 과육과 즙과 색이 전혀 없는 단단하고 검은 감 하나하나의 모양이 얼마나 다양한가! 서로 다른 방식으로 시간이 시들어, 한때는 달콤한 오렌지빛 열매였던 것이 독특한 '껍질' 또는 단단하고 작은 '조각품'을 남겼다는 것을 깨닫는다. 물질 속에 있는 정신의 발자국. 겨울나무에서 떨어진 완전히 마른 검은 감을 전시하는 이유를 물으면, 그는 그 아름다움에 매료되었기 때문이라고 응답한다. 이 죽음의 단계, 무로 들어가는 이 단계에조차 그 각각의 것에서 독특한 아름다움을 보게 된다는 것이다.

이배의 〈숯 덩어리 묶음〉

　이배는 여러 해 동안 숯을 가지고 작업을 하거나 실험을 하기도 했다. 그의 전시품 일부는 숯 '그림'인데, 캔버스 위에 두껍게 숯을 붙인 작품들이다. 다른 작품들 가운데에는 그가 〈숯 덩어리 묶음〉이라고 제목을 붙인 커다란 숯 조각품들도 있고, 때로는 사람의 머리를 닮기도 한 작고 둥그스름한 조각품들도 있다. 이에 더해 까맣게 태우거나 파란 물을 들인 나무뿌리 작품들도 있는데, 기이하고 독특한 모양을 지닌 이 작품들은 상상력의 지평을 무한히 넓혀준다.

　오랜 시간 여러 가지 대화를 나누는 동안, 이배는 인간문화에서 아주 다양한 쓰임새가 있는, 겉보기에는 생명 없는 물질이지만 삶에 필수인 숯에 매료된 이야기를 자주 들려주었다. 숯은 열과 약의 재료이자, 서예와 그림에 쓰는 먹이기도 하고, 천을 염색할 때 색을 고착시키는 데 쓰기도 하며. 그 밖에도 여러 용도로 쓰인다. 그는 자신이 숯을 쓰고 검은색에 끌리는 것이 참으로 아시아의 미술가라는 자신의 특성을 보여주는 것이라고 느낀다. 아시아인들은 "검은색의 정신"과 아주 친근하다고 그는 말한다.

검은색에 대한 친연성은 무를 지향하는 동양적 정서의 일부다. 텅 비어 있는 곳에서 만물이 밀려오고 만물이 돌아간다. 대상 속에서 본질을 찾으려하기보다 작가는 무로 들어가는 관문으로 그 대상을 본다. 그곳에서, 오직 그곳에서 진정한 본질을 만나게 되기 때문이다. 이배는 대부분 시간을 프랑스에서 보내기 때문에, 자기 자신의 문화적 뿌리에 관한 관심이 특별히 의미 있는 것이 된다.

예술의 매개체로 숯을 탐구하게 된 영감을 처음에 특히 어디서 얻었느냐는 질문을 하자 돌아온 대답은, 그것이 자신의 검은색 철학이 아니라 일상생활의 한 순간이었다는 것이다. 예술가로서 그는 자기 주변을 관찰할 때 직관적이면서도 실제적이다. 프랑스의 슈퍼마켓에서 장을 볼 때 그는 판매용 숯 가방을 보았다. 프랑스인들이 숯을 쓸 거라고 미처 생각하지 못했기 때문에 놀라워하면서 그는 몇 개를 사서 작업을 시작했다.

내가 아주 흥미로워하는 것은 1999년 내가 처음 본 대구 시공갤러리의 '숯 설치미술' 전시회에서의 숯을 겹겹이 덧칠해서 만든 숯 '그림'이다. 이곳은 건들바위라는 아주 흥미로운 지역 근처에 있는데, 이 지역은 본래 무속 신당이 있던 곳이다. 이것이 나중에 기독교 교회에 자리를 내주기 위해 쫓겨났다. 그 교회 바로 위로 뒤에 서 있는, 본래의 수많은 무속 그림을 소장하고 있는 무속 미술관이 여러 해 동안 과거의 무속신앙을 상기시켜 주었다. 하지만 이 박물관도 다른 곳으로 옮겨졌다. 지금도 여전히 독특하게 생긴 바위와 샘을 볼 수 있는데, 이것이 이 장소에 그 이름을 부여한 풍수 에너지의 일부이자 최초에 신당을 짓게 한 힘의 원천이기도 하다. 시공 갤러리는 불교, 특히 선의 사고방식을 디자인으로 구현하는 건축가 이현재가 독특한 방식으로 지었다.

숯을 두껍게 칠한 〈불의 이슈-숯〉이라는 작품을 보니, 아름답고도 묘한 현상 하나에 놀라게 된다. 숯을 여러 겹으로 두껍게 바른 이 크고 검은 캔버스에는 빛과 그림자의 색조뿐만 아니라, 짙은 청색에서 옅은 청색을 거쳐 분홍색과 희미한 노랑에 이르는 섬세한 분위기의 색깔들이 놀랍게 생동한다. 이 색조와 농담은 아주 미묘해서 에테르[17] 같은 성질의 영적 빛깔the ethereality of spiritual colours을 언뜻언뜻 보게 해준다. 캔버스 위의 색의 부재 또는 순수한 검정 숯에서 역설적으로 희미하고 미묘한 또는 에테르 같은 빛깔의 존재를 본다.

〈숯 덩어리 묶음〉과 까맣게 태운 나무 몸통을 보고 있으면, 잎이나 열매를 달고 있거나 겨울에 뼈대만 앙상한 모습을 하고 있는 나무의 아름다움에 더는 주의가 산만해지지 않으면서 나무의 본질, 말하자면 까맣게 태워진 나무의 물질 속에 있는 비자기non-self를 만난다. 또한 가장 까맣게 태워져 깨지기 쉬운 나뭇조각들 속에서, 그 바짝 말라 갈라진 틈과 선들 속에서, 한때는 삶의 과정을 특징

---

17 에테르ether : 하늘 높은 공간에 가득 찬 영적 기운.

짓던 기복의 리듬이 생명의 흔적으로 남아 있음을 보게 된다. 여기서 우리는 불을 통해 변형된 물질을 보며 놀랄 따름이다.

지금 나는, 공민왕이 '동방에서 가장 아름답고 큰 절'이라 선언했던 고려왕조 때의 송광사의 예에서처럼, 역사를 통해 한반도의 사찰을 휩쓴 불에 관해 생각한다. 송광사는 몇 차례 불에 타 주저앉았다가 재건되었다. 그것을 통해 무엇인가 깨끗이 사라졌다가, 말하자면 그 본질의 자취가 물질적이고 정신적인 재건 그리고 그에 수반되는 명상 수행을 통해 생명을 다시 새롭게 얻을 수 있는, 그 태움에 관해서 말이다. 불교에서는 덧없음과 욕망으로 채워진 인간 속세를 적절하게도 '불타는 집'이라고 부른다. 하지만 이 세계는 자기 자신만을 위한 평화를 얻고자 단지 도피해야 할 무언가는 아니다. 의미와 기능을 가지고 있는 곳이기도 하기 때문이다. 바로 그 불타는 집에서 우리는 우리의 인간적 영적 잠재력을 배우고 진화시키고 발전시키기 위해 시련을 거친다. "불타는 집 안에서 법왕을 볼 수 있다"는 『육조단경』의 혜능의 말씀은, 불타는 집이 속세이자 인간 육체이고, 우리 존재 또는 더 높은 자아의 임시 거처임을 가리키는 것이다.

예술가와 영적 구도자는, 자연 법칙으로는 '타'거나 사라질 운명의 것을 늘 새롭고 신선한 맥락 속에서 재창조해야 한다. 변형의 힘. 예술가는 진흙과 나무와 물감처럼 이 세계의 물질을 이용하는 변형 과정에 몰두하는 반면에, 영적 구도자는 내면 자아의 고요에 의지한다. 재료와 물질을 변형하는 과학자가, 우주 전체가 반영되고 이성의 한계가 순수 직관 속으로 용해되는 내면 또는 더 깊은 자아에 마찬가지로 의지하면, 그 역시 과학기술자라기보다 과학 예술가가 된다.

『고차 세계의 인식으로 가는 길』에서 인지학 창시자 루돌프 슈타이너는 물질이 타는 과정을 '영적 연소 과정'의 이미지로 쓰고 있다. 이 영적 연소는 '불의 시련'이라 불리는데, 더 높은 영적 지식을 향해 가는 사람은 이것을 통해 사물 외부의 장막을 걷어내고(즉 태워버리고) 우주 법칙의 중심인 영적 본질이 드러나 보일 수 있게 해야 한다.

불교에서는 때때로 스님들의 다비 과정에 나오는 사리라 불리는 작은 보석에서 돌아가신 분의 영적 본질의 불가사의한 침전물 또는 물질적 응축물을 볼 수 있다. 이것은 고승을 화장한 재에서 나온다. 부처님은 그 엄청난 영적 위상에 걸맞은 수많은 사리들을 남겼다고 전해진다. 우리는 배용균 감독의 영화 〈달마가 동쪽으로 간 까닭은?〉에서 사리를 찾으려고 돌아가신 스승의 재를 헤집던 스님을 기억한다. 스님은 남은 뼛조각들을 갈아 가루를 만든 뒤 음식과 섞어 경단으로 만들어서 주위에 뿌렸다. 이것은 한국 불교에 독특한, 동물들에 대한 특별한 공양 의식이다.

청도에서 이배와 나는 나무가 타는 것을 보고 난 뒤 숯과 재로 남는 것이 얼마나 적은지를 보고 놀랐다. 일부만 탄 것은 숯으로 남고 완전히 탄 것은 나비 날개 위의 가루만큼이나 고운 희거나 옅은 회색의 재가 된다. 옅은 잿빛은 타서 없어진 욕망을 나타낸다. 욕망과 집착을 없애야만 진정한 내면 자아에 이를 수 있기 때문이다. 이곳 한국에서 우리는 불교 승려들이 입는 옷에서 이 옅은 잿빛을 본다.

우리는 경이로운 마음으로 함께 숯을 본다. 식물 생명의 조직과 저장된 태양 에너지로 된 부정형의 탄소 형태와 그 반대편 형태의 다이아몬드 결정체를. 우주의 모든 자질을 반영하는 여러 측면을 지닌 다이아몬드는 8면체, 즉 여덟 개의 평평한 면과 그 변형체로 결정화된 순수 탄소이다. 이것은 8정도, 즉 여덟 개의 살이 있는 법의 바퀴와 연관된 숫자이다. 탄소의 순환 과정에는 생명과 변형의 신비가 담겨 있다.

이배의 작업을 보고 있으면 숯과 검게 마른 감 '껍질'에서 사는 것과 죽는 것의 과정, 덧없음과 변형의 과정을 명상하게 된다. 하지만 자신의 작업에 불교를 통합하는 그의 직관적 방법은 철학적 진술을 하는 것이 아니라 보는 이로 하여금 경이로운 명상의 과정이 시작되게 하는 것이다. 간 숯가루를 하늘의 구름처럼 흩뿌려 놓은 풍경 속에 뛰노는 아이 하나를 찍은 일련의 사진을 철판에 붙여 놓은 이배의 작품들은 그의 작업이 얼마나 다양하고 경험적이며 명랑 쾌활한지를 여실히 보여준다. 숯에서 재로. 재에서 불사조의 비행으로.

청도의 그늘진 계곡에서 아주 최근 만날 때 나는 이배에게 지금 진행하고 있는 작업이 무엇인지 묻는다. 그의 얼굴이 열정으로 빛나면서 흙과 물에 관련된 새로운 프로젝트에 관해 들려준다. 인간과 생명 요소의 관계에 관한 그의 끊임없는 탐구인 것이다. 내가 무엇보다도 가장 많이 느끼는 것은, 그가 유년기의 메아리를 듣는 청도에서 그가 하는 예술의 시도를 통해 그는 개념의 제약에서 벗어나 자연발생적이고 창조적이며, 가장 중요하게는 놀이의 방식으로 자기 자신을 표현할 수 있다는 점이다. 경이로움과 큰 기쁨의 감각이 그의 '놀이'에 충만하기 때문에, 이것이 우리가 사물 내면의 본성이 밖으로 드러나는 것을 경험할 수 있도록 해주는 예술을 낳는다.

8
천성산을 수놓은 것

푸른 산은 늘 걷고 있다.

The blue mountains are constantly walking.

도겐[18]

몇 년 전인 2003년에 내가 몸담은 대학의 내 학생들 중 하나가 내원사의 지율 스님을 만나 뵈러 가자고 제안했다. 내가 들은 바로는 스님은 산 지킴이였다. 우리는 경산역에서 출발해 청도의 푸른 물결 넘실대는 논과 과수원들을 거쳐 물금으로 가는 완행열차를

---

18   역주) 도겐 : 도겐道元 선사(1200~1253). 일본의 조동종을 창시한 스님. 중국에 유학하여 묵조선의 거장 천동굉지天童宏智의 법을 이어 일본으로 돌아와 영평사에서 오랫동안 법을 폈다. "흘러가는 물도 함부로 쓰지 말라"는 말도 남겨 근검절약의 정신을 일깨워주기도 했다.

탔다. 물금은 남쪽과 북쪽으로 가는 복선 철도가 있는 전형적인 작은 시골 역이었다. 우리는 우선 왁자하게 떠들썩한 작은 물금 전통 시장에 들렀다. 실외와 실내에 먹을거리와 셔츠와 점퍼, 바지와 치마 같은 옷, 수많은 플라스틱 가정용품과 다양한 전자 제품을 늘어놓은 매대가 있었다. 알록달록한 빛깔에 흥성거리고 시끄러운 풍경이었다. 발효식품인 된장과 김치, 오징어 그리고 외국인들이 대개 기피하는 누에고치 튀김인 번데기 등의, 시골 장터에서 흔히 맡을 수 있는 냄새가 장터 전체에 진동하고 있었다.

사내들이 벌써부터 소박한 우윳빛 쌀 발효주인 동동주를 즐기고 있는 우중충한 실내 식당에서 한국의 인기 있는 전통 국수인 칼국수를 한 그릇 먹고 나서, 우리는 내원사로 가는 긴 도보여행을 시작했다. 이런 무더운 여름날에 맑은 물웅덩이가 있는 시내와 수많은 작은 폭포들을 따라서 천성산 내원사로 올라가는 것은 상쾌한 경험이었다. 하지만 산에서 내려오는 물에 의지하고 있는 바로 이 시내가 과거에도 그랬고 미래에도 말라버릴 위험에 처해 있다.

수많은 계곡과 시내와 개울과 오래된 늪지가 있는 천성산은 아직까지 한국에 남아 있는 얼마 안 되는 독특한 야생 지역이다. 내원사와 흩어져 있는 몇몇 암자에 사는 비구니 스님들 말고는 거주자가 없기 때문에, 천성산은 이제까지 멸종 위기 꽃과 벌레와 새와 독특한 도롱뇽 종들이 사는 섬세한 생태계를 그럭저럭 유지해 왔다. 이런 특수성 때문에 천성산은 사실 몇 년 전에 정부가 자연보호구역으로 지정한 것이었다.

그런데 울산시가 고속철도 망에 포함되도록 하기 위해 정부가 스스로 약속을 어기고 18km의 터널을 뚫어서 고속철도가 천성산을 관통하는 승인을 해주었다. 사실 어떤 중요 수단으로도 여행 시간을 단축하기에는 너무나 짧은 울산과 부산 간의 이 특정 구간을 고속철도 망에 포함시킨 결정은 정치적 목적으로 이루어진 것이었다. 그때는 고속철도의 출현을 광고하는 게시판 구호도 눈에 띄었다. 역시나 영어로 "Speed Korea, Great Korea"라고 된 이 구호는 상황의 아이러니를 도드라지게 하는 것이었다. 위대한 한국Great Korea은 영어 쓰는 한국English Korea이라는 걸까? 속도의 대가에는 이 지역 자연유산의 헤아릴 수 없는 손실이 포함되어 있고 천성산이 이 손실의 일부이다.

그 여름날 개울을 거슬러 걸어 올라가서 숲이 우거진 산속에 포근히 안겨 있는 내원사에 도착하여 지율 스님을 만났다. 스님은 바로 이 산을 관통하는 고속철도 노선 계획에 항의하는 무척이나 외로운 투쟁을 이미 2년 동안 해오고 있었다. 한국 사찰에서 관례로 공양하는 녹차를 함께 마시면서, 스님은 계획된 건설 사업이 다양한 생물이 살고 있는 이 산의 삶에 끼치게 될 악영향을 당신이 직접 실행하는 조사를 통해 보여주기 위해 그간 벌여온 비상하고도 헌신적인 노력의 결과를 우리에게 보여주었다.

스님은 컴퍼스를 가지고 온 산을 돌아다니면서 수자원과 야생 물을 기록했다. 스님 스스로 수고롭게 만든 종이 기록 양식을 보니 제안된 철도 노선뿐만 아니라 이 산의 모든 봉우리와 계곡과 분수계도 나타나 있었다. 스님은 분수계와 시내에 끼치는 해악의 정도뿐만 아니라 터널 진동으로 땅과 생명이 어느 정도 피해를 입을지

내원사 전경

도 조사해서 정부 공무원들에게 이 산을 방문할 것을 촉구했다. 건설회사들에 우호적인 자기들만의 조사를 제시하면서 그들은 철도 때문에 어떤 악영향도 없을 것이라고 주장했고 멸종위기종의 존재도 부인했다.

열정적인 자연주의자이자 시인이고 재능 있는 예술사진가인 지율 스님은 지난 수년 간 인내하는 사랑의 마음으로 수로와 동굴과 바위들, 식물과 벌레와 새와 포유동물들을 기록했다. 사진과 회고록과 시와 이야기를 가지고, 스님은 이 산을 직접 경험할 수 없는 사람들에게 이 산의 수많은 목소리들이 빚어내는 심오한 합창 연주를 들려주는 웹사이트를 만들었다.

스님을 따라서 빠른 걸음으로 산비탈을 올라, 한때 오래된 암자 하나가 절벽에 둥지를 틀고 있던 장소에 가 본 것은 스님이 우리에게 베푼 특별한 경험이었다. 가파르고 구불구불한 산길을 올라 이전 암자 자리에 가 보고는, 지율 스님이 이 산을 손바닥 들여다보듯 꿰고 있다는 것을 알았다. 민첩하면서도 가벼운 걸음으로 스님은 힘들이지 않고 움직였기 때문에, 발걸음을 딛는 길에 가능한 최소한의 충격만을 주었다. 희귀 식물 하나하나를 가리켜 보여주었고, 여기저기서 잠깐씩 멈춰 서서 그 곳의 수로와 풍수 명당을 설명하면서, 물의 흐름을 주의해서 보라고 일러주었다. 예컨대 동쪽에서 서쪽으로 흐르는 물이 어떻게 기, 즉 에너지가 더 많고 그래서 '용'의 물이라 불리는지 설명해주었다. 좁은 바위 동굴에서 물이 나와 개울로 흘러드는 한 장소에 멈춰 섰을 때, 나는 바위와 동굴과 물이 살아 있는 존재이고, 생명이 순환하며 춤을 추는 우주의

음양 에너지를 표현하는 생명 형태인 이치를 알 수 있었다.

스님은 어떤 의생과 그의 제자와 관련된 식물에 관한 옛이야기를 들려주기도 했다. 의생은 제자가 환자를 받을 만한 준비가 되어 있는지 알아보기 위해 과제를 하나 내주었다. 제자는 산에 가서 약효가 없는 식물을 찾아야 했다. 그런 식물을 얼마나 많이 찾아낼 것인가? 치유력이 있는 식물이 아니라 아무 병도 고칠 수 없는 식물만 뽑아내야 했다. 제자는 빈손으로 산에서 돌아왔다. 약효 없는 식물은 하나도 없었다. 이 '시험'에 통과하고 나서 그는 환자를 치료할 수 있었다.

나는 지율 스님이 산과 똑같이 호흡하고 있다는 것을 깨달았다. 나뭇잎에 머물고 있는 이슬방울 하나, 햇빛에 은빛으로 반짝이는 거미줄, 또는 수많은 자갈과 바위를 거느리고 노래하는 작은 시내, 이 모든 것 하나하나가, 정교하게 편성된 이 산의 삶의 공동체와 연결되어 있다는 큰 기쁨과 느낌을 스님에게 주고 있다.

넓은 챙의 밀짚모자를 쓰고 있는 이 비구니 스님을 보는 이 순간, 생명의 리듬 있는 순환과정에 내재하는 사랑을 분명히 보여준 또 하나의 강한 영혼, 아시시의 성 프란체스코가 떠올랐다. 성 프란체스코는 서양 언어로 이루어진 기독교 전통에서 태어났지만, 그의 '새에게 주는 설교', '평화의 기도'와 '대지의 노래'에서 볼 수 있는 것처럼 그는 '불교적' 영혼을 지니고 있었다.

지율은 산의 늪지들, 산에 사는 헤아릴 수 없이 많은 생명 형태들이, 자연 그 자체로든 상징으로서든, 우리 인간이 지금 잃어버릴 위험에 놓여 있는 어떤 핵심heart으로 들어가는 관문이라는 사실 또

한 깨닫게 해주었다. 스님이 산의 다양한 생물들 그리고 산의 존재 자체와 함께 살며 누리는 이 관계와 상호연결성이 스님으로 하여금, 곧 들이닥칠 듯 불길한 조짐을 드리우고 있는 것, 즉 산의 심장부를 파괴하는 것에 맞서 외로운 저항을 끊임없이 하도록 만든 것이었다.

이 산과 다양한 생명들을 어떻게 지켜야 할까? 절에서 작별 인사를 할 때, 천성산과 천성산의 어두운 운명에 관해 말하는 스님의 눈에서 슬픔을 보면서, 산을 위해서라면 당신의 생명을 기꺼이 바칠 것이라는 스님의 말이 빈말이 아님을 알았다. 스님은 절의 다른 비구니 스님들 가운데에서도 특별히 눈에 띄는 모습이었다. 아마도 때때로 서로 갈등에 빠지게 될 성격적 자질인, 맹렬한 기세의 활기와 상냥함을 모두 지니고 있는 스님은, 동쪽에서 흘러나오는 물처럼 '용'의 에너지, 말하자면 기가 충만한 깊은 열정에 추동되어 움직이고 있었다.

지율 스님은 희생의 정신으로 산의 생명을 지키는 투쟁을 떠맡았다. 여기에는 스님이 38일 간 지속한 단식투쟁[19]도 포함되어 있는데, 스님의 말처럼 이것은 당신 자신의 분투만이 아니라 산의 도움으로 이루어진 것이었다.

천성산에 다녀온 지 몇 달 뒤에 우리는 다시 스님을 부산에서 만났는데, 부산시청 앞 땅바닥에서 하루에 3천 배를 하는 항의 투쟁

---

19   역주) 이것은 2003년 2월에 부산시청 앞에서 있은 1차 단식을 말한다. 스님은 그 이후에도 2005년 2월까지 2~4차 단식투쟁을 했는데, 각각 45일, 58일, 100일 간 이루어졌다. 뒤에서 저자는 2~4차 단식에 관해서도 언급하는데, 2차와 3차 단식은 기간을 하나로 묶어서 말하고 있는 듯하다.

을 39일 간 해 오고 있었다. 연중 가장 무더운 장마철 더위를 어떻게 견디느냐고 묻자, 스님의 대답은 간단했다. "마음속으로 천성산의 흘러가는 물소리를 들을 수 있기 때문에 감사한 마음으로 이 더위 속에 길바닥에서 절을 드리고 있습니다."

스님의 3천 배가 끝난 뒤 밤에 우리는 지율 스님과 함께 천성산에 있는 작은 암자 안적암으로 갔다. 이곳에서 스님이 전국에서 온 사람들과 함께 "생명의 대안은 없다"는 제목의 토론회를 열었다. 이곳에서는 별이 밝게 빛나고 공기가 신선하고 맑았다. 작은 개울의 물소리가 우리와 함께했다. 지율 스님은 지난 몇 달 동안의 비상한 분투에도 불구하고 빛나는 에너지와 유머와 열정으로 산의 운명에 관한 토론을 재개하면서 좌중을 사로잡았다. 이 모임 결과 부산에서 천성산까지 삼보일배 순례가 결정되었다.

삼보일배 순례는 부산에서 시작해서 8일 뒤에 천성산 화엄벌에서 산에 바치는 회향식과 함께 끝났다. 비구니 스님들과 수녀님들의 행렬에 많은 사람들이 동참했고 이 중에는 먼 도시에서 온 사람들도 있었다.

삼보일배 순례는 한국에서 흥미로운 역사가 있다. 이것은 불교에서 말하는 세 가지 '악', 즉 무지와 분노와 탐욕을 이겨내는 수행을 위해 조계종 불교도들이 시작했다. 그로부터 평화시위의 독특한 한국적 형식이 되었다. 이것은 예컨대 새만금 생태 문제에서 이용되었는데, 바다에 30킬로미터의 긴 댐을 지어 그곳으로 흘러나오는 만경강과 동진강을 막아서 갯벌을 산업, 농업, 관광 지역으로 만드는 정부의 간척사업 계획에 항의하는 삼보일배가 있었던 것이다. 당시에 불교 승려 수경과 가톨릭의 문규현 신부, 원불교의 김경일 교무 그리고 이희운 목사가 새만금에서 서울까지 300킬로미터를 삼보일배를 하며 함께 걸었다. 65일 간의 여정이었다.

세 걸음을 걸으면서 이렇게 말하기도 한다. "우리는 우리의 탐욕과 분노와 무지를 봅니다." 그리고 이마를 땅에 붙이고 엎드리면서 이렇게 말한다. "땅에 사죄합니다."

하지만 기나긴 토론이 있은 뒤에 생태적 관심사들에 대한 겉치레만의 조사가 진행되는 동안 정부의 새만금 계획은 진척되어 나갔다. 당시에 삼보일배의 그 숭고한 목적과 적나라하게 대조되는 장면이 나타났는데, 이 지역을 '시찰'하러 간 정부 관리들이 자기 가족들과 함께 헬리콥터를 타고 관광 비행을 해서 비난을 받은 것이었다. 새만금 시위와 천성산 삼보일배의 참가자들, 특히 화엄벌로 가는 순례 이전에 약 6주 간 날마다 3천 배를 한 지율 스님이 이끈 후자의 예에서 희생이라는 메시지를 볼 수 있었다. 그것은 '음' 또는 '옴'이라는 '우주의 소리' 그리고 지구의 아픔이 우리의 아픔이라는 깨달음에 마음을 여는 희생이다.

화엄벌에 도착하는 날, 비구니 스님들이 일어났다 엎드리면서 물결치듯 삼보일배를 하는 모습은, 산마루와 계곡이 굽이치며 솟아올랐다 내려앉으면서 물결치듯 지평선까지 뻗어 있는 모양과 닮아 있었다. 도겐 선사가 『산수경』에서 부처님이 말씀하신 오래된 지혜를 인용하며 했던 신비로운 말씀이 떠올랐다. "푸른 산은 늘 걷고 있다." 그리고 "푸른 산의 걸음걸이와 너 자신의 걸음걸이를 잘 살펴보아야 한다." 새만금과 천성산의 삼보일배 순례는 한국인들의 비폭력이고 이타적인 저항운동의 역사에 길이 새겨질 것이다.

지율 스님이 선봉에 선 저항운동에 많은 사람이 동참했고, 위협받고 있는 천성산 도롱뇽의 생명을 지키기 위한 법정소송도 이루어졌다. 이것은 한국에서 최초로 인간이 아닌 도롱뇽이 원고가 된 기념비적 소송이었다. 하지만 새만금의 경우와 똑같이 정부의 계획이 관철되었다. 정부로서는 계획을 중단할 만큼 미심쩍어할 만한 점이 전혀 없었다. 지율 스님은 너무도 난감했고 정부가 계획 실행을 연기할 것을 요구했다. 터널은 착공되었다. 그러나 상황이 이런데다가, 우리가 삼보일배 순례를 우리 자신과 우리의 '걸음걸이'를 살피도록 촉구하는, 우리 자신의 내면 자아로 가는 여정으로 이해하지 못한다면, 우리는 삼보일배의 의미 또한 깨닫지 못할 것이다. 우리의 '걸음걸이'가 산의 걸음걸이와 조화를 이루고 있을까? 우리 마음의 리듬이 자연의 큰 리듬에 공명하고 있는가? 산이 흘러갈 수 있으려면 우리 마음과 영혼이 딱딱하게 굳어서는 안 된다. 산의 생명을 살아 있게 하는 바로 그 물이 우리 마음의 샘을 채우는데, 지율 스님이 강조하듯이 이 물이 말라버릴 위험에 놓여 있다.

수많은 어린 학생들이 천성산으로 견학을 와서 지율 스님을 만나고 배우면서 직접 '산과 물'을 느끼고 있고 풀뿌리 저항운동이 여전히 힘을 모으고 있다는 소식은 고무적이다. 새만금과 천성산의 저항운동이 정부가 계획 실행을 그만두도록 하지는 못했다 할지라도, 사람들이 자연 생태와 맺고 있는 관계에 관해 널리 각성할 수 있게 해주었다는 점에서 매우 가치 있는 것이었다. 또한 당면한 목표를 달성했든 못했든 간에, 평화적 저항운동의 과정 자체가 중요한 것이다. 그 과정이, 풀뿌리 운동이 스스로 배우고 비판적 안목을 갖추고 자기반성을 할 수 있는 계기가 되었기 때문이다. 우리는 과도한 성장을 추구하면서 우리 자신과 우리 이후 세대의 삶을 스스로 위협하고 있다. 중대한 물음이 우리 앞에 있다. 자연과 자아를 황폐화하는 이른바 '진보'로 얻는 안락을 위해, 우리뿐만 아니라 헤아릴 수 없이 많은 생명의 삶터인 지구를 희생시켜도 좋은 것일까?

지율 스님은 자신의 저항운동을 계속했다. 〈녹색평론〉에 공개한 메시지에 썼듯이 산이 부르는 소리를 외면할 수 없었다.

껍질을 벗기고

허리를 자르고

이제는 그 심장부를 가르고 가도록

늙은 노모처럼 모든 것을 다 내어주고 묵언하고 있는 저 말없는 산은

이제 자신이 안고 있는 많은 생명체를 안고 울고 있습니다.

눈을 감고 가만히 생각하면

그 울음소리와 그 울음의 의미를 누구나 가슴속에 느껴볼 수 있을 것입니다.

산이 아프다는 것을,

산이 도와달라고 애원하는 것을…[20]

---

20 역주) 지율, 「단식을 풀며」, 〈녹색평론〉70호, 2003년 5-6월호, 213쪽.
      저자가 인용한 부분의 영어 원문은 다소 차이가 있다. 아마도 위 메시지의 핵심을 저자 나

스님은 각각 100일 간 죽음 직전까지 가는 단식을 두 차례 더 했다. 두 번째 단식은, 터널이 생태계에 미치는 영향을 다시 한 번 조사하는 동안 정부가 일시적으로 공사를 중단하겠다고 해서 끝났다. 하지만 나중에 공사가 재개되었고 2006년 초에 끝난 세 번째 단식은 스님을 죽음의 문턱까지 데리고 갔다. 혼절한 것이었다. 이번에는 정부의 약속이나 화해 제스처가 아니라 스님이 깊은 영적 경험이었다고 말하는 그 무엇이 죽음 직전에서 스님을 되살려 놓았다. 4년간의 싸움으로 몹시 쇠약해진 몸에도 불구하고 스님은 터널 공사가 계속되고 있는 와중에도 여전히 대지의 시인으로, 고요한 자연의 목소리의 변호인으로 살아가고 있다.

'금수강산'(문자 그대로 해석하자면 비단, 수놓기, 강, 산)은 한국의 아름다운 풍경을 표현하는 오래된 말이다. 이 말은 물과 산이 마치 오색 실로 수놓은 비단처럼 아름다운 풍경을 만들고 있다는 것을 뜻한다. 지율 스님은 자기 자신의 생명의 실로 천성, 즉 천 명의 성인들이 살았던 이 산에 생기 넘치는 수를 놓았다. 지눌 스님은 거의 천 년 전에 "진실한 마음은 성인 천 명의 어머니다"라고 썼다. 진실한 마음이 모든 형태와 존재 과정의 뿌리라는 사실을 상상하는 표현이다. 그런 마음을 잃지 않고 간직하는 것은 인간이 만들어내는 열매다.

름대로 간추린 것이라 생각된다.

"I can't forget the moment that Cheonsung Mountain called me. The voice of the mountain called; it was like a groan under the noise of machines breaking rocks in the mountain. Is anyone there? Please help me⋯."

(저는 천성산이 저를 부르던 순간을 잊을 수 없습니다. 산이 저를 부르는 목소리는 산의 바위를 깨뜨리는 소음에 깔려 신음하는 소리 같았습니다. 거기 아무도 없어요? 도와주세요⋯.)

9
운명이라는 바람과 파도

어느 가을 이른 바람에

여기저기 떨어질 나뭇잎처럼

한 가지에 나고

가는 곳 모르누나.

We know not where we go,

Leaves blown, scattered,

Though fallen from the same tree,

By the first winds of autumn.

월명사

한국에 처음 도착했을 때, 나는 내가 사는 도시에서 영어를 가르치고 있던 아주 재미난 여성 한 사람을 만났다. 한 친구가 사는 아파트 입구에서 그녀를 만난 순간 나는 그녀가 특별한 사람이라는 걸 알았다. 그녀는 내면의 자신감과 위엄을 발하고 있었다. 그녀는 5년 동안 한국에서 가르친 경험에 바탕을 두고 한국 학생들에게 영어회화를 가르치는 것과 관련된 아주 많은 쓸모 있는 조언을 내게 해주었다. 문학 교수인 나는 이전에 ESL[21]이나 영어회화를 가르쳐 본 적이 없었는데 교재를 정리하지도 못한 채 수업을 시작하게 되었던 것이다. 학생들의 수준을 알기 위해 나는 말하자면 '진단 평가take the pulse'부터 해야 했다. 발표와 그룹 회화와 역할 놀이가 학생들에게 흥미를 주고 동기 부여를 하면서 수업은 놀랍게도 잘 진행되었다. 다른 문화 속에서 새로운 도전과 맞닥뜨리면서 얻게 되는 흥분과 열정으로 아무런 선험적 개념도 없이 당면한 순간에 집중하는 것 역시 아주 좋았다.

텍사스 출신의 내 친구 테라는 훌륭한 직관을 가진 교사였고 따뜻하고도 지적인 개성을 지니고 있었다. 키가 크고 태도에서 강한 존재감을 주는 테라는 미국 남부 특유의 모음을 약간 끄는 말투와 따뜻한 목소리가 주위 사람들이 편안한 느낌으로 주의를 집중하게 만들었다. 신뢰감을 주는 사람이었다. 봄의 파란 제비꽃 빛깔과 비슷한 아주 부드러운 파란색의 큰 눈은 사람들의 시선을 끌었다. "천사 같은 눈"이라고 사람들이 말하곤 했다.

테라는 시간이 흐를수록 점점 더 심해지는 두통을 자주 앓았다.

---

21   역주) ESL : English as a second language. 제2언어로서의 영어.

어느 날 저녁 테라가 내 아파트로 와서 타로카드 점을 좀 봐달라고 했다. 테라는 자신의 두통이 제주도에 살면서 일하던 예전의 사건과 연관된 것이 아닌지 궁금해 하고 있었다. 테라는 한국 문화와 전통에 관심이 있어서 가 보았던 어떤 굿에서 김영갑이라는 사진가를 만났다. 당시에는 테라가 아직 한국말을 할 줄 몰랐고 그도 영어를 거의 못했지만 두 사람은 금세 서로 끌렸다. 강한 연정이 싹텄다. 김영갑은 독특하고 재능 있는 예술가였고 많은 여성들의 관심을 받았다. 테라는 타인들의 시샘으로 마음의 상처를 입었다. 테라가 타로 점으로 알고 싶어 한 것은 자신의 두통이 누군가 자기에게 영구히 가한 일종의 사술 때문이 아닌가 하는 것이었다.

나는 테라의 타로카드를 펼쳐보고 나서 테라가 두려워하는 것과 연관된 어떤 암시도 없다는 것을 금방 알았다. 사실 그런 것 같았다. 병의 원인은 깊이 숨어 있는 일이 자주 있다. 타로카드는 오히려 한 무리의 원인들이 있고, 그 모든 것이 연관되어 있는데 어떤 운명의 일부는 아직 그 수수께끼를 풀 수 없다는 것을 보여주었다. 나는 우리가 더 이상 알아보려 해서는 안 된다는 깊은 느낌이 들었다. 카드들이 말을 몹시 아끼고 있으니 문제를 그대로 놔둘 필요가 있었다.

테라는 곤혹스러워 하면서도 자연요법에 기초한 치유를 스스로 계속해 나갔다. 늘 대담한 척하는 모습을 보였기 때문에 테라가 두통 때문에 얼마나 고생을 하는지 아무도 몰랐다. 테라는 제주도를 좋아했지만 자신이 가르치고 있는 대학에서 벌어진 큰 사건 때문에 일을 그만둘 수밖에 없었다. 한 교수가 여학생들에게 범한 성추

행 때문에 학생들의 반발이 있었다. 테라는 학생들의 편에 섰는데 당시에 이것은 교수와 행정 관리자들이 보기에 적절치 않은 것이었다. 그녀가 외국인이라는 사실이 상황을 더 어렵게 만들었다. 학생들 그리고 몇몇 동료들과도 특별하고 따뜻한 관계를 가져온 테라는 큰 회한이 남는 3년간의 체류 끝에 제주를 떠났다.

테라는 사진가 김영갑이 제주도 한라산을 찍은 큰 사진 포스터를 내게 주었다. 조상을 기리는 한국의 가을 명절 추석에, 테라는 제주도와 마라도를 함께 가보자고 했다. 마라도는 사실 한반도와 다도해로부터 가장 남쪽에 있는 섬이다. 테라는 예전에 그곳을 친구인 김영갑과 자주 찾곤 했던 것이다.

우리는 제주시를 거쳐서 갔는데 제주시에서는 테라의 대학교수 친구 댁을 방문해서 하룻밤 신세를 졌다. 다음 날 아침에는 제대로 차린 한식 조반을 대접 받았다. 밥과 국, 한국인들이 이게 없이는 한 끼 밥을 먹었다고 생각하지 못하는 김치, 조개와 다른 생선류 그리고 여러 가지 채소 반찬들이 그득 차려진 밥상이었다. 그 댁을 나서서 우리는 어떤 커피숍에서 미술가 한 사람을 만나 그의 화랑을 방문했다. 그의 조각품들은 오래된 화산섬 제주에서 흔히 볼 수 있는 돌로 만든 것이었다. 크고 작은 수많은 돌무덤들이 있었고, 오랜 시간 비바람에 씻겨 독특한 모양과 선을 가진 둥글거나 거친 돌들은 사람의 얼굴과 상상 속 영혼과 동물의 형상들을 보여 주었다. 그곳에서 나와 우리는 이 섬의 남단에 있는 항구 모슬포로 갔다.

그리고 이제, 그렇다, 모슬포로 가는 배다.

수평선 가장자리, 넓디넓은 바다에서 부는 바람을 그대로 받으며 그 작은 섬이 떠오르고 있다. 바위와 비탈진 언덕으로 된 이 섬은 그곳에 둥둥 떠 있는 것처럼 보이지만, 눈에 보이지 않는 저 아래 깊은 곳에 단단히 고정되어 있다. 전 세계의 작은 섬들에 공통된 어떤 섬의 마법이 있다. 이 섬들은 큰 바다 위에 신비롭게 솟아올라 있으면서, 본토 도시들의 북새통에서 멀리 떨어져 있는 세계를 찾아와 탐험하며 즐기라고 여행객에게 손짓한다.

이것이 바로 우리가 배에서 내려 부두에서 이 섬 도로로 이어지는 거대한 철 계단을 올라갈 때 느끼는 것이다. 섬이 갑자기 편안하게 긴장이 풀리는 느낌을 준다. 아주 작기 때문에 짧은 시간에 걸어서 돌아볼 수 있다. 집 몇 채, 등대가 있는 높은 곳, 우리가 갔을 때는 다른 학생들은 모두 섬을 떠나고 선생님 한 분과 학생 한 명이 있던 학교 건물 하나. 이곳은 대도시에서 대피해 온 사람들의 은신처이고, 바다 공기가 그 사람들을 치유해준다. 우리는 이곳 학교 선생님을 몇 차례 만나는데(추석이라서 그의 유일한 학생은 섬에 없다.) 그가 우리에게 한국민요 아리랑 가운데 한 가지를 우리에게 가르쳐준다. 똑같은 길을 돌고 돌며 거닌다. 민박집에서 시작해서 작은 절까지 가니 그곳에서는 틀어 놓은 테이프에서 염불 소리가 흘러나온다(스님은 보이지 않는다). 그 평화로움을 만끽하면서 등대를 지나간다. 민박집에는 우리 말고는 다른 손님이 없다. 추석이어서 사람들은 대부분 가족들과 함께하고 있다. 게다가 나무가 없는 이 섬은 아주 작고 특별한 것이 없어서 이곳을 들르는 사람들은 왔다가 비교적 빨리 떠나는 일일 관광객들이다.

테라가 들려주기를 마라도는 김영갑이 사진을 찍을 때 좋아한 장소 중 하나이고 여기서 두 사람이 함께 멋진 나날들을 많이 보냈다고 한다. 그는 무엇보다도 사진가이고 예술가라고 테라가 말한다. 사진예술은 그가 가장 사랑하고 깊은 열정을 바치는 것인데 그는 테라가 바로 이것을 진심으로 이해할 수 있는 사람이라는 것을 알았다. 한번은 어느 날 저녁 때 이 민박집에서 그가 요리를 하다 말고 불 위에서 음식을 타게 내버려둔 채 갑자기 밖으로 뛰쳐나가서 카메라를 설치했다는 이야기를 테라가 재미나게 들려주었다. 그때와 같은 초저녁 빛이 바로 눈앞에 있었다!

시간이 흘러감에 따라 서로의 언어를 조금씩 배우면서 두 사람은 말로 좀 더 잘 소통할 수 있었다. 그러나 훨씬 더 강하면서도, 많은 말로 바꾸어 표현하지 않고도 두 사람이 즐겁게 만남을 지속할 수 있게 해 준 것은 그들의 비언어 소통 방법이었다.

함께 여행하기 전까지는 테라의 두통이 어느 정도인지 몰랐다. 테라는 큰 약 가방을 가지고 있었는데 거의 늘 두통에 시달리고 있었다. 하지만 테라가 뿜어내는 특유의 자신감, 위엄과 침착함 때문에, 그녀와 가까운 사람들 가운데 누구도 크게 걱정할 필요를 느끼지 못했다. 나중에야 확실히 우리가 그랬어야 했다는 것을 알게 되었다. 테라는 우리가 마음을 놓아도 될 만큼 자기 병에 굴하지 않는 것 같았다.

테라는 사람들을 자기 쪽으로 끌어당기는 일종의 자력을 지니고 있었다. 어느 날 저녁에 섬의 작은 식당 겸 술집에서 일을 하는 한 여인이 식당이 문을 닫은 뒤 아주 잔뜩 취한 채로, 우리가 섬을 거닐고 있을 때 우리에게 자기 얘기를 속 시원히 털어놓을 수 있었던 것도 바로 테라의 그 자력 때문이었다. 그 여인은 눈물을 줄줄 흘리면서 자신의 애달픈 이야기를 들려주었는데 테라는 그 얘기의 골자를 알아들을 정도는 한국어를 익혔기 때문에 심정을 이해한다는 친절한 말로 그 여인을 위로하려고 애썼다. 여인은 어린아이를 둘 낳은 이혼녀였다. 한국 관습에 따라서 아버지가 아이들의 양육권을 가지고 있었다. 여인은 쫓겨났고 생계를 위해 이 술집에서 일해야 했다. 여인을 몹시 마음 아프게 하는 것은 자기 아이들을 볼 수 없게 한 것이었다. 우리는 상세한 사연들을 모두 이해할 수는 없었지만, 여인이 자기 아이들을 얼마나 보고 싶어 하는지 그리고 이혼한 여성이라는 이유로 앞으로 얼마나 차가운 세간의 시선을 받으며 살아가게 될지는 알 수 있었다.

지난 10년간 이혼율이 급등하면서 이혼녀에게 이렇게 오명이 붙는 것이 한국에서도 변하고 있었다. 견고한 유교 사회neo-Confucian society[22]의 가치 질서에 금이 가고 있었다. 서구의 영향, 여성들의 점증하는 경제적 독립, 그 밖의 여러 요인이 이 현상을 가속화하고 있었다.

며칠 뒤, 테라와 나는 섭섭한 마음으로, 제주의 충직한 사진가 김영갑이 바람과 파도의 섬이라 부른 이 바람 타는 섬을 떠났다. 1988년에 출간된 『마라도』라는 책에 담긴 이 섬과 이곳 사람들을 찍은 그의 흑백 사진들을 보면, 해녀들이 산소마스크도 없이 오랜

---

22 역주) 유교 사회neo-Confucian society : 'neo-Confucian society'란 정확하게는 '신유교 사회'로, 공자 시대의 유학이 아니라 주자가 세운 성리학이 지배하는 사회를 말한다.

시간 동안 바다 속에 들어가서 해물을 따며 힘들게 일하고 지금은 텅 비어 있는 이 섬 학교 운동장에서 많은 아이들이 여전히 뛰놀던 과거 시간을 떠올리게 된다.

내가 테라를 만나러 그녀의 아파트를 찾아갈 때면 테라는 김영 갑이 얼마 전 서울 가는 길이나 제주로 돌아가던 중에 자기를 보러 다녀갔다는 얘기를 이따금 하곤 했다. 때로는 그가 예기치 못하게 테라의 아파트에서 테라를 기다리고 있기도 했다. 둘의 만남은 언 제나 마음 내킬 때 계획하지 않은 채로 이루어졌다. 그때 나도 실 제로 그를 만났을까? 틀림없이 나는 대구에서 있은 그의 사진 전 시회에 가서 엽서와 책으로 만든 그의 작품들도 받았다. 내가 실제 로 그를 만난 것은 아니었지만 테라가 묘사하는 그의 이미지가 아 주 선명했기 때문에 나는 확실히 그를 만났다는 느낌이 들었다. 하 지만 시간이 흐름에 따라 테라는 아주 이따금씩 이루어지는 만남 그리고 점점 더 실체는 없이 꿈과 과거 순간에 머물러 있는 듯한 관계에 지쳐가고 있는 것 같았다. 미국에서 알고 지내던 사람에게 받은 프러포즈를 받아들일지 고심하기도 했지만 곧 포기하고 말 았다. 김영갑은 수수께끼인 채로 어떻게든 테라와 깊이 연결되어 있는 사람이었다.

그러나 그때 비극이 닥쳤다. 테라의 지속적 두통이 뇌종양 때문 이라는 것이 밝혀졌다. 테라는 치료를 위해 곧바로 미국으로 떠나 기로 결심했다. 자신의 금욕적 성격에 걸맞게도, 테라는 자기 아파 트의 여러 물건들을 어떻게 처리할지 일러주었다. 대구에서의 삶 과 일을 포기하기로 한 것이었다. 그러던 중에 테라가 떠났다는 소식을 듣고 김영갑이 테라의 중요한 소지품 일부를 간직하기 위해 자기 제주도 작업실로 가져갔다. 그는 테라가 돌아올 것이라 기대했다.

테라는 두세 차례 수술을 받았다. 살고자 하는 그리고 심적으로 정신적으로 성장하고자 하는 엄청난 용기와 강한 의지로 테라는 막심한 고통을 견뎌내는 전사처럼 투병했다.

여러 해 뒤, 테라가 여전히 투병하고 있을 때, 나는 은해사 근처에 있는 마을에 살고 있는 친구들 집을 찾아갔다. 복도를 지나 어떤 방에 들어가 보니 김영갑의 한라산 사진 포스터가 있었다. 놀란 마음으로, 나는 내가 그를 안다고, 아니 그게 아니라 미국 출신의 그의 친구를 아주 잘 알고 지냈다고 말했다. 그 사람들은 내가 말하는 두 사람의 관계는 몰랐지만 김영갑의 사진집을 몇 권 가지고 있었다. 그는 한국에서 루게릭병이라고 알려져 있는 ALS[23]를 앓고 있었다. 이때는 몸이 너무 쇠약해져서 카메라 셔터도 누르지 못할 정도였다.

이 병으로 무척이나 힘든 몸임에도 그는 제주도에 폐교 하나를 얻어서 사진 전시실과 작업실로 바꾸어놓았다. 우리는 얼김에 그를 찾아가보기로 했다.

내가 본 사진의 기억으로는 그는 건강하고 키가 크고 건장한 체구에 긴 포니테일 머리를 하고 있는 남자였다. 아주 강한 힘이 뿜어져 나오는 사람이었다. 길들여지지 않은 자유로움을 지니고 있

---

23   역주) ALSamyotrophic lateral sclerosis : 루게릭병.

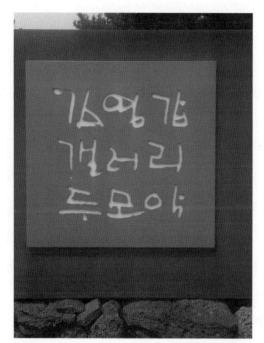

김영갑 갤러리 안내판

고 영락없는 예술가의 창의력이 넘치는 남자였다.

전시실에 있는 그에게 다가가고 있었다. 병으로 수척하고 쇠약했음에도, 그는 힘들어 하면서도 따뜻하게 우리를 맞아주었다. 내가 테라와 나의 우정에 관해 말하자 그는 과거 풍경 속에 있는 자기 친구를 바라보고 있기라도 한 듯 먼 곳에 시선을 둔 채 말했다. "천사 같은 사람이었죠." 그러고는 다시 나를 지긋이 바라보았다. 테라를 아는 사람과 이야기를 나눌 수 있어서 기뻐하는 표정이었다. 그는 테라와 연락을 유지하고는 있었지만 자주 하지는 않았다. 테라의 병이 어느 정도인지 알고 있었다. 그러나 다시는 만난 일이 없었다.

이때 그가, 인간 삶의 큰 신비의 일부로 내 기억 속에 아로새겨져 있는 어떤 사연을 내게 털어놓았다. 그는 테라가 갑자기 한국을 떠났다는 소식을 들었을 때 스스로에게 한 말이 무엇이었는지 말했다. "테라가 병 때문에 한국을 떠났고 나를 떠났다면 나도 병이 들 거야."

그가 스스로 한 예언대로 되었다. 테라가 떠난 지 2년 뒤 그는 ALS라는 진단을 받았다. 점차 병이 깊어 갔다. 이제는 말할 때 아주 힘이 들었고 머리도 손으로 받치고 있어야 했다. 말하고 먹는 것이 모두 그에게는 몹시 지치는 일이었다. 밤에도 편히 쉬기가 너무나 힘들었다. 이제는 자신에게 아주 중요한 것, 즉 사진을 찍을 수 있는 능력도 잃어버렸다고 말했다. 그의 병은 만사를 포기하는 것 또는 '놓아주는 것'이 몹시도 괴롭지만 피할 수 없는 일이라는 것을 가르쳐주었다. 훗날 나는 예술을 향한 그의 열정이 그가 작업실에서 사진을 현상할 때 쓰는 독성 화학물질의 위험성보다 더 중요한 것인지 궁금하지 않을 수 없었다.

그는 죽으면 자기 사진을 모두 불태웠으면 좋겠다는 말도 했다. 나는 그 연기와 재를 상상했다. 그것은 공양일까? 사진의 물질성에서 해방된 그 사진과 풍경과 사람들의 영이 피어올라 육체에서 자유로워진 그의 영과 만나 함께하게 될 것이었다. 우리가 이런 말을 나누지는 않았지만, 이것이 바로 내가 그의 말에서 느낀 것이다. 또 다시, 그는 이 병이 어떻게 자신에게 만사를 놓아주라고 가르쳐 주는지 말했다.

그와 나 모두 우리 만남에 깊이 감동 받았다. 그는 자신의 소식과 미술관 돌문 앞에서 찍은 사진이 실린 최근 신문 기사 하나를 테라에게 보내달라고 내게 부탁했다. 나는 방학 때 캐나다에 갈 때 테라에게 연락해서 그와 만난 이야기를 들려주겠다고 약속했다. 작별인사를 하면서 그가 제주에서 보통 보는 사람 형상의 작고 검은 돌 조각품 하나를 내 손에 꼭 쥐어주었다. 그것은 유명한 하루방 모양이 아니라(제주의 구멍이 숭숭 뚫린 검은 화산석으로 만든 이 작은 할아버지 수호신 형상은 제주의 어느 관광지에도 지키고 서 있고 판매되기도 한다.) 무릎을 꿇고 있는 모습인데 내 손안에 들어올 만큼 작으면서 더 오래되고 신비로운 느낌을 주는 것이었다. 이 인물상은 따뜻한 느낌을 주는데 지금까지도 그 온기를 지니고 있다. 이 인물상의 자세에는 내가 상상할 수 있는 것 이상의 것이 있었다. 하지만 그 온기는 우리 만남의 증거로 남아 있다.

미술관 안팎에는 제주도와 제주도의 역사를 특징짓는 그 검고

구멍이 숭숭 뚫린 화산석 무더기들이 있었다. 그의 병이 근육을 단단하게 만드는 것이어서, 나는 그 순간 분위기를 부드럽게 해주는 식물과 꽃나무가 있으면 좋겠다는 생각이 들었다. 그러나 이 돌들은 사진가 김영갑의 생애에서 아주 중요한 부분이었다. 이 섬의 저 깊은 화산 속에 있는 불덩어리에서 용암이 터져 나와 쌓였고, 그의 미술관도 한라산의 옛 제주 지명을 따서 두모악이라는 이름을 붙인 것이다. 섬 전역에 있는 낮은 돌담을 찍은 그의 사진들이 그와 그 돌들 사이의 깊은 관계를 증명한다. 풍경의 영혼 또는 정신이 그것을 알아볼 수 있는 눈에 자기 모습을 드러내 보이는, 포착하기 어렵지만 완벽한 아름다움의 순간을 기다리면서, 삼발이에 올려놓은 카메라를 가지고 들이나 산허리에서 몇 시간이고 움직이지 않고 서 있을 만큼 그 자신이 바위 같은 인내심을 가지고 있기도 하다. 당대에 자신의 시대를 맞아보지 못하고, 역시 서서히 고통스럽게 심신을 소모시키는 불치병으로 죽은 시인 존 키츠는 "아름다운 것이 참된 것이고 참된 것이 곧 아름다운 것Beauty is truth, truth beauty"이라고 썼다.

그가 짊어지고 있는 이 불치병에서 우리가 느낀 그의 비극적 생애와 큰 외로움 때문에, 우리가 그를 만나 이야기를 나눈 뒤 그의 사진 작품들을 고요히 볼 때 내 일행 중 한 사람은 볼에 눈물이 흘러내리고 있었다. 미술관에 있는 다른 방문객들도 분명히 감동을 받아서 자기 존재의 깊은 내면으로 침잠하고 있는 것 같았다.

캐나다에서 테라의 집에 전화를 걸어보니 테라의 부모는 김영갑의 처지를 알고 있었다. 뇌일혈로 병세가 악화되어 있던 그때 테라는 기억에도 문제가 있었다. 그러나 잠시 이야기를 나누고 나자 상황을 이해했다. 테라의 병 역시 그녀를 점점 쇠약하게 만들고 있었기 때문에, 내가 느끼기에 이렇게 여러 해 동안 생과 사를 넘나드는 투병을 하고 난 뒤 테라에게는 제주에서 보낸 과거가 다소 멀찍이 떨어져 놓이게 된 것 같았다. 나는 테라에게 그 편지 기사를 보내주었다. 끊임없는 고통을 겪는 이의 몹시 야윈 몸과 해쓱한 얼굴을 한 김영갑이, 그 병에도 불구하고 새로 고쳐낸 자신의 미술관 앞 돌 정원에 서 있는 사진이 실려 있었다. 잠깐 동안 그것을 테라에게 부칠지 망설였다. 이것이 테라를 더 고통스럽게 만들지 않을까? 그러나 나는 그에게 한 약속을 지켰다. 그가 내게 그 작은 인물상을 줄 때 내 손에 전해진 그 손의 온기가 남아 있었다.

이듬해 봄에 서울에서 그의 자연 사진 전시회가 있었다. 그는 참석할 수 없을 정도로 쇠약해져 있었다. 그 중 많은 사진이 이전에 책에 실렸던 커다란 파노라마 컬러 사진이었다. 그는 그 사진집에 『은은한 황홀』이라는 제목을 붙였는데, 아마 영어로는 'glimmers of ecstasy through veils of mist(은은한 안개 속에 깜박이는 황홀경)'이라고 설명하면 아주 좋을 것 같다. 황홀경이라는 말은 물론 무당의 무아지경을 설명할 때도 쓰인다. 무속에 관한 김영갑의 깊은 관심은 제주에서 당시 행해지던 무속 제례의 어떤 본질을 표현한 초기 흑백사진에 나타난다.

이 전시회에서는 화산석 돌담, 아름다우면서도 영혼을 고양하는 노란 유채꽃밭, 그리고 억새 물결 속에 둥실둥실 떠다니는 흰 씨갓털 등 그야말로 제주도 특유의 자연을 본다. 풍요로운 수확의 계절에 무르익은 낟알들의 무게를 견디지 못해 벼가 절을 하고 있는 황금빛 벌판과, 봄에 바로 그 벌판에서 어린 싹이 푸른빛을 발하고 있는 풍경도 보인다. 극적인 하늘을 배경으로 찍은 어리고 호리호리한 나무와 크고 오래된 나무들의 실루엣 사진도 있다. 흙으로 된 산비탈에 모신 조상들의 둥근 묘지들, 소나무 줄기를 비추는 눈부신 햇빛, 파도와 모래의 여러 가지 형태와 리듬, 풀밭에 물결치는 바람, 다채로운 하늘빛 속에 떼 지어 모였다 흩어지는 구름들도 볼 수 있다. 드라마와 힘과 사랑과 서정성과 유연함이 한데 어우러져 있다. 자연의 황홀경이 그에게 모습을 드러낼 때, 그 벌판 그 자리에서 나무처럼 뿌리박고 서 있었던 그의 눈은 영적인 것을 참으로 보고 있었다.

하지만 보는 우리들이 내면의 명상을 통해 생기를 불어넣어, 잎에 떨어지는 빗방울, 천천히 신음하듯 쓸려가는 바람 소리, 나무에서 울어대는 매미 소리, 태양이 보내준 벌판 온기의 느낌처럼, 보이지 않는 것들을 비롯한 그 모든 것이 살아 움직이게 하지 않는다면, 이 사진들은 그저 흥밋거리로 남을 수 있을 뿐이다.

그의 사진 속 풍경에 몰입해 있으면, 아름다움이 보편적 진실을 가지고 있지만 개별적이고 독특한 방식으로 각 개인의 내면에 흘러들어가는 것임을 알게 된다. 내가 그의 작품을 명상할 때는, 자연에 헌신하는 연인과 복종하는 머슴의 순수한 마음을 통해 제주도와 마라도가 자기 모습을 내게 드러내 보인다.

미묘하게 끊임없이 변화하는 바다, 하늘, 바람, 돌, 나무와 꽃의 모습은 내게 이중의 느낌을 준다. 한편으로는 고양되는 느낌이 들면서도 동시에 아픔과 슬픔도 경험한다. 김영갑의 예술은 우리에게, 자연의 순수함과 장엄함, 나무와 산과 땅과 물이라는 의상을 입은 모습으로 우리 눈에 보이게 되는 정신 법칙의 신성함을 느껴 보라고 한다. 동시에 우리 내면의 오염과, 자연의 리듬을 존경하고 현재-미래와 평화롭게 공존하며 사는 능력의 부재 때문에 슬픔과 부끄러움을 느끼지 않을 수 없다. 김영갑의 글과 사진 모두에서 그가 땅과 하늘과 바다와 맺고 있는 관계가 하나의 큰 경이이자 기쁨이고 숭배라는 것을 느낄 수 있다. 한 사람의 진실한 예술가로서 그는 불멸의 순간, 즉 정신이 물질로써 가장 진실한 형태로 모습을 드러낼 때의 순간을 늘 포착하고자 했다.

참된 것이 아름다운 것이고 아름다운 것이 참된 것인 순간을 포착하는 것. 카메라의 셔터를 누르고 암실에서 사진을 현상하는 집중된 작업으로 그것이 이루어진다. 그 순간이 모습을 보인다. 그러나 이것은 빗속이나 햇볕 아래 들판에 몇 시간이고 계속 서서 참을성 있게 기다리는 예술가의 치열한 작업 없이는 일어날 수 없는 일이다. 들판과 산에서 온전히 마음을 집중한 채로 자연의 본모습이 드러나기를 기다리면서 김영갑은 명상하는 영적 길을 걸어갔다. 순수하게 집중하는 마음과 영혼의 상태에 도달하고자 모든 사고와 방해 요소들을 마음에서 쓸어내고 나자 자연의 신성함에 자기 자신을 완전히 열어놓을 수 있었다.

황홀경은, '은은한 황홀'이라는 표현으로 그가 말하는 것처럼, 자연을 보는 사람이 자연과 온전히 하나가 될 때의 순간을 경험하는 것이다. 그러나 그것은 (안개같이)미묘한 것이고, 명상을 한 뒤에야 모습이 드러난다. 구름의 변화무쌍한 모양들, 석양 하늘에 나타나는 천상의 빛깔들, 진주처럼 빛나며 풀밭에 온통 흩뿌려져 있는 반짝이는 이슬방울의 둥근 모양들 같은 것이다. 김영갑은 무엇보다 사진의 시인이어서, 자연 현상 속에 있는 초월적인 것, 즉 색과 소리로 이루어진 우리의 이 이루 말할 수 없이 아름다운 세상에서 초월적인 것, 다시 말해 정신이 희미하게 빛나는 모습을 보여주었다.

전시회 개최 한 달 뒤, 김영갑은 자신의 육체에서 놓여나 평화로이 다음 생으로 건너갔다. 생의 마지막 몇 달 동안 그는 몇 가지 달라진 모습을 보였다. 자신에게 그리 냉혹하지 않았고, 주위 사람들의 도움을 더 편안히 받아들였고, 밤에 느끼는 고통과 내면의 평화에서 안식을 얻기도 했다. 아마도 사랑하는 사람보다도 더 자신에게 다정한 자연 풍경의 빛과 바람과 공기의 모든 분위기를 다른 누구도 흉내 낼 수 없는 방식으로 포착해낸 그는, 자신이 늘 알아왔던 것, 흙과 바람과 불과 물과 나무 그 자체로 이루어진 친밀한 존재 속으로 미끄러져 들어갔다. 그리고 자연 원소들의 세계를 거쳐저 너머 순수한 하늘의 자유로움 속으로 날아갔다.

하지만 바다와 하늘과 그 밖의 수많은 풍경들을 담은 서울에서의 사진 전시회에서 불현듯 어떤 생각이 들었다. 인간이 없는 세상이 아닌가. 그곳에 인간이 존재하지 않는다는 의미는 아니다. 분명히 돌담과 논밭은 남자와 여자와 아이들 노동 없이는 존재하지 않고, 무덤은 이 세상을 살다 간 사람들을 조용히 증명하는 것이다. 더구나 풍경 속에 불가피하게 나타나는 전봇대와 전깃줄은 불길하게 인간 존재를 증명한다. 하지만 초기작에서는 그가 제주도와 마라도 사람들의 일과 일상생활을 예리하면서도 애정 어린 시선으로 포착한 바 있었다. 제주에 관한 짧은 에세이를 모은 책 『그 섬에 내가 있었네』에서도, 공감하는 관심과 깊은 느낌으로 사람들의 생활과 관습과 사투리와 전통을 기록했다.

생애의 마지막 몇 해 동안 사진가로서 왜 자연만을 찍고 사람은 전혀 찍지 않았는가라는 수수께끼는 나비가 태어나기 전에 애벌레를 감싸는 고치처럼 그를 둘러싸고 있다.

시대를
산다는 것

우리가 만물의 균형을 위협하면, 물질적 생존만을 위험에 빠뜨리게 되지 않습니다. 더 근본적인 문제는 우리의 영적 감수성을, 즉 우리를 둘러싼 세상을 보며 영원히 경이로움을 느끼도록 마음이 열려 있을 가능성을 위험하게 만든다는 것입니다. 또한 만약 평화가, 드러내 놓고 다투는 것을 잠시 멈추는 것 이상이 되려면, 그것은 다른 이들을 향해 이렇게 열정과 경이에 찬 존경심을 바탕에 둔 것이어야만 합니다.

When we threaten the balance of things, we don't just put our material survival at risk. More profoundly, we put our spiritual sensitivity at risk— the possibility of being opened up to endless wonder by the world around us. And if peace is to be more than a pause in open conflict, it must be grounded in this passionate, amazed reverence for others.

로완 윌리엄스[24]

---

24 역주) 로완 윌리엄스(1950~) : 웨일스에서 태어나 케임브리지 대학 크라이스트 칼리지에서 신학을 공부했고 1975년 옥스퍼드 워덤 칼리지에서 박사 학위를 받았다. 1978년 성공회 사제 서품을 받은 뒤 학자 성직자로 활동을 병행했다. 학자로서는 케임브리지 대학 교수를 거쳐 옥스퍼드 대학교의 레이디 마거릿 교수를 역임했으며 1989년에는 옥스퍼드 대학에서, 2006년에는 케임브리지 대학에서 신학자에게 대학이 수여할 수 있는 최고 학위인 명예 학위를 받았다. 성직자로서는 몬머스의 주교, 웨일스 대주교를 거쳐 2002년부터 2012년까지 11년간 잉글랜드 출신이 아닌 성공회 주교로는 최초로 캔터베리 대주교로 임명되어 세계 성공회 공동체the Anglican Communion를 이끌었다. 현재는 케임브리지 대학 모들린 칼리지의 학장으로 재직 중이다. 영국 학사원 회원FBA이며 웨일스학회 회원FLSW, 영국 왕립 문학협회 회원FRSL이기도 하다. 주요 저서로 『기독교 영성 입문The Wound of Knowledge』(1979), 『왜 과거를 공부하는가?Why Study the Past?』(2005), 『신뢰하는 삶Tokens of Trust』(2007), 『도스토예프스키Dostoevsky: Language, Faith and Fiction』(2009), 『그리스도인이 된다는 것Being Christian』(2014), 『언어의 가장자리The Edge of Words: God and the Habits of Language』(2014) 등이 있다.

10
4월의 어느 일요일

봄은 신부의

발소리와 함께 온다.

Spring comes with

the footsteps of a bride.

이영미

밤사이에 따뜻한 날씨가 깃들었다. 게다가 길고 건조한 겨울 뒤에 뿌린 봄 소나기가 대지에 생기를 되찾아주었다.

길가와 정원과 도로에 줄지어 핀 작고 노란 별 모양 개나리꽃이 봄이 오는 것을 가장 먼저 알려준다. 사실 개나리는 일 년에 몇 차례 핀다. 개나리가 봄이 가까이 왔다고 느낄 만큼 따뜻한 짧은 기간 동안 겨울 햇살에 이 노랗게 빛나는 꽃들이 피어나는 것은 드물지 않게 보는 일이다.

새로 돋아난 버드나무 잎이 황록색 윤기를 띠고 난 뒤에는, 목련이 희고 큰 꽃을 피우며 장엄한 자태를 뽐낸다. 자목련은 백목련 언니가 꽃피고 난 몇 주 뒤에 따라 하듯 꽃을 피운다. 특히 이 나무는 크고 현대적인 도시 건물들 사이에서 잊힌 듯 서 있는 시골집 기와지붕 곁에서 그 화려한 자태를 펼쳐 보일 때, 우리의 눈과 가슴을 즐겁게 해준다.

그러나 내심으로는 누구나 벚꽃이 피기를 학수고대한다. 그 다섯 장 꽃잎들은 신록이 오기 전에 펼쳐진다. 벚나무는 그때 녹색이 진정시키지 못하는 분홍색과 하얀색의 부드러운 꽃그늘에 감싸인다. 벚꽃 잎이 떨어지면, 어리고 연약한 푸른 잎들이 돋아난다.

무수히 많은 시인들이 짧은 만개 뒤에 눈의 기억처럼 땅으로 떨어져 흩어지는 가녀린 벚꽃의 덧없는 생애에 관해 썼다. 그 생의 무상함을 찬미하기도 비탄하기도 한다. 그러나 무엇보다도 그리움을 가장 많이 표현한다. 그 짧은 생의 꽃을 피우는 나무의 아름다움과 함께 오는 순수함을 향한 그리움이다. 덧없는 세상에서 영원히 지속되는 순수를 꿈꾸는 것이다.

내가 나무들 사이를 걷는 캠퍼스가 시간이 흐를수록 더 많은 건물들이 빽빽이 들어차고 길이 차로 더욱더 막히고 있지만, 가족들이 벚꽃을 보러 이곳으로 와 잔디 위에서 소풍을 할 때 아이들이 흰 꽃가지 아래서 즐겁게 웃고 소리 지르며 노는 모습이 사라지는 법은 없다. 벚꽃을 자세히 들여다보면 각각의 꽃잎이 다른 꽃잎과 만나 하나로 합쳐지는 부분에 아주 작은 빨간색 별 모양이 있는 것을 볼 수 있는데, 이것은 하늘이 땅과 만나는 듯한 경이로운 느낌을 준다.

19세기 일본 시인 오토가키 렌게쓰에 관한 흥미로운 이야기가 있는데, '렌게쓰蓮月'라는 불교식 이름은 '연꽃달'을 뜻한다. 그녀가 순례를 하다가 하룻밤 묵을 만한 곳을 찾으려고 한 마을에서 가던 길을 멈췄다. 하지만 아무도 자신을 안으로 들이지 않았고, 어둠 속에서 결국 들에 있는 어떤 나무 아래로 가서 잠을 잤다. 한밤중에 깨어나 보니 하늘에는 흐릿한 은빛 달이 떠 있고 꽃이 만발한 벚나무 아래서 잠을 자고 있었던 것이다. 밤의 아름다운 정경을 보고 깊은 경외감에 빠진 채, 그녀는 자신을 문전박대하여 이 나무 아래에서 깨어 있을 수 있게 해준 마을 사람들에게 고마움을 느꼈다. 동시에, 그들의 극단적 삶의 압박이 그들의 냉정해 보이는 마음의 주된 이유라는 것도 알 수 있었다. 자기야말로 엄혹한 시련과 비극의 삶을 살았기 때문이다.

"사람들이 고단한 삶의 힘든 시간을 보내고 있음을 나는 느끼지만, 만발한 꽃과 으스름 달빛 아래에서 자는 것이 내겐 위안이 되네"라고, 그녀는 나중에 시에서 썼다.

늦봄에 강한 향내를 공중에 풍기는 라일락의 모습은 신비감이 훨씬 덜하다. 그리고 낮은 산비탈에서는 아카시아 나무들이 갑자기 환하게 꽃을 피운다. 나뭇잎의 녹색이 더 우세해서 눈으로 보기에는 작고 하찮기까지 하지만, 그럼에도 그 꽃들은 차량 물결로 뒤덮인 창백한 도시의 역겹고 숨 막히는 냄새 속으로 그 달콤한 향기

왕벚나무

를 어떻게든 스며들게 한다. 봄날 아침에 밖으로 나갈 때 다른 때
라면 악취가 나는 곳에서 꽤 오랫동안 머물러 있는 흔치 않은 향기
를 맡는 것은 언제나 놀라운 일이다.

　4월의 어느 일요일에, 봄 소나기가 뿌린 뒤 맑은 공기 속에 학생
네 명과 내가 팔공산을 향해 나섰다. 풀들이 말 그대로 불꽃이 솟
아오르듯 자라 있었다. 마치 세상이 밤새 변신한 것처럼 사방에 녹
색 불꽃이 타오르고 있었다. 바깥에 나가고 싶어서 안달하던 학생
들은 구름이 시시각각 변하고 태양이 간간이 모습을 드러내는 하
늘 아래에서 즐겁게 재잘거리고 있었다. 소풍을 제안한 B가 내게
왕벚꽃을 가리켜 보인다. 한국 벚나무라 부르기도 하는 왕벚나무
는 일본 벚나무와 다른 것이다. 왕벚나무는 짙은 분홍빛에 무성하
다 싶을 정도로 속이 꽉 찬 큰 꽃무더기들이 푸른 잎과 동시에 환
하게 피어난다. 건장하고 아름답고 오래 가서, 고상한 것을 찾는

시인들에게는 외면 받기 때문에, 한국 벚나무는 왕처럼 흥겨운 봄의 춤을 즐길 뿐이다.

우리는 서로서로 무척 잘 어울렸기 때문에 더할 나위 없이 좋은 소풍날이었다. 먼저 낮은 봉우리 하나를 올라서 거기서부터 염불암으로 내려가 바위에 새긴 부처님들과 작은 법당 안에 모신 산신께 인사를 올렸다. 산신각은 아이를 갖기 원해서 절과 기도를 올리는 여인들이 특히 많이 찾는다. 아들을 낳게 해 달라는 소원을 들어주신다고도 한다. 하지만 학생들은 아직 관심이 없다. 이들 중 둘은 사실 오래 사귄 사이인데 서로 좋아하지 않는 것처럼 농담을 한다.

"니네 어무이는 내를 싫어한다 아이가"라고 B가 여자 친구에게 빈정대며 약 올리는 표정을 지으면서 말하지만, 사실은 이건 자기와 여자 친구 엄마가 사이가 아주 좋다는 것을 뜻하는 것이다. B는 외향적이고 천하태평인 성격인 데 반해 이 여자 친구는 수줍음을 많이 타고 예민하면서도 귀엽다. 둘 다 아주 뛰어난 학생들이다. 하지만 여학생이 남자 친구보다 더 열심히 한다. B에겐 만사가 쉬워 보인다. 강의실에서는 다른 학생들에게 관심과 호기심을 받거나 우스갯소리를 듣지 않으려고 둘이 대개 서로 멀리 떨어져 앉지만 사실 우리 대부분은 둘 사이의 자력을 느낀다. 나는 두 사람이 '완벽한' 커플이라는 생각을 자주 했기 때문에 나중에 둘이 헤어졌다는 말을 듣고 슬픈 마음이 들었다.

깊이 상심해서 내게 그 사실을 들려준 것은 여학생이었는데, 남자 친구가 둘의 관계에서 중요한 것들에 관해 자기에게 거짓말을 했다고 말하는 것이었다. 남학생은 자기 입장에서 볼 때 여자 친구가 너무 보수적이라고 내게 말했다. 확실히 남학생은 사고와 행동에서 훨씬 자유로운 반면에 여학생은 학생과 딸로서 사회와 가족에게 받는 기대에 여전히 얽매여 있었다. 가족은 이 여학생이 교사가 되기를 기대했다. 고등학교 은사들도 그렇게 하라고 제자를 강하게 설득했다. 졸업 후 여학생은 영어를 공부해서 학위를 따려고 유학을 갔는데, 그곳에서 자신의 출신 배경과 그것이 함의하는 모든 조건을 떨쳐버리고 미래의 꿈을 바꾸었다. 가르치는 일이 더는 당연한 운명으로 여겨지지 않았다. 이러던 중에 B는 한 대학원 학생과 결혼해서 나중에 아내와 함께 미국으로 건너가 공부를 계속했다.

그러나 이 4월의 일요일에는 그 미래가 아직 불화의 조짐을 디밀고 들어오지 않았고, 밀고 당겨가며 나누는 둘의 다정한 농담은 매력마저 있었다. 불자로 자라난 B는 이 절의 다양한 특징에 관해 술술 이야기한다. 그가 말하기를 그의 어머니는 실천적인 불자여서 장기간 절에 머무는 일이 자주 있단다. 그의 가정 배경은 사실 흔히 보는 경우가 아닌데, 직업 때문에 여러 도시를 돌아다니다 보니 벌어지는 통상의 상식적 이유도 없이 부모가 서로 오랜 기간 떨어져 지내 온 것이었다. 이것이 아마도 그에게 무엇에 순응할 필요를 느끼지 않아도 될 만한 기회를 주었을 것이다. 그는 학생들이 반드시 따라야 하는 통상의 주의에 관해 비판적인 태도를 가질 수 있었을 뿐만 아니라 스스로 선택하고 생각할 줄도 알았다. 어떤 창조성과, 때로는 지적 태만에 가까운 장난기도 가지고 있었다. 그러나 항상 무언가를 수행하거나 공부해야 한다는 강요를 의식적으로 거부할 줄 아는 것은 다른 학생들이 갖지 못한 장점이었다. 스스로 덜 제한되어 있다고 느꼈고 이 자유로운 느낌이 자기정체성의 일부를 이루고 있었다. 그는 유연하고 상상력이 풍부했다.

그 당시 1990년대 후반에는 아직 한국 학생들에게 무언가 친밀감을 주는 면이 있었다. 그것은 말로 쉽게 옮길 수 없는 가슴속 느낌과 관계가 있다. 우리가 서양에서 종종 만나는 비판적이고도 아는 체하는 태도에 물들지 않은, 만사에 스며들어 있으면서도 보이지 않게 조용히 흐르는 온기가 있었다. 일종의 순수함 또는 천진무구함. 사람들이 아직은, 분별적이고도 계산적인 이해관계에 의존하는 경우가 자주 있는 머리보다는, 가슴으로 듣는 법을 아는 것 같았다.

그 뒤로 이루어진 서구화 과정, 즉 문화에 관한 한 상당히 미국화되는 과정이 단단히 뿌리박고 있었다. 게다가 미국화의 특정 문제와 무관한 아주 중요한 변화가 핸드폰의 도래와 함께 일어나고 있었다. 엄청나게 많은 '삐삐'들이 쓰레기 더미로 쌓였고 그 새로운 물결이 시작되는 시점에 학생들은 싸구려 보석으로 장식된 핸드폰을 물신숭배의 대상처럼 목에 걸고 다녔다.

내가 처음에 한국에 왔을 때 학생들은 "한국 학생들에 대해서 어떻게 생각하세요?"라는 질문을 자주 했다. 자신들을 캐나다 학생들과 비교해주기를 바랐다. 내 분명한 대답은, 캐나다 학생들이 강의실에서 질문에 쉽게 답하는 반면에 한국 학생들은 예의를 차리느라고 침묵을 지킨다는 것이었다. 어떤 학생들, 특히 여학생들은 말하기를 너무나 부끄러워했는데, 이것은 여성은 수줍음이 많고 겸손하며 앞에 나서는 것을 삼가야 한다는 유교 사회Neo-Confucian society로의 역류 현상이고, 다른 학생들은 답을 알고 있어도 남들 앞에 나서거나 자기 자랑을 하는 것이 옳지 않다고 생각하여 말하지 않았다. 일부 학생이, 특히 외국에 다녀온 학생들의 경우에 변화를 원했고 과감하게 말을 하기도 했지만, 이러한 기본 유형은 변함없이 지속되었다.

때때로 우리같이 영어를 사용하는 외국인들은 한국인 특유의 무례와 퉁명스러움으로 보이는 언행을 경험하기도 했다. 버스나 길거리에서 전혀 모르는 사람이 다가와 자기네의 영어 연습을 도와달라거나 자기네가 읽고 있던 영어 신문을 보아달라는 일이 있었던 것이다. 한번은 이런 일이 내가 집에 들어가려고 화급히 아파트 단지에 들어서고 있었던 한밤중에 벌어지기도 했다. 공격성에 가까운 이런 일종의 성급함과 무례함은 사실 오래된 생존 기술의 일부였다. 오랫동안 외부의 침략으로부터 그리고 오늘날에는 공격적인 국내 경쟁에서 살아남기 위해 터특한 태도가 바로 "밀어붙이지 않으면 성공하지 못한다"는 것이다. 이것은 아이들에게서 아이다움을 빼앗곤 하는 '빨리 빨리' 사회의 단면이기도 하다. 아이들조차도 늘 재촉당하는 말을 듣는다. '뒤쳐지지' 않도록 빨리 먹어라, 빨리 입어라, 빨리 뛰어라, 다시 말해서 좋은 유치원, 좋은 초등학교, 중학교, 고등학교, 그리고 일류 대학에 들어가야 한다, 등등. 지방의 핸디캡에도 불구하고 아이가 서울에 있는 대학에 들어가면 부모의 행복감은 이루 말할 수 없다. 그들이 경제적으로 그리고 다른 면에서 한 희생이 이제 결실을 보는 것이다. 바람이 충족된 것이다.

그 화려하게 아름다운 봄날 우리의 산 소풍 동안은 이런 온갖 고민과 압박이 뒷전으로 사라져 자연스럽고 자유로운 느낌만이 있다. 이들 중 또 다른 남학생 Y만이 약간 침울한 모습이다. 산에 오르니 그는 무전 장비를 짊어지고 바위투성이 산을 참기 힘들 만큼 오랫동안 행군해야 했던 군대 시절이 떠오르나 보다. 아직도 그 기억이 지워지지 않나 보다. 아니 아마도 우리에게 털어놓을 수 없는 군대 시절의 슬픈 기억이 더 있는 것 같다. 그러나 그럼에도 학생들은 청춘이다. 이들의 원기 왕성한 에너지를 보니 김소월의 시 「바람과 봄」이 생각난다. 일제 강점의 민족적 비극의 시대에 시인이 어쩔 수 없이 느끼는 슬픔과 짧은 생애의 암시뿐만 아니라 봄날의 기쁨을 완벽하게 노래하는 시다.

봄에 부는 바람, 바람 부는 봄,
작은 가지 흔들리는 부는 봄바람,
내 가슴 흔들리는 바람, 부는 봄,
봄이라 바람이라 이 내 몸에는
꽃이라 술잔蓋이라 하며 우노라.

The spring wind and the windy spring
The spring wind sways the trees
as it stirs my heart in the windy spring

With spring and its wind

I weep over wine and flowers.[25]

날씨는 유혹하듯 따뜻해서 우리는 오랜 시간 휴식을 즐기면서 솔숲에 둘러싸인 평평하고 널찍한 바위에 앉아 이야기를 나누고 있다. 강의실의 갑갑함에서 벗어나 완전히 긴장을 풀고 있다. 이때는 훗날 어디서나 볼 수 있는 풍경이 된 것처럼 핸드폰에 방해받거나 훼방당하지 않고서 아직 산을 즐길 수 있는 때였다.

구름이 하늘 위에 떠 있고 소나무 침엽은 거의 감지할 수 없는 미세한 향기를 뿜는다. 꽃가루가 공중에 두둥실 떠 있다. 어떤 운명이 우리를 이곳으로 데려왔을까? 하필 이 날에. 바로 이 바위로. 명상에서 가장 자주 쓰이는 한국적 공안인 '나는 누구인가'라는 질문이 우리 다섯 명의 작은 집단이 이루는 '우리'를 통해 이루어진다. 우리 각자의 운명이 다른 이들의 운명과 만나고 자연 그리고 하나 됨이라는 더 큰 법칙과 만난다. 우리는 이 움직이며 변화하는 세상에서 서로의 존재를 향한 서로의 경이로움 속에 지금은 하나가 되어 있는 벚꽃 한 송이의 다섯 꽃잎과 같다. 부드럽지만 변덕스러운 산들바람의 춤과 함께 꿈결 같은 이 봄날에 생각과 느낌이 떠다니다 내려앉았다 또 다시 흔들린다.

산 밑으로 내려오면서 보니 저녁 어스름에 만물이 고요하다. 우리가 정오 햇빛 아래 즐겁게 도시락을 먹었던 계곡 상류의 물은 고

---

25 Kim So-Wol, *Fugitive Dreams*, trans. J. Kim. & R. Hatch, Vancouver: Ronsdale Press, 1998, p.52.

요히 노래하고 있었다. 꽃과 나무가 가만히 서 있다. 우리는 이제 곧 다시 도시 속으로 빨려 들어가 일상생활의 압박을 받게 될 것임을 깨달으며 모두가 더 깊이 생각에 잠겼다. 저 멀리 어디선가 흰옷을 입은 봄의 신부가 나무 사이에서 사라진다. 학생들 중 하나가 봄을 신부의 발소리에 비유한다. 벚꽃, 향수, 꿈들.

꿈을 꾸는 학생들이 있다 할지라도, 이 한국 학생들은 그럼에도 강한 실용적 감각을 지니고 있다. 그렇게 말들은 하지 않지만 나와 이 초봄의 하루를 함께한 소수의 이 학생들이 아무렇게나 보낸 것 같은 이 날, 사실은 실용적인 목적도 달성했다는 것에 만족해 한다는 것을 나는 안다. 이들은 자기 선생과 영어 연습을 하며 하루를 보낸 것이다. 우리 모두 즐겁게.

11
정치적 순진성의 종언

비온 뒤에 정말 풀이 다시 자라는 걸까?

봄이 되면 정말로 꽃이 다시 피어날까?

Is it true that the grass grows again after rain?

Is it true that flowers will rise up again in the Spring?

오사마 아우 카디르(포로), 관타나모 만, 2007년

학생들이 강의실에서 떨고 있었다. 겨울이 뼛속을 파고드는 바람과 함께 시베리아에서 왔다. 그러나 하늘은 파랗고 땅에는 눈이 없다. 강의실은 아직 난방이 되지 않는다. 해마다 이맘때가 보통 그렇듯이, 학생들은 외투와 모자로 자기 몸을 꽁꽁 싸맨 채로 책상에 엎드려 있는데, 어떤 학생들은 감기와 피로로 창백한 얼굴이다.

곧 기말시험이 시작되고 또 하나의 학기가 끝날 것이다.

그러나 떨어야 할 이유가 한 가지 더 있었다. 아프가니스탄에 대한 전쟁이 시작된 것이었다. 2001년 9월 11일의 미국에서의 사건 이후에 미군의 아프가니스탄 폭격이 시작되었다. "연기를 피워서 그 자가 기어 나오게 할 것이다." 허세로 전쟁을 자극하는 오사마 빈 라덴에 관해 언급하면서 조지 W. 부시가 이렇게 말했다.

많은 한국인들이 9월 11일의 사건에 관해 진심으로 동정하는 목소리를 냈지만, 한국처럼 오랜 세월 외세의 침략과 지배로 고통받아 온 아시아의 가난한 폐허의 나라 아프가니스탄에 대한 공격은 반미 감정을 다시 불러일으켰다. 특히 전쟁에 힘을 기울이고 있는 미국을 지원해야 한다는 점이 그러했다. 소수의 반전 집회와 시위만이 당시에 대부분 서울에서 있었을 뿐이다. 이듬해 봄에는 미국이 이라크를 침공했고, 동맹국인 한국은 지원부대뿐만 아니라 전투부대도 보내줄 것을 요구받았다. 하지만 이번에는 한국의 지원을 둘러싸고 수많은 시위와 논쟁이 들끓었다.

전투부대 파견에 항의하는 수많은 시민 조직으로 이루어진 연대 기구에서 이렇게 주장했다. "우리 한국인들은 미국 부시 행정부가 열어놓은 지옥문 앞에 서 있다." 전쟁에 협력하는 것은 그 지옥문으로 들어가는 것이었다. 이때는 노무현이 집권한 때였는데 그는 선거운동에서 반미의 목소리를 냈음에도 이제는 G.W. 부시와 똑같은 언어를 사용함으로써 지지자들을 놀라게 했다. "우리는 테러와 끝까지 싸울 것입니다." 게다가 미국에서 있은 G.W. 부시와의 첫 번째 만남에서 노무현 대통령이 부시와 똑같은 빨간색 넥타이에 역시 똑같은 색깔의 정장을 입고 기념사진을 찍고 있는 모습도 주목하지 않을 수 없었다. 의료부대가 파견되었고, 베트남 전쟁 때 미국을 지원했던 경우처럼, 시간이 흘러가면서 한국인들은 비전투부대만을 파병한다는 보장이 점점 옅어질 것이라는 점을 깨닫고 있었다.

이라크에서 미군과 계약을 맺은 한국 회사에서 일하고 있던 한국 시민 김선일이 납치되어 참수되자 상황이 더욱 악화되었다. 이 사건이 전투부대의 이라크 파병에 대한 찬반 양측 모두의 입장을 강화시켜주었다. 찬성 측은 보복을 맹세하면서 즉각 파병의 소리를 높였다. 결국 아랍어로 '올리브'를 뜻하는 '자이툰'이라는 전투부대가 북부 지역으로 파병되었다. 상황을 고려하여 이 병력이 사실상 파괴보다는 건설을 더 할 수 있도록 한 결정이었다.

그러나 김선일 씨 문제는 또 다른 문을 열어젖혀놓고 말았다. 대중들이 이 사건의 일련의 과정에 관해 속았다는 것이 갑자기 밝혀진 것이었다. 사실 김 씨의 납치는 주장된 것보다 일찍 벌어졌고, 납치와 참수 사이에는 더 큰 시간 차가 있었다. 한국과 미국 정부는 그의 최초 납치 사실을 알고 있었지만 개입하지 않았다. 거짓말을 들어왔다는 것을 알았을 때 한국인들이 분노했다. 정치인들의 공허한 제스처와 거짓말을 보면서 사람들이 느껴오던 거듭된 굴욕감이 또 다시 최악의 상태로 치달았다. 반전 항의의 거친 감정을 최소화할 시간이 필요했기 때문에 오랫동안 우유부단하게 결정을 미루다가 한국 정부가 지원부대를 파병했다. 경제적 필요와 국가 안보 때문에(둘 다 미국에 의존하는 것이다.) 파병이 필요하다는 것이 한국 정부의 주장이었다.

그러나 그 경우에도 지금처럼 여전히 의문이 남는다. 국가 안보에 대한 노골적 주장과 그보다는 약간 덜 노골적이지만 더 강력한 경제적 필요의 주장이, 우리가 생존하고자 할 때 내리는 결정의 유일한 토대인 인간성에 관한 우리의 감각을 계속해서 압도할 것인가?

수업 시간 내내 강의실에서 우리는 이 모든 면들에 관해 이야기를 했다. 하지만 그 사건이 있던 해 겨울 동안 나는 학생들에게 각자가 자신들의 마음을 깊이 들여다보면서 9월 11에 최초로 뉴스가 되었던 사건에 관해 모둠 발표를 해보라고 주문했다. 나는 학생들이 이미 만들어져 있는 견해보다는 자기 힘으로 생각하는 과정을 가져보도록 고무하고 격려하고 싶었다. 학생들이 대중매체에 노출되어 있는 것도 물론 학생들의 생각에 영향을 미치고 있었다. 어떻게 하면 학생들이 자기 자신의 생각을 반추해볼 수 있게 할까? 어떤 학생들은 이 사건이 어떻게 (영원히 골칫거리로 남는) 경기후퇴를 가져올 것인지에 관해 말했고, 다른 학생들은 미국 쪽의 잘못에 관해 말하면서 근본적으로 느끼는 민족적 반미 감정에 관해 피력했다(한국 정부는 친미적 자세를 취하고 있었지만, 대중적 정서는 그렇지 않았다). 몇몇 학생들은 경기후퇴 때문에 미국 자체에서 모든 것을 기획한 것이라고 말했다. 많은 학생들이 자기 스스로 생각해보지 않고 대중매체에서 들은 것이나 다른 교수들이 들려주고 있는 것을 단순히 반복했다. 하지만 한 모둠의 여학생들은 깊이 공감되는 관점으로 나를 놀라게 했다. 그 생각은 감상적인 것이 아니었고, 정치적 관념에 전혀 물들지 않은 진정으로 인간적인 관점이었다.

이 학생들의 발표는 좋은 결실을 보았다.

이 시기 추운 겨울 날씨가 나와 내 동료 불어 교수들을 위축시키지는 못했다. 이들은 당시에 매주 팔공산을 오르는 내 등산 친구였다. 물론 우리의 발은 아주 차가웠지만, 올라가고 있는 것을 거의 의식하지 못하면서 쿵쿵 내디디며 산비탈을 오를 때 분노에 가득 차서 빠르게 움직여지기도 했다. 미국의 야만적 공격 정책에 격분하고 분개하면서 나누는 대화에 우리가 완전히 빠져 있었기 때문이다.

옛날에 사람들이 산을 넘어갈 때 오르곤 했던 산마루인 신령재로 걸어 올라갈 때면, 이 고단한 시절에 이상하게도 편안한 느낌이 들면서 이 산의 손바닥 속에 안기는 듯한 느낌이 자주 든다. 11월 말의 바스락거리는 낙엽 소리 그리고 엄청나게 떼 지어 모였다가 다시 흩어져 이주를 준비하던 새들의 소리를 기억한다. 때때로 도시 위로는 짙은 안개(와 스모그)의 장막이 드리워지곤 할 때 이 산에서는 짙푸른 가을 하늘을 즐길 수 있었다. 그러고는 산의 북쪽 면에서는 얼음 서리와 아주 작은 눈 조각이 쌓일 때 산길은 낮 동안 눈이 녹은 부분이 축축하게 젖어 있었다.

11월에서 12월로 넘어가면서 산이 변화했다. 사람들이 한 줄로 서서 좁은 산길을 밟고 지나갈 때 나는 소리가 때로는 낮은 북소리 같았다. 나뭇잎이 떨어지고 나면, 서로 엇갈리며 내달리는 듯한 바위와 산등성이들이 기겁하게 하는 모습으로 우리 앞에 들이닥칠 것 같았다. 큰 바위에 걸터앉아서, 마치 조각한 파도 같은 산들이 펼쳐진 이 경이로운 땅에서 저 멀리 첩첩한 산들을 응시하면서 우리는 과거와 현재에 경탄해 마지않았다. 매주 가는 이 소풍은 우리가 속에서 끓어오르고 있던 애초의 분노를 흡수해서 소화하고 마침내 넘어서서, 특히 뉴스 대중매체에 관한 한 정신 바짝 차리고 깨어 있어야 한다는 것을 알 수 있게 해주었다.

역시 대구에서 가르치고 있던 캐나다 출신의 아주 가까운 친구가 놀랄 만한 양의 조사를 해서 전해주었다. 그 모든 것이 세간에 널리 알려지기 오래 전에 그는 석유와 전쟁에 대한 부시 가의 연관성뿐만 아니라 심지어 2차 대전 시기까지 거슬러 올라가는 부시 가의 범죄 연루 행위들에 관해서도 조사를 한 것이었다. 그리고 물론 9.11 사건 그 자체에 관해서도 서로 모순되는 수많은 세부 사실을 조사했는데, 그것은 아직 완전히 풀리지 않은 수수께끼들이었다.

그는 태어나서 베트남 전쟁 발발 때까지 살았던 나라인 미국을 바라보는 정치적 순진성을 이미 버린 지 오래였다. 자기 나라 정치권력의 정체에 대한 그의 의구심은 존 F. 케네디 암살 은폐에서 시작된 것이었다. 그러나 미국 정치를 바라보는 순진성을 실제로 버리게 된 것은 아버지 부시 대통령과 클린턴 대통령이 중남미의 마약 거래와 직접 연관되어 있다는 사실을 알게 된 때부터였다. 그러는 사이에 정치인들이 범죄를 저지르거나 범죄와 결탁하는 것이 당연시될 정도로 아주 흔해진 것이었다.

내 친구 리처드는 자신이 조사한 것을 전해주었고, 우리 스스로도 조사를 했는데, 아프가니스탄 침공과 그 뒤의 이라크 침공을 정당화해준 9.11 사건에 대한 공식적 이야기가 전혀 진실이 아니라는 것을 결국 알게 되었을 때, 물론 나 또한 내 안에 남아 있던 정치적 순진성과 무지를 모두 상실해버렸다. 광대한 거짓말의 네트워크가 진실을 은폐하고 있었다. 서양에서만 사람들이 그것을 깨닫는 데 오랜 시간이 걸렸는데, 그런 것이 실제로 존재한다는 것을 인정하지 못할 만큼 아주 오랫동안, 많은 사람들이 여전히 거짓과 기만의 그물에서 탈출하지 못하고 있다. 은폐의 진상은 미국 행정부 자체가 공격에 연루되어 있다는 것을 가리키고 있었다. 세계의 많은 나라 사람들에게는 놀랄 만한 일이 아니었지만 많은 미국인과 서양인들에게는 아직 너무나 충격적인 사실이어서 널리 받아들여지기 힘들었다. 당시는 비주류 조사 보고 간행물이, 스스로 조사하고 생각하고자 하는 사람들이 구하기에 힘들지 않았음에도 아직 충분히 공개되지 않아서 보기 드문 때였다.

리처드와 나는 우리 아파트 뒤편 산을 이따금 거닐면서 우리가 아주 깊이 고심하는 모든 문제들에 관해 자유로이 이야기를 나누는 기회를 가졌다. 그는 서양인 동료들로부터 더욱 더 고립감을 느끼고 있었는데, 정치적 차원과 생태적 차원에서 그리고 이 두 가지가 서로 연관되어 벌어지고 있던 문제들의 중요성을 이해하려는 최소한의 노력도 하지 않는 미국 출신 동료들로부터 특히 그런 느낌을 받고 있었다.

우리는 봄이 오면 늘 흐드러지게 꽃이 피어서 주변 경치를 분홍빛으로 빛나게 하는 복숭아 과수원을 거쳐 언덕 위로 걸어가서, 약간 허물어져가는 것처럼 보이는 오래된 전통 가옥들 근처의 채소밭들을 지나갔다. 그 다음에 곧바로 쓰레기 더미가 쌓인 곳이 나타났는데, 스티로폼, 금속 쓰레기, 종이와 판지 더미 같은 온갖 잡쓰레기가 있었고, 집이 부수어지거나 일부는 해체되어 유리와 문짝과 다른 쓸 만한 가구류는 치워진 상태였다. 하지만 여러 달 동안 이 집들이 버려진 채로 있는데도, 사람들은 여전히 텃밭과 과수원을 일구러 오는 것이었다. 그러더니 불도저가 와서 싹 치워버렸다. 크고 견고한 금속 펜스가 세워져 이 구역과 산길로 접근하는 것을 차단했다.

이 산비탈 전체가 아파트와 골프장 건설 계획을 위해 파괴되었다. 그럼에도 한 해가 지나도 아무것도 건설되지 않고 있었다. 꽃 피는 계절이면 이 산비탈을 그 진분홍빛으로 빛나게 하던 수많은 복숭아 과수원들이 사라졌다. 그 대신에 산비탈에 있는 거대한 흙 터를 아주 멀리서도 볼 수 있게 되었다. 전쟁이 그런 것처럼, 수십 년 동안 짓고 돌본 것이 며칠 만에 폐허가 되더니 그냥 내버려졌다.

특히 점점 더 물이 메말라가고 있는 나라에서, 흙을 오염시키고 물을 고갈시키고야 말 골프장을 짓기로 하는 것은 물론 현재 진행 중인 광기의 일부다. 오늘날 국제적인 정치적 위기는 '자연에 대한 전쟁'의 결과인 지구 전체의 생태 위기와 떼어놓을 수 없다. 지구 전체에 삽시간에 번지는 무자비한 착취가 두 위기 모두의 특징이고, 인간이 서로서로 그리고 자연과 맺는 관계의 방식이 균형을 이루는 지점으로 다시는 돌아오지 못할 단계에까지 이르렀다는 것을 보여준다.

그 사이 아프가니스탄과 이라크에 대한 침공에 뒤이어, 어떻게

팔공산의 골프장

든 미국의 헤게모니를 관철하겠다는 의도를 분명하게 보여준 미국 신세기 프로젝트the Project for the New American Century 정책을 1990년대에 고안한 몇몇 인물들 중심의 미국 행정부가 그 본모습을 보여주기 시작했다. 중동과 다른 지역에서의 미국의 헤게모니를 위해서뿐만 아니라 석유를 위해서도 이라크가 침공당했다는 것이 곧 상식이 되었다. 역사가 이 사실을 곧바로 말해줄 수 있었다. 이전에는 영국이 그곳에 있었다. 그리고 미국 자체의 시민 자유를 침해하는 것을 정당화하는 구실이 되었고 다른 민족들을 대대적으로 살상할 것을 계속해서 부추기는 9.11 사건이 여러 가지 방식으로 새롭게 논의되거나 조사되고 있었다. 그러나 시간이 흐르고 새로운 주제들이 관심을 끈다. 사람들은 각자의 바쁜 일상으로 되돌아간다.

지난 몇 년 간 미국이 '미국식 생활방식'을 지킨다는 막연한 말로 표현된 자신의 이해관계에 관계된 곳이라고 여겨지는 곳은 어디에서든 또 어떻게든, 반박할 수 없는 불멸의 논리와 공포 정치를 강요했다는 사실이 우리 앞에 놓여 있다.

그것은 참으로 정치적 순진성이 끝나는 지점, 원자폭탄의 사용과 함께 인간성이 종말을 맞은 지점이다. 얄궂게도 뉴욕의 '그라운드 제로'는 히로시마의 본래 '그라운드 제로'에서 이름을 따왔다. 정치적 순진성의 종언이란 곧 책임과 마주하는 것임을 뜻한다.

'테러리즘에 대한 영원한 전쟁'이라 선언된 9.11 사건 이후의 강력한 파동의 시기에, 일본의 식민주의와 미소에 의한 한반도 분단으로 거슬러 올라가는 여러 이유들로 미국의 동맹이자 고객이 된 한국은, 고위 기업인과 정치인들이 결탁된 돈과 관련된 음모와 범죄 행위들로 인한 국내의 잡음들 때문에 늘 그렇듯 골치를 썩고 있었다. 정치 분야에서 당시 문제되던 뇌물 수수와 부패 그리고 대통령 선거 이전에 내놓은 공약公約이 공약空約이었다는 사실이 변함없이 분개와 격분을 불러일으켰고, 그것이 가라앉자 냉소와 무관심이 찾아왔다.

점점 더 사람들이 자기 문간에서 멀리 떨어진 곳에서 벌어지는 이루 말할 수 없는 잔혹 행위들에 서서히 면역되어 가게 된다. 말하자면, 면역이 되는 것처럼 보인다. 그러나 무의식 차원에는 인간이 만들어놓은 흉물들이 불편함과 기형으로 자리 잡는데, 이것이 잔혹 행위의 맨 앞자리에서 멀리 떨어져 있는 사람들에게조차 육체적 정신적 질환으로 나타날 수도 있다.

9.11이 있은 해 겨울, 우리가 미국의 침략과 위선에 낙심하고 있을 때, 나는 미국 시를 가르치는 기쁨을 얻었다. 나는 2차 세계대전 중에 발표된 매리언 무어Marianne Craig Moore의 시 「세월이란 무엇인가 *What are Years*」와 「공훈을 불신하여 *In Distrust of Merits*」를 우연히 발견했다. 여기서 우리가 마주해야 하는 본래의 진실들을 보게 된다.

우리의 순진성이란 무엇인가,
우리의 죄란 무엇인가? 모든 것이
벌거벗었고, 아무것도 안전치 않다.

What is our innocence,

What is our guilt? All are

Naked, none is safe.

그리고

내면의 전쟁이 아닌 전쟁은

한 번도 없었다. 그러니 나는

내 안에서 전쟁을 일으키는 것을 무찌를 때까지

싸워야 하지만, 나는 그것을 믿지 않을 것이다.

There never was a war that was

not inward; I must

fight till I have conquered in myself what

causes war, but I would not believe it.

전쟁의 진짜 공포는 전쟁 정치의 죽은 관념 뒤에 숨어 있지도 않고, 우리가 변화를 바랄 때 우리를 일깨우기보다 마취시키는 뉴스 대중매체 사진 이미지들의 집중 포화 아래 묻히지도 않는다. 간디가 말했듯이 우리는 우리가 보기를 원하는 변화 그 자체가 되어야 하고, 그렇게 되기 위해서는 명료하게 보는 눈과 높은 자각이 필요하다. 매리언 무어가 말하기를, "시란 (본래) … 높은 의식을 가진 실체다."

우리는 물론 모든 전쟁이 인간과 자연 자원 사이의 아주 더 복잡한 관계를 통제하고 소유하고 남용하는 지구상 소수 사람들의 부유한 생활방식에 보험을 들어주는 것이라는 점을 이해해야 한다. 그러나 아마도 좀 더 적절히 말하자면, 전쟁은 우리 산업화된 나라들의 혜택과 특권이 누구의 희생의 대가인지 의문을 제기하지 않은 채 그것을 주어진 권리로 받아들이는 우리 모두의 편리한 생활양식을 승인하는 것이기도 하다.

하지만, 인간의 마음에 직접 접속하여 그것을 오염시키면서 맹공격을 해대는 광고 이미지만을 경쟁자로 둔, 뉴스 대중매체의 그래픽 이미지들이 광범위하게 조장하여 사람들의 의식이 흐리멍덩해지는 과정은 필연적으로 양심이 무뎌지는 것을 뜻하기도 한다. 내가 학생들의 분위기에서 점점 더 많이 느낀 것이 바로 꼴사납기 짝이 없는 정치판을 직시할 의지가 없어진다는 것이었다. 그것에 압도되거나 단순히 무관심해져서 학생들은 국내나 해외 정치에 흥미를 잃고 있었다. 교수들이 한국에서 특권층의 스포츠인 골프에 열광하고 있는 반면에, 학생들은 성찰의 필요 없이 빠져들어 즐길 수 있게 해주는 비디오 게임과 영화에 점점 더 탐닉해 갔다. 디지털 기술 분야의 한국인들의 재주에 대한 국가적 자부심을 위안으로 삼거나 과시했다. 그러고는 이제 경제가 최상의 가치로 치부되고 애초의 분개심이 사라지자 기업인들의 범죄는 대수롭지 않은 것으로 처리되고 훨씬 더 높은 소비주의의 물결이 휩쓸면서 사람들을 은밀히 장악해갔다.

사실 내 주변 학생들은 일종의 국가적 질병, 즉 기계-기술에 대한 탐닉을 앓고 있다고 느끼게 될 정도로 최신 전자 상품과 놀이 기구에 빠져들고 있었다. 지금 소개하는 작은 일화들은 아주 사소하게 보일 수도 있지만 당시 분위기를 요약해서 보여준다. 한 학생이 수업시간에 핸드폰 없이 사는 것은 불가능하다고 무조건적으로 주장하면서 그게 꼭 필요한 것은 아니라는 내 주장에는 눈에 띄게 말이 많고 빨라지면서 공격적인 태도까지 보인다. 도서관에 가던 길에 만나는 또 다른 학생은 내 인사에 답하지도 못한다. 귀에 핸드폰을 바짝 대고 있고 입에는 막대사탕(!)을 쑤셔 넣고 있는 것이다! 대학생들이 미래의 지도자들이라? 또 한 학생은 검은색으로 'U.S.A'라는 엄청나게 큰 글씨를 앞면에 크게 찍어 넣은 흰 셔츠를 입고 지나간다. 내가 멈춰 서서 이 셔츠를 왜 입고 있냐고 묻지만 핸드폰 고리가 가방에서 달랑거리고 있고 얼굴은 나를 외면하고 있는 그 여학생은 말을 더듬으며 대답하지 못한다. 남자 친구가 사준 옷일 수도 있겠지만 어쨌든 그 여학생은 자기가 무슨 옷을 입고 있는지 십중팔구 깨닫지 못하는 것 같다. 무슨 미래?

학생들이 아직도 반미 감정을 느끼고 있었던 것은 사실이다. 그러나 동시에 자신들이 미국식 생활방식이라 여기고 있는 것에 선망의 눈길을 보내고 있었다. 그런데 무엇보다도 이들이 그렇게 생각하도록 만든 것이 할리우드 영화이기 때문에, 그것은 여러 가지 의미에서 물론 환상에 불과한 것이었다.

환상이 아닌 것은 관타나모 만의 악몽 같은 현실이다. 또한 조만간에 그리 되어야 하기 때문에 이 감금 고문 시설이 폐쇄된다 할지라도, 그것이 상징하는 불의와 끔찍한 잔혹 행위와 국제법 무시는

관타나모 수용소 철책

계속될 것이다.

하지만 나는 이렇게 말하고 싶다. "그래, 관타나모의 포로 시인 오사마 아우 카디르, 안락한 생활을 하고 있는 내가 아무 도움도 주지 못했으면서 봄이 계속해서 당신에게 인사할 거라고 말할 권리가 없지만, 정말로 '봄이 오면 꽃이 다시 피어날 거야.'"

하지만 저항의 길은 있다. 지금으로서는 그것은 거짓말에 속아 넘어가지 않는 것이다. 모든 것이 이미 결정되었다고 생각하지 않는 것이다. 틀에 박힌 인과관계를 만들어내는 사고방식과 절연하는 것이다. 현재의 상황을 만들어내는 구조의 작은 틈들 사이로 빛이 들어올 수 있도록 창의성을 발휘하는 것이다. 시와 진리의 정신에 충실한 것이다. 늘 정신을 바짝 차리고 있는 것이다. 거짓말하지 않는 것이다.

12
깨달음은 나무처럼 자라난다

방랑자여, 길은 없다

길은 걸어서 생기는 것

걸어서 길을 만드는 것이다.

Wanderer, there is no road

The road is made by walking

By walking one makes the road.

안토니오 마차도[26]

---

26 역주) 안토니오 마차도Antonio Cipriano José María y Francisco de Santa Ana Machado y
Ruiz(1875~1939) : 스페인 시인. 프랑스에 유학했다가 돌아와 고등학교 불어 교사로 재직
하면서 시를 썼다. 스페인 내전 때는 공화정부를 지지해 도피하다가 프랑스로 망명해 그곳
에서 죽었다. 시집으로『외로움』(1903), 『카스티야의 들』(1912), 『새로운 노래』(1924) 등이
있다.

나는 2002년 여름 월드컵 축구경기 동안처럼 한국에서 폭발적인 감정과 순전한 희열을 목격한 적이 없었다. 축구 열기가 한국을 휩쓸 때 하나같이 붉은색 티셔츠를 입은 엄청난 인파가 거리에 모여서 국가대표 축구팀을 소리 높여 성원하는 것은, 승리를 응원하면서 일종의 찰나의 집단적 자아실현을 느끼는 것이었다. 적절하게도 붉은 악마라 불리는 팬이자 응원 집단이 운동장에서 만들어내는 거친 소음이 당시 공공장소에 설치된 거대한 TV 스크린에서 쏟아져 나와 군중들을 더욱 흥분시켰다.

　거스 히딩크 감독 하의 팀은 승리를 거듭해 준결승까지 올랐고 히딩크는 한국인들이 국가적으로 기억하는 영웅으로 마음속에 모셔지게 되었다. TV 토막 뉴스에서는 승리했거나 격려할 때 하는 그 특유의 동작이나, 골을 넣은 뒤에 달려와 자기 팔에 안기는 선수들을 얼싸안는 카리스마 넘치는 감독의 모습을 반복해서 보여주었다. '모든' 중년 여성들이 부러워하고, 바라고, 꿈꾸는 포옹이라고, 나는 들었다. 가장 뛰어나고 인기가 있었던 안정환의 골을 비롯해 선수들이 넣은 귀중한 골 하나하나가 예상대로 오래도록 기억되었다. 대회가 끝난 뒤 히딩크는 대학 명예박사학위를 받았고 그를 기념하는 동상이 세워졌다.

　기업들이 축구와 관련된 것이거나 그 밖의 상품을 앞 다투어 내놓으면서 국가적 열기와 상업적 이윤이 나란히 뛰어올랐다. 사람들이 말 그대로 제멋대로 행동했기 때문에, 나중에 의료계 사람들에게 들어서 알게 된 바로는, 그 뒤 여러 달 동안 낙태가 증가했다. 평상시보다 훨씬 더 방종하게 술이 흘러넘쳤고 폭죽을 터뜨리는 일은 다반사였다.

히딩크는 한국 축구팀을 유례없이 높은 수준으로 올려놓은 데 대해 압도적 감사의 염을 받았을 뿐만 아니라 한국인들의 상상력 또한 사로잡았다. 공동 개최국인 일본이 미국 팀과 마찬가지로 먼저 탈락했기 때문에 국가적 자부심이 더더욱 치솟을 만했다.

그것은 한국인들이 노소간 하나가 되게 해주고 적어도 짧은 기간 동안 그들에게 "우린 할 수 있다"는 구호 아래 동질성을 느끼게 해준 사건이었다. 이 구호는 집단적 결단과 의지로 이루어진 실제적 토대를 가진 것이다. 그것은 1990년대 말 경제위기에 한국인들이 강력한 결단과 희생정신으로 위기를 타개해나갈 때 비범하고도 본보기가 될 만한 방식으로 보여준 바로 의지의 원천에서 유래한 것이었다.

은행에서 줄을 서 있는 한 남자의 신문 사진이 아직도 기억난다. 국가가 국민들에게 금 보유고를 늘려 적자를 줄일 수 있게 도와 달라고 호소하는 캠페인을 벌이고 있을 때, 그는 가지고 온 자기 가족의 금붙이들이 담긴 접시를 내놓기 전에 단 한 번 마지막으로 아주 애처롭게 바라보고 있었다. 절망적인 가족과 기업인들이 빚과 감옥과 파산을 눈앞에 둔 다른 가족과 동료들을 내버려둔 채 큰 액수의 돈을 가지고 도망가거나 나라는 뜬 것처럼 경제위기 국면에 정반대 일도 있었다는 것을 부인하는 것이 아니다. 그런데 이제 축구의 계절에, 더 '장난스럽고' 피상적인 데다 위기감은 훨씬 덜한 분위기의 "우린 할 수 있다"는 정신은 그 맛을 최대한 즐길 만한 것이었다.

바로 이 붉은 물결의 시기에 나는 실상사에 딸린 한 대안학교에 초대를 받아서 갔다. 신라시대 구산선문의 본래 아홉 사찰 가운데 하나인 실상사는 대부분 한국 사찰과 마찬가지로 몇 차례 불에 탔다가 다시 세워졌다. 이 절은 전라남도에 속한 지리산의 아름다운 풍경 속에 자리 잡고 있다. 산과 계곡과 넓은 농장이 조화로운 교육 환경을 이루고 있다. 딸을 학교에 입학시키고 딸아이와 마찬가지로 자기 선택에 깊이 만족하고 있는 한 철학 교수가 열정 넘치는 안내를 해주었다.

'작은 학교'라는 이름의 이 학교는 농업과 교육을 포괄하는, 도법 스님과 스님 동료들의 종합적 계획과 비전의 일부이다. 지역에서 유기농에 기울이는 노력과 관련하여 실상사 주지인 도법 스님에 관해 몇 년 전에 이미 들은 바가 있어서 꼭 한번 만나 뵙고 싶었다. 스님은 사실 생태운동의 개척자로 유명했다. 내가 방문했을 때 이 학교는 중학교 4개 학년이 운영 중이었고, 규모는 작지만 착상은 작은 것이 아니었다.

당시는 완고한 학교 시스템에 대한 불만과 아이들이 영어를 탁월하게 잘해서 '경쟁력 있게' 만들려 하는 욕심으로 인해 형편이 되는 부모들이 자기 아이들을 외국으로 조기유학 보내는 열풍이 불 때였다. 아이들 교육을 위해 해외로 날아가 임시로 거주하는 아내와 아이들을 뒷바라지하면서 집에 혼자 남아 있는 아버지들에게 붙은 이름인 '기러기 아빠'의 수가 계속 증가하면서 하나의 사회 현상으로 부상하고 있었다. 또한 기회를 잡을 수 있는 경우에는 아이들에게 교육 스트레스를 덜어줄 뿐만 아니라 자기 자신 역시 정신없이 빡빡한 생활방식에서 조금 벗어나기 위해 완전한 이민을 선택하는 사람들도 지속해서 증가하고 있었다.

그러나 경제적 여유가 있지만 자기 아이들을 해외로 보내지 않고 국내에서 대안을 찾고 싶어 하는 부모들도 있었다. 그들은 최고의 학업 성취를 지향해야 한다는 주류의 압력에 굴하지 않고 자기 아이들의 균형 잡힌 행복을 구하러 나설 만큼 용기 있는 이들이었다. 이것은 어느 정도 위험이 따르는 일이었다. 문제는 항상, 아이들이 학교 시스템에 다시 들어가야 할 때 어떻게 적응할 것이며 일반 학교에서 '지식을 쑤셔 넣으며' 보내는 여러 해의 필수 과정을 거치치 않은 채 어떻게 국가의 대학입학시험을 잘 치를 수 있을 것인가라는 점이었다. 주류에 맞서는 새로운 비전은 자유에 관한 강력한 감각, 미래에 열린 태도 그리고 과거가 조건 지운 것을 깨뜨릴 수 있는 의지가 필요하다.

앞서 말했듯이, '작은 학교'는 실상사에서 집중하고 있는 다양한 실험과 노력 가운데 하나이고, 다른 하나의 주요 사업은 지역 농민들에게 지속가능한 유기농 훈련을 제공하는 농업학교이다. 다양한 공동체 활동, 교육 그리고 농업과 관련된 노력이 '인드라망'이라는 상위 개념 아래 이루어지고 있는데, 이것은 불교 화엄경에서 보석으로 장식된 인드라 신의 그물을 말하는 것이고 우주 만물이 서로 연결되어 있다는 원리를 의미하는 것이다. 존재하는 모든 현상은 서로서로 의지하고 상호작용한다. "우주라는 그물의 모든 보석이 다른 보석들을 비춘다."

실상사에 도착해서 우리는 우선 도법 스님과 만나서 녹차를 마시며 자유롭게 이야기를 나누었다. 농업 계획의 주요 동료 가운데 한 분도 함께했다. 도법 스님은 이렇게 강조했다. "우리는 혼자 존재할 수 없습니다. 우리는 만사에 감사하는 느낌을 가꾸어야 합니다."

학교와 농업 계획 두 가지 모두의 바탕이 된 영감의 핵심에는, 탐욕 그리고 감사와 경이로움의 결여와 함께, 자연과 타인으로부터 분리되어 있다는 우리의 느낌이, 인간 서로서로뿐만 아니라 자연을 파괴하는 공격성의 근본 원인이라는 스님의 생각이 있다.

"깨달음은 나무처럼 자라난다"는 말씀이 '작은 학교'의 월간 소식지 맨 앞면에 쓰여 있다. 자기 자신을 알게 되는 것, 자신의 내면의 잠재력을 성장시키는 것은 자연스러운 과정일 수밖에 없기 때문에 강제로 될 수 없다. 표준 교육에서는 아이들 내면의 잠재력이 성숙하도록 격려하기보다는 방향을 틀고 못하게 하고 그만두게 한다. 역시 대안학교를 설립했던 인도 시인 타고르는 이렇게 썼다. "아이들은 살아 있는, 자기 몸에 습관으로 만든 여러 겹의 껍질을 만들어 입은 어른들보다 더 살아 있는 존재들이다." 바로 그렇게 살아 있는 정신을 지키기 위해서는 단순한 습관이 접근하지 못하도록 해서, 놀이를 통해 조성된 아이의 자연스럽게 우러나오는 창조성이 살아남을 수 있게 해주어야만 한다.

깨달음을 향한 과정은 개인에게도 공동체에게도 중요하다. 깨달음이란 착각으로부터 벗어남을 통해, 즉 진짜인 것과 참된 현실인 것으로부터 우리를 멀어지게 하고 각자가 서로서로 그리고 다른 형태의 생명과 분리되어 있다는 거짓 감각을 주는 수많은 착각으로부터 벗어남으로써 이루어지는 것을 의미하기 때문이다. 깨달음이 나무처럼 자연스럽게 성장하기 위해서는, 이 학교가 자연 한가운데에 위치한 것이 아주 적절해 보인다.

도법 스님과 만난 뒤에 우리는 사찰 경내 바로 밖에 있는 학교를 방문했다. 교장 이경재 선생과 이야기를 나눌 때, 이 선생은 학생들을 마음과 몸과 정신이 온전히 갖추어진 인간으로 성장할 수 있도록 돕기 위해 학교 자체가 발전하는 과정에 있다는 점을 강조했다. 인지학 운동 지도자이자 발도르프 교육의 창시자인 루돌프 슈타이너의 작업에서 영감을 얻었고 그것을 깊이 존경한다는 말도 했다. 루돌프 슈타이너는 아이의 육체와 영혼과 정신의 자연스러운 발전 과정이 교육의 기초가 되어야 한다는 사실을 강조했다. 수도권에는 발도르프 교육에 기초하고 있는 학교가 몇 개 있는데, 과천자유학교가 그 중 가장 오래된 것이다.

그런데 이경재 선생은 학교가 외국 모델에 기초하기보다는 한국적 토대 위에 세워지는 것이 중요하다고 생각한다는 말을 했다. 학교에서의 생활방식과 교과과정이 불교의 가르침에 내재한 가치들이 포함된 한국 문화에 뿌리를 두어야 한다는 것이다. 동시에 '작은 학교'가 실상사 주도로 만들어지기는 했지만 엄밀한 의미의 불교 학교는 아니라는 점을 강조하고 싶어 했다.

입시를 준비하는 학생들을 끌어가려고 수많은 입시학원들이 서로 경쟁하는 한국의 스트레스로 가득 찬 도시 환경에서 이루어지는 과목 중심의 일반학교 교육 목표와, '작은 학교'에서 실천하고 있는 과정 중심 교육은 여러 면에서 구별된다.

실상사 작은학교

이 학교는 교사와 학생들이 함께 사는 마을에서 시골길을 걸어오는 것으로 일과가 시작된다. 학교에 도착하면 명상 시간을 갖는다. 학교에는 학생과 교사들 스스로 가꾸는 유기농 텃밭이 있다. 일주일에 몇 시간은 텃밭 가꾸기를 한다. 때때로, 특히 추수철에는 농부와 스님들로 이루어진 농장 학교 공동체를 돕기도 한다. 이 선생이 말하는 바와 같이, 이런 식으로 해서 학생들은 씨를 뿌려서 꽃이 피고 열매가 열리고 곡식이 여무는 단계까지의 식물 성장을 경험할 수 있을 뿐만 아니라 '인내심을 기르는' 법을 배우기도 한다.

목공(예를 들자면 학생들이 자기 책상을 만들었다.), 식물에서 추출한 자연 염료로 하는 옷감 염색, 요리처럼 손으로 하는 다른 작업 또한 '작은 학교' 활동의 일부다. 손과 물체를 가지고 하는 작업은 학생들이 자기 자신과 다른 사람들에 관해 생각할 시간을 갖도록, 즉 말 그대로 자기 자신 그리고 세계와 접촉할 수 있도록 해준다고 이 선생은 설명한다. 어떤 음식도 버려지는 일이 절대 없는 사찰 식당에서 점심 음식을 준비해서 먹는 것 또한, 학생들이 지구가 아주 아낌없이 주는 것에 감사하고 인간의 손으로 노동해서 얻은 선물을 당연한 것으로 여기지 않을 수 있도록 해준다. 그것은 말이 아니라 실제 행동에 의해서만 기를 수 있는 마음의 태도다.

물론 학생들은 통상적인 학교 과목들도 공부한다. 하지만 공부의 과정이 다르고 국가의 중학교 교육 교과과정에 통제받지 않는다. 가르치고 배우는 과정의 자료와 주제를 선택하고 바꾸고 그것에 기여할 수 있는 어느 정도의 자유가 있다. 달리 말하자면, 구조라는 것이 분명히 존재하지만, 삶 자체가 그런 것처럼 그것은 엄격하게 외부에서 부과되는 것이 아니라 모두가 만드는 것이고, 끊임없이 흐르는 것이며, 과정 중에 있는 것이다.

이렇게 하자면 매우 엄격할 정도로 어떤 창의성이 교사들에게 요구된다. 교사들이 필요한 만큼의 구조를 만들어낼 뿐만 아니라 성장 과정에 적응하면서도 변화할 줄 아는 본보기가 되어야 하기 때문이다. 교사들은 생활과 공부에서 학생들의 독립성을 키워주는데, 그것은 학생들이 함께하고 있는 공동체 생활에 관한 책임성이 수반되는 독립성이다.

교사들은 한 사람이 학생 서너 명과 함께 가족을 이루어 사는 방식으로 학생들과 작은 집에서 함께하기 때문에, 교사의 역할과 개인 생활을 분리할 수 없다. 학생들을 가르치는 일과 깨달음을 도와주는 일을 동시에 하면서, 이런 식의 일상생활에 수반되는 기쁘거나 슬픈 수많은 도전에 직면한다. 교사들의 아주 적은 봉급은 학생들이 자연스러운 방식으로 자신의 내면 잠재력을 성장시키도록 해주는 것이 목표인 이 도전적 작업에 장려 수단이 되기 힘들다. 이것은 '작은 학교'의 삶에 영감을 주는 이상의 실현을 위한 교사들의 헌신이 실제적 장려책이라는 것을 의미한다.

몇 년 전에 한 도시의 발도르프 교육센터 공부 모임에서 만났던 교사들 가운데 한 사람이 설명하기를, 주지 스님인 도법 스님이 본래 이 학교를 시작했지만 학교와 관련된 스님의 현재 역할은 학교가 자기 길을 찾도록 돕는 것이라는 것이었다. 도법 스님은 유기농 계획을 비롯한 공동체의 다양한 노력의 방향과 관련하여 여러 가지 제안을 하지만, 그 중 어느 것도 통제하지는 않는다. 사실 아직

실험 단계에 있는 이 학교가 올바른 길을 찾는 데 따르는 여러 어려움을 헤쳐 나가는 것은 교사와 학생들 자신에게 달려 있다. 그 길은 고정되어 있지 않고, 끊임없이 만들어지는 과정에 있다. 스페인 시인 안토니오 마차도가 썼듯이 "걸어서 길을 만드는 것이다."

학생들이 재미나게 그림을 그린 이동식 건물 몇 동으로 이루어진 '작은 학교'는 우리가 방문했을 때 그 이름처럼 학생 35명 정도가 다니고 있을 정도로 아주 작았다. 학생들은 세상을 보는 넓은 안목을 갖게 해주고 역동적으로 살아 있는 방식으로 인간과 자연 사이 그리고 자기와 타인들 사이의 균형감을 경험하게 해주는 매우 귀중한 삶의 경험을 얻고 있었다. 이 학교와 그 환경은 교육과 생태가 함께 가는 것임을 보여준다.

학생들을 만날 때, 학생들의 열정을 볼 수 있고, 경쟁과 지력에 기초한 완고한 시스템에서 으레 보게 되는 것처럼 유년기의 재미와 희미한 빛이 파괴되지 않았다는 것을 확인할 수 있는 것은 특히 흐뭇한 일이었다. 쉬는 시간에 나무 아래서 웃고 떠들며 자두를 먹으면서, 그들 역시 국가적 축구 열기에 휩싸여 붉은 티셔츠를 화사하게 입고 있으면서도, 그렇다, 그들의 깨달음은 나무처럼 자연스럽게 우러나와 자라나고 있었을 것이다!

도법 스님과 함께 그리고 선생님들과 학생들과 함께 이야기를 나누고 난 뒤, 우리는 학교를 떠나 화엄사 근처에서 그날 밤을 보내기 위해 갔다. 화엄사는 한국에서 가장 오래된 사찰 가운데 하나로 우리는 그 다음날 가기로 되어 있었다. 마침 한국과 독일이 준결승 경기를 하는 날 저녁이었다. 나중에 결승전에서 브라질에 진

독일에 한국이 졌기 때문에 우리 방은 조용했다. 하지만 모든 사람의 예상을 뛰어넘어 한국 팀이 준결승까지 올라왔다는 사실 때문에 모두가 충분히 만족하고 있었다. 축구의 계절은 희열감과 하나 됨이라는 감각을 가져다주었다. 요컨대, 풍경화 속의 붉은 섬광 같은 일종의 집단적 깨달음이 있었지만, 이것은 이 학교가 열망하는 더 깊고 오래 지속되는 깨달음과는 분명히 아주 다른 것이었다. 승리의 장면들이 텔레비전에서 거듭 반복해서 방영되었지만 시간이 흐르면서 이 붉은 물결도 가라앉았다.

산의 목소리와 땅을 경작하는 소리와 조화를 이루는 염불과 목탁 소리와 함께 우주의 하나 됨이라는 정신을 전파하고 있는 오래된 절들 가까이에 자리 잡고 있는 '작은 학교'는 계속해서 나무처럼 자라나고 있다.

13
언어의 귀중함

우리의 언어는 우리가
버리거나 팔지 않는 우리의 땅이다.

Our language is our land

that we will not waste or sell.

C. 톰린슨

　어느 일요일 늦은 오후에 전화벨이 끈질기게 울린다. 학생 시절에 내게 배운 남성 제자가 자기와 자기 가족과 함께하는 저녁식사에 모시고 싶다는 말을 한다. 식당으로 모시고 싶다는 뜻이다. 절박하다고 할 만큼 다급해 보인다. 산에서 막 돌아왔다는 것이 거절을 할 수 있을 만큼 강한 구실이 되지 못한다. 서둘러 샤워를 한 뒤에 준비를 마치자 내 아파트 앞에 SUV 한 대가 멈춰 선다. 영어 선생인 내게 부과되는 내 역할을 의식하면서, 나는 차에 겨우 올라타서 그의 부인과 아이에게 영어로 말을 건다.

다급한 사정이란 바로 이 부부가 절실한 마음으로 세 살 먹은 자기 아이에게 영어 과외교사를 구해주고 싶다는 것이었다. 왜냐고? 나는 이들이 집에서 어린 아들과 이미 영어로 말을 하고 있고, 이렇게 효과적인 방식으로 모어인 한국어를 영어로 대체해가고 있다는 것을 알고 있었다. 그런데 지금, 아까 전화로 말했듯이, 이들은 이웃의 동갑내기 아이가 자기 아이보다 영어를 더 잘 말한다는 이유로 자기 아이에 대해 걱정하고 있는 것이었다. 특히 과거 내 학생의 부인이 정말로 걱정을 하고 있었다! 사실, 내가 이들이었다면 나 역시 걱정이 됐을 것이다. 그러나 아이의 영어 실력이 그 이웃의 세 살 먹은 아이보다 못하기 때문은 아니다. 이 경쟁사회에서 영어를 말하는 사람으로 완벽하게 살아남아야 한다는 이상이 내 아이의 고유한 성장과 내면 발전에 어떤 부담으로 작용할 것인지를 걱정할 것이다.

영어가 사실 한국어에 그리고 심지어는 사람들의 습관이나 행동에 어느 정도로 침투해 있는지 알아채지 못할 사람은 없다. 예컨대 놀랄 만큼 많은 수의 아파트 건물과 상점과 식당들이 영어 이름을 갖고 있고, 한글을 사용하지 않는 경우도 아주 많다. 그러나 이렇게 영어식 이름이나 상품명을 짓는 것은 더 큰 문제의 일부 증상에 불과하다. 즉, 영어가 퍼져나감에 따라서 세계적 기업들의 손아귀에 집중되어 있고 영미의 군사주의와 주도권에 의해 위태롭게 강요되고 있는 세계 권력 이념의 세계관이 전파되는 것이다. 우리는 독재의 시대에 살고 있다. 그것은 이윤의 법칙에 기초한 세계시장의 독재이고, 영어라는 '세계어'는 이 세계관을 받아들이게 하여 사람들의 '상식'이 되게 만드는 주요 수단이다.

그래서 다른 곳에서와 마찬가지로 한국에서도 영어가 공격적으로 전파됨에 따라 진보와 번영과 특권과 연관된 가치관이 들어온다. 그러나 우리는 이렇게 물을 수 있다. "누구를 위한 진보인가? 어떤 종류의 진보인가?" 진보는 대개 경제적 기준으로만 측정된다. 하지만 곧바로, 물질적 진보와 이익이 실제로는 소수에게만 해당되는 반면에(그리고 예컨대 한국 학생들은 기대와는 달리 높은 토익 점수가 일자리를 보장해주지 않는다는 씁쓸한 사실을 알게 된다.), 다수는 영어를 잘하건 못하건 간에 혜택을 볼 수 없다.

다른 모든 언어의 중요성을 무시하면서 현재의 경제와 정치의 시스템을 유지하고 강요하는 일환으로 지구적 소통 수단이라는 일면으로만 영어를 가르치는 것에 사실상 대응하는 것으로서, 경계심을 늦추지 않은 채 학생 중심으로 접근하는 영어 교육이 가능하다는 것을 내가 아무리 믿고 있고 알고 있다 할지라도, 오늘날 세계에서 영어를 능숙하게 연마하는 것이 중요하다는 것을 물론 부인할 수는 없다. 교조화, 균질화, 통제를 위한 수단으로 전락하는 영어가 있다. 그런가 하면 가슴으로 말하기 때문에 그 소리가 모음의 풍요로움과 함께 반짝이는 소리를 내는 풍부하고, 아름답고, 살아 있는 언어가 되는 또 다른 영어가 있다. 그것은 얼마나 배울 가치가 있는 것인가!

　언어를 배우는 사람과 언어를 가르치는 사람들 모두가 일반적으로 언어의 귀중함에 관해 깊이 생각해보고 영어가 침투하여 토착어를 대체하게 내버려두는 것의 효과에도 주의를 기울이는 것이 온당하다. 지난 세기 동안 수천 개의 언어가 사라졌고 다른 수천의 언어들이 사라져가고 있다. 이것이 우리의 문화적 저장고에, 즉 독특한 언어로 표현되는 다양한 세계관을 담은 인류의 보물에 악영향을 끼쳐서, 땅에 가뭄과 사막화를 초래하는 단일경작 농업과 비슷한 상황을 만들어낸다. 단일언어주의, 즉 언어의 제국주의는 그와 마찬가지로 우리의 정신을 단조롭고 건조한 사막으로 균질하게 만든다.

　지난 몇 년 동안 나는 하나의 언어일 뿐인 영어가 국제 상업, 기술, 의사소통의 제일 언어가 되는 것을 지켜보아 왔다. 사실 나는 하나의 언어일 뿐인 영어가 기업과 외교 세계에 인질로 사로잡혔다는 느낌을 받는다. 세계시장에서 지배적 위치에 놓이면서, 경제학과 정치학과 기술 분야에 기여하기 위해 영어가 인간의 잠재력을 온전히 표현하지 못하기 때문에, 영어가 그 정신, 그 내적 풍요로움과 활력을 잃어버릴 위험에 처해 있다. 오늘날 영어가 겪는 빈곤화는 기술과 소비주의에 기초한 사회에서 마음이 빈곤해짐에 따라 점차 표현의 풍부함을 잃어가고 있는 다른 언어들도 물론 경험하는 것이다. 우리는 진짜 정보를 주기보다는 속임수를 쓰는 데 더 자주 이용되는 언어 영역인 광고 분야에 만연한 언어의 피상성에 주의를 기울이기만 하면 된다.

이런 점에서, 일반적 언어 문제와 관련하여, 올바른 영어의 고취와 오늘날 영어의 필요성과는 별도로, 인본주의자이자 작가로서 우리 시대에 찾아보기 힘든 이 두 가지 자질을 겸비한 두 고위 정치인들의 말을 소개하고 싶다.

바츨라프 하벨은 이렇게 썼다. "여러 가지 운명과 세계들을 만들어내는 그 무언가인 언어, 가장 중요한 기술인 언어, 제의와 마법인 언어, 극적 움직임의 전달자인 언어에 흥미를 느낀다 … 진실과 언어를 교묘하게 모욕하는 데에서 우리가 살고 있는 세상의 고통이 실제로 시작되는 것이 아닐까?"

그리고 유엔 사무총장이라는 지위가 짊어져야 하는 긴급한 사태들 때문에 자신의 시적 재능을 희생한 정치인 다그 하마슐드는 이렇게 썼다. "말을 존중하는 것은 한 사람이 지적, 정서적, 도덕적으로 성숙할 수 있도록 교육 받을 때 지켜야 할 첫 번째 계율이다. 사회나 인간성이 성숙하고자 한다면 말을 존중하는 것, 즉 꼼꼼하게 주의하면서 강직하면서도 진실하게 진리를 사랑하면서 말을 사용하는 것이 필수다."

20세기의 격랑 속에서 정치인의 삶을 사는 운명을 가졌던 두 작가는 의미심장하게도 언어와 진실을 연관 짓는다.

식당에서 예의 작은 가족과 함께하는 자리에서 나는 일종의 거짓이 시작되고 있다고 느꼈다. 그 세 살 먹은 한국 아이는 자기 주위 사람들은 온통 한국말을 하고 있는데 영어에 능숙해져서 어떻게든 영어로 지껄여야 한다는 다소 작위적인 상황으로 내몰리고 있었다. 이 거짓이 암시하는 바가 있다. 이것은, 어쨌거나 모종의 이유로, 한국어보다는 영어를 말하는 게 더 좋다는 것을 암시한다.

아이는 자신의 모어를 처음에 어떻게 듣게 될까?

모든 것은 동작과 소리로 만들어진다. 자, 엄마의 자궁에서 자라고 있는 아기에게 일어나는 일을 상상해보라. 피의 흐름, 심장 박동, 임파액의 들고 남, 다양한 신진대사 소리, 이 모든 것이 다양한 리듬 형태 속에서 육체적 정서적으로 배아를 형성하는 데 기여한다. 이제 여기에다 위에서 말한 것들과 구별되는 소리 하나가, 바로 엄마의 목소리가 더해진다. 그것은 느낌으로 채워져 있고, 미묘한 음색과 분위기 그리고 따뜻함과 부드러움에서 분노에 이르는 모든 영역의 정서를 지니고 있다. 그것은 아이가 지상에서 가장 먼저 머무는 집인 엄마의 몸속 깊은 곳에서 어떤 떨림을 만들어낸다. 여기서 듣기의 감각이 사실은 자궁 속 배아에서 발달하는 첫 번째 감각이라는 것을 눈여겨보면 흥미롭다. 그것은 우리가 죽는 과정에서 가장 나중에 내어주는 감각이기도 하다.

아이가 태어나면 엄마의 목소리가 아기를 보고 흥얼거리면서 안심시키며 맞이한다. 아이는 엄마의 말을 자기 몸과 영혼 속으로 계속해서 가져오고 거기서 그것이 자라나 무르익게 되는데, 서서히 아이는 자기가 듣는 말들을 흉내 내면서 자신의 첫 번째 소리들을 만들기 시작한다.

우리는 아이가 어린 나이에 엄마의 말과 연결이 끊기면 아이에게 무슨 일이 벌어지는지 자문해보는 게 마땅하다. 내가 지금 유치원이나 학교에서, 특히 노래와 놀이를 하면서 비지성적이면서도 즐거운 방식으로 어린아이들이 외국어를 배우는 것을 문제 삼는 것이 아니다. 이럴 때는 그 언어가 스와힐리어든 중국어든 러시아어든 이탈리아어든 아니면 영어든 간에, 외국어를 사용하는 것은 훌륭한 방법이다. 또한 그것은 어린아이의 생각을 다른 문화로까지 넓혀준다. 내가 여기서 말하는 것은 두세 살 먹은 아이가 어떤 외국어에 노출되어 그것이 그 아이 집에서 엄마의 말을 대신할 때 벌어지는 일이다. 그 발상은 바로 영어를 더 일찍 배울수록 좋고, 또 물론 아이는 자신이 놓인 한국 환경에서 어쨌든 한국어를 익히게 될 거라는 것이다. 그래도 합리적으로 들리는가? 합리적인 것이 항상 현명한 것은 아닌데, 특히 그 동기가 나쁜 실용주의적 사고에 기초한 것일 때 그러하다.

한국 가정과 문화 환경에서 영어가 모어를 대신하기를 바라는 지나치게 열심인 부모들의 지혜에 의문을 갖는 것이 아무리 온당하다 하더라도, 아이들이 열두세 살 이전에 외국어를 훨씬 더 쉽게 배운다는 것은 전적으로 맞는 말이다. 그러나 아이의 육체적, 심리적, 정신적 훈육과 아무 관계도 없고 영어가 역사의 현 시기에 세계 경제언어business language라는 사실에 오로지 기초한 동기에는 분명히 의문을 던져야 한다.

우리는 다음과 같은 의문을 제기하지 않으면 안 된다. 내면이 안전하고, 자신이 누구인지 생각할 줄 알고, 자신이 나고 자란 곳의 언어와 문화에 굳건히 뿌리박고 자라나는 아이가 '생존'에 더 적합하지 않을까? 아이들은 아주 민감해서 그 어린 나이에는 어른들의 동기 부여에 쉽게 길들여져서 집안 분위기에 무언가 아주 건전치 않은 것이 있다는 느낌과 불편한 감각을 주는 중압과 긴장과 기대를 느낄 수 있다. 아직 제대로 시작도 못한 인생들이 눈앞의 문화 환경에서 자연스럽게 발달하지도 그것과 조화되지도 않는 언어의 틀에 자기를 끼워 맞춰야 한다는 요구를 받는 것이 아닌가?

언어는 아주 중요하다. 언어는 인지와 직접 연관되어 있다. 어린 아이에게는 말하는 법을 배우는 것, 즉 말소리를 사람, 사물, 식물, 동물, 소리와 연관 짓는 능력에 느낌이 함께한다. 그리고 나중에 말을 연결하여 전체 문장을 만드는데 이 단계에서 사고하기가 이루어진다. 이렇게 연상을 통해 연관을 짓는 것은 깊은 느낌을 주는 '마법'의 행위로 느껴지기 때문에, 아이에게 경이와 경외의 감각뿐만 아니라 기쁨과 만족감을 준다. 그것은 지성이 아니라 상상력과 느낌의 속성이다. 지성은 그 뒤인 학령기에 형성된다.

앞서 말했듯이 자궁 안에서 이미 시작되는 이 최초의 언어 접촉이 아주 귀중하고 깊은 친밀감을 주는 것이라 생각한다. 아이의 육체와 영혼으로 느껴지는 것이기 때문이다. 그것은 일종의 내면 온기로 아이를 채워주고 아이의 내면세계와 외부 세계를 아름답게 대응시켜 주거나 조화시켜 준다. 바로 그 어린아이의 가정이 신성한 공간이고, 엄마의 말이 신성한 언어다. 이곳에서 아이는 자기가 누구의 자식인지 그리고 자신이 누구인지를 배운다.

식당에서, 부모가 물론 한국식 이름을 지어주었지만 영어식 이름으로 자기를 부르는 이 아이는, 신발을 신었다 벗었다 하며 여기저기 뛰어다니고 (도망갈 궁리를 하면서)기를 쓰고 문 밖으로 나가려 하기 때문에, 자기도 먹는 둥 마는 둥 하고, 부모 둘 다 아이를 끊임없이 살펴야 하니 어른들도 밥을 먹을 수가 없다. 나는 아이의 그 모든 과잉활동hyperactivity이 사실 부자연스러운 가식적 상황과 연관된 깊은 불안감 때문이 아닌지 의구심이 든다. 그 부모들은 어떤 종류의 가치를 따르는 걸까? 왜 무언가 외국 것에 본래 언어와 문화보다 더 높은 가치를 두고 이렇게 순응해야 한다는 압력을 느끼는 걸까? 그들은 어린아이에게서 가장 중요한 생득권 중 하나인 모어를 빼앗기 전에 이 문제에 관해 반성을 해보는 게 좋다. 아이들이 모어 안에 더 안전하고 아주 아늑하게 있으면서, 학교에 가서 다른 아이들보다 '더 잘' 해야 한다는 압박감을 느끼지 않고 바람직한 방식으로 외국어를 습득할 수 있는 시간은 충분히 있다!

왜 한국어를 영어에 종속시킨다는 것을 전적으로 받아들일 만한 것이라고 생각하는 걸까? 한국 문화에는 자존감이 없고 결국 영어가 한국에서 상징하는 것, 미국 문화와 소비주의에 종속돼도 좋다는 말인가?

주위를 돌아보면 광범위한 미국화 때문에 한국 문화가 침식되는 과정을 눈여겨보지 않을 수 없다. 이것이 하나의 상황을 만들어낸 것 같다. 아무 생각도 없이 대부분 무의식적으로, 경제성장을 그에 수반되는 공포심과 함께 하나의 생활양식으로 삼아 경쟁으로 몰아붙이면서, 일부 정치인과 심지어 작가들조차 영어가 한국의 제일 언어가 되는 것을 옹호하고 다음 세대는 한국어라는 생득권을 포기할 것이라는 생각을 지지하는 상황 말이다.

아이들을 기르는 문제에 관한 한, 적절한 때에 영어 능력을 가르치는 것은 유용하고도 바람직하지만, 이것은 상상력을 갖추고 창의적이며 타인과 자연과 살아 있고 따뜻한 관계를 만들어내는 능력 같은 인간의 기본 능력을 성장시킬 수 있는 올바른 조건을 제공하는 것만큼은 결코 중요하지 않은 것이다. 삶을 지탱하는 진실한 진짜 가치들과, 어디서나 선전되지만 삶을 조작하고 갉아먹는 데 기여하는 거짓 가치들을 구별하는 능력의 중요성을 강조하는 것도 잊어서는 안 된다. 각기 귀중한 독특함을 가지고 태어난 모든 인간이 내면 잠재력을 발견하고 발전시키는 능력 그리고 우리가 사랑이라는 말을 공유하고 있는 사람들을 조건 없이 사랑하는 능력은 분명히 우리 모두의 생존과 조화로운 상호작용을 위한 기초이다.

따라서 나는 물질주의라는 딱딱한 바위 위에 놓여 있을 때 실용주의는 딱한 물건이라고 주장하고 싶다. 그것은 다른 가능성 전체를 부정한다. 21세기 '생존자'로 만들기 위해 한국 가정에서 두세 살 먹은 아이에게 영어를 짊어지우는 것이 실용적으로 보인다 할지라도, 이것이 더 넓은 그림에서 보면 사실 그렇지 않다는 사실은 말할 필요도 없다.

미래 인류에게는 획일화된 인간이나 지구적 야만주의의 그물에 사로잡힌 영어 사용자가 아니라, 자존감과 내면의 강인함과 독특한 개인으로서 느끼고 사고하는 능력을 지니고서 지구에서 생존하기 위해 지금 필요한 것, 즉 의식의 완전한 변화로 나아갈 수 있는 창의적이고 사랑이 넘치는 인간을 필요하기 때문이다.

우리는 현존하는 권력과 그들의 협력자들과 그들의 교조주의화 수단들이 교육과 대중매체와 만연해가는 소비주의 이념으로 우리에게 믿음을 강요하려 드는 동질적 세계 문화와 언어가 필요치 않다. 문화의 다양성과 언어의 독특함 그리고 이 두 가지가 구현하는 세계관이 창의성을 고무하고 대중 조작에 맞서는 억지력으로 작용하는 인간 세계가 필요하다.

그러니 어떤 외국어든 기쁨과 열정으로 배우자. 외국어를 다른 사람들보다 앞서가기 위한 단순한 도구로 생각하거나, 진정한 가치문제에 관해 가정에서 하나의 언어를 다른 언어의 우위에 두는 데 내재한 의미를 의식하기보다는, 한 언어의 내적 아름다움을 보는 법을 배우자는 것이다. 우리는 아이들이 자신에게 자아 감각과 삶의 토대를 주는 이곳의 언어를 말하는 것을 즐겁게 바라볼 수 있다. 그 위에서 아이들은 적당한 나이에 흥미롭고 즐겁게 다른 언어들을 습득할 수 있다.

그러나 무엇보다도, 아이들을 자연 속으로 데리고 가서 새들과, 햇빛과 비에 반짝이는 나뭇잎들과, 나무와 시내와 개울의 언어 그리고 태양 불을 빨아들여 뜨거워지니 소나무 그늘이 들고 나며 어루만져주는 산 바위들의 언어를 듣게 해주자. 그러면 아이 하나하나가 자기 진짜 이름을 불러주는 소리를 듣게 될 것이다.

　인간의 가슴속에서 소리가 말로 바뀌는 독특한 연금술인 언어는 귀중한 것이다. 말로 표현할 수 없을 만큼 장엄한 것이다.

　우리는 책임에 관한 새로운 윤리적 개념을 발전시켜야 한다.

　모든 이가, 새로운 세상을 만들어나간다는 관점에서,

　자기 자신과 자신의 환경에 공을 들여야 한다.

We need to develop a new ethical concept of responsibility.

Everyone is called upon, in view of the building of a new world

to work on him or herself and on his or her environment.

타고르

14
막간극 ― 자전거와 녹색의 힘

자유로운 사람들은 자전거의 속도로 생산적인
사회관계들을 만드는 길로 여행해야 한다.

Free people must travel the road to productive
social relations at the speed of a bicycle.

이반 일리치

　걸어서 대학 캠퍼스로 가는 것은 늘 즐거운 일이다. 버스나 승용
차에 의존하지 않을 만큼 자기 일터에 가까이 살 수 있다는 것은
얼마나 큰 특권인가! 나는 다소간 자연스러운 상태로 남아 있는 연
못을 거쳐 가려고 약간 돌아서 가는 일이 자주 있다. 연못이 콘크
리트로 둘레가 발려 있지 않고 건물에 둘러싸여 있지 않다는 말이

영남대의 연못

다. 내가 그 중 누구도 물고기 잡는 것을 본 적은 없지만 때때로 어떤 사람들은 거기서 낚시의 평화로움을 즐기고 있었다. 여름에는 연못이 연꽃 식물들로 완전히 뒤덮였는데, 크고 굵은 줄기에는 흰색과 분홍색 꽃들이 맺혀 있었고 두껍고 넓고 납작한 잎사귀 위에서는 물방울들이 진주처럼 빛났다. 작은 새들이 그 잎사귀 위를 폴짝폴짝 뛰어다니면서 작은 부리로 물방울을 마실 때 검은 오리들은 큰 잎사귀 사이에서 헤엄을 치거나 자맥질을 하면서 길을 찾아가고 있었다. 덧없이 짧은 삶을 사는 잠자리들의 연한 금빛이 도는 붉은색 날개도 그 가운데에서 희미하게 반짝거렸다.

겨울에는 꼬투리가 완전히 말라붙은 연 줄기들과 이따금 여기저기 줄기에 띄엄띄엄 매달려 있는 쪼글쪼글한 잎사귀들이, 고요한 연못에 맑게 비친 그 모습과 함께, 어떤 고대의 해독 불가한 글과 같은 물에 관한 진기한 글씨를 쓰고 있었다. 호수의 표면은 언제나 놀라움을 머금고 있었다.

그러나 캠퍼스 안에서도 그 중심의 분주함에서 떨어져 있는 이곳으로 학생들을 이끄는 때는 바로 봄이었다. 오래된 버드나무의 길게 갈라진 잎들은 아름다운 녹황색을 띠고 있었다. 버드나무는 빛나는 봄의 의상을 입는 첫 번째 나무였다. 그리고 나면 나무가 우거진 경사면 옆 연못가는 그곳에 서 있는 큰 벚나무 몇 그루에 달린 흰 벚꽃으로 빛나곤 했다. 한 해 중 나머지 기간에는 거의 거들떠보지도 않는 나무들이었다.

어느 해 봄, 짧은 기간 동안, 정말이지 너무도 짧은 기간 동안, 영문학과장 이승렬 교수를 통해 구입한 빛나는 최신품 자전거 몇 대가 문과대학 건물 앞에 모습을 보였다. 사용하고 싶은 사람은 누구나, 특히 몇 안 되는 대학원 학생들이 쓸 수 있도록 하기 위한 것이었다. 당연하게도 자전거에는 자물쇠가 채워졌고 열쇠는 학과 조교 학생이 보관하고 있었다. 바로 이 해에 생태운동 비전과 대학의 상업주의적 방향에 대한 비판적 시각을 공유하고 있던 세 동료 교수들이 함께 〈21세기를 위한 연속 사상 강좌〉라는 제목의 강좌 프로그램을 만들었다.

그것은 영문과의 급진적이고 독특하며 진보적인 사상가인 김종철 교수의 아이디어였다. 그는 생태운동과 진보 문화의 조성에 오랫동안 헌신해오고 있었다. 그는 당시 재임 중인 총장을 설득해서 프로그램을 만들고 연사들의 초청과 통역에 필요한 상당한 예산을 얻어냈다. 예산 집행에 동의했을 때, 총장은 예정된 이 연속 강좌가 정확히 어떤 내용으로 이루어질 것인지 미처 알지 못하고 있었다. 나중에 밝혀진 것처럼, 이 강좌들의 내용은 대학과 제도들이 만들어진 애초 취지와 맞지 않는 것이었기 때문이다.

논쟁적인 생각과 흥분 잘하는 기질로 영문과의 보수적 교수들과 자주 마찰을 빚은 김 교수는 학생들에게 영어나 영문학과 관련된 요약판 학문 지식을 넣어주기보다는 우리 사회를 위협하고 있는 실제 문제들에 관해 가르쳐주는 것이 훨씬 더 유의미한 일이라고 느끼고 있었다. 그는 학생들에게 지식을 주는 것뿐만 아니라 마음에서 우러나오면서도 열정적인 태도로 학생들을 재미나게 해주는 데에도 타고난 재능이 있었다. 바로 그러한 태도로 그리고 학생들과 공감하는 특유의 매력적인 방식으로 그 주제들을 전면에 가져다놓았다.

당시는 김 교수와 가까운 교수들 중 한 사람이 학과장 임무를 맡게 될 차례였다. 세 교수 모두가 자신들의 비주류 비전을 실천에 옮기고자 하는 노력에 도움이 될 기회라고 반색했다. 확실히 상황이 아주 활기 있게 돌아갔다.

연속 강좌에 앞서서, 학과장이 영어 제국주의에 관한 학회를 열었다. 이 학회가 영문과의 상당수 사람들을 놀라게 했다. 영어를 가르치면서 동시에 그 기능을 비판하는 것은 모순이 아닌가? 그들은 이 이상을 볼 수 없었다. 나 역시 강의를 하나 해달라는 요청을 받아서, 영어를 배우는 것이 중요할지라도 영어가 세계에서 차지하는 특수한 역할을 알고 배워야 한다는 사실을 깨닫게 해주려고 애썼다. 영어는 실제로 상업과 정치 행위에 사용되는 국제어이고 바로 그런 의미에서 영어를 말하는 사람이 특수한 세계관을 갖게 만든다. 서양 문명을 특징짓고 전 지구의 다른 나라들에 강요해온 것이 바로 그 세계관이다.

예컨대 독특한 세계관을 가진 많은 언어들이 사라져서 인간의 사고와 문화의 다양성이 줄어들었다거나, 세계어인 영어가 비원어민에게 부과하는 불이익 때문에 열등-우등의 양극화가 나타난 것과 같은, 다른 수많은 명백한 문제들이 제기되었다. 광고와 대중매체에서 언어가 사용됨으로써 널리 나타나는 언어의 타락에 관해서도 토론했다. 게다가 컴퓨터 언어와 핸드폰 문자 메시지가 성찰을 허용하지 않는 빠른 속도 형태의 의사소통이 되면서 격이 떨어지는 언어 표현이 다반사로 나타나고 있었다. 문학으로부터 '실용' 영어라고 여겨지는 것으로 옮아감에 따라 곧바로 문학 강좌, 특히 시 강좌가 대폭 줄어드는 결과가 나타났던 것이 바로 이 시기였다.

사고와 이미지와 생각의 풍부한 표현이 담겨 있어서 독자가 세계와 자신만의 사고 영역을 탐구하도록 해주고 내면 성장의 기회를 주는 문학이 영어 교육에서 배제되었다. 특히 이런 면에서 세 교수와 나는 마음이 아주 잘 통했다. 우리는 필히 높은 토익 점수를 요구하는 취업 시장에서의 경쟁력을 학생들에게 갖춰주는 것보다는, 진정한 의미에서 교육을 위한 가능성과 올바른 분위기를 만들어주는 것, 즉 잠재력을 '끌어내는' 데 더 관심이 있었기 때문이다. 길들이기를 통해 학생들을 좁은 전망에 가두는 교육보다는 내면과 외부의 열린 지적 전망에 초점을 맞추는 교육이었다. 창조성과 성찰을 위한 내면 잠재력을 끄집어내는 것, 자신의 삶과 자아 속에서 진짜인 것을 찾아내도록 학생들을 격려하는 것이 우리의 진정한 과제였다. 또한 인문학 교수들로서 우리는 과학과 기술에서처럼 특정 분야의 분화된 지식에서 배타적으로 앞서나가기 위한 것이 아니라 사회와 개인의 변화를 위한 것으로 교육을 볼 수 있는 특권을 아직은 가지고 있었다.

영어 '제국주의'와 관련해서 일부 학생들은 교육 전반에 만연한 떠먹여주기 방식의 문제들에 관한 사고의 전환을 할 수 없었기 때문에 혼란스러워했다. 다른 학생들은 우리들의 생각에 익숙해져서 스스로 사고하는 데 새롭게 눈을 뜨면서 적극성을 보였다. 학생들 가운데에는 김 교수의 완전히 새로운 학문 접근법에 감동을 받지 못하는, 다시 말해 대개 흥미를 느끼지 못하거나 회의적인 부류도 있었고, 완전히 매료되어 그의 추종자가 되는 경우까지 있었다. 중간은 없었다.

김 교수는 사실 토론에서 학생들을 사로잡는 열정과 특유의 역동적 방식에 자극받아 그를 따르는 학생들이 아주 많았다. 문화의 침식 현상에 무관심하지 않았고 사회적이거나 정치적인 담론과 사건들에 예리하면서도 역동적인 관심을 지니고 있었다. 그의 연구실 서가에는 다양한 주제에 관한 방대한 책이 가득했다. 자신들이 하는 특정 교육 분야 말고는 어떤 문제에 관해서도 관심을 거의 보이지 않고 학과에서 차지하는 위치와 권력에만 몰두하고 있었던 영문과의 다른 교수들과, 이 모든 면에서 그는 대조되었다. 아주 중요한 것은, 그가 자신과 관점이 같은 두 동료 교수들과 함께, 인본주의 문화가 기술 발달에 굴복하는 데에 깊은 관심을 지니고 있는 사람이라는 점이었다.

김 교수가 첫 번째 연사로 초빙한 사람들 가운데 한 사람이, 생태와 에너지 문제 그리고 신자유주의 자본주의 비판에 헌신하고 있는 연구자이자 저자이자 강사인 볼프강 작스였다.

'세계화 시대의 에콜로지와 정의'라는 제목의 명징한 강의를 통해 작스는 '발전'이라는 개념을 자세히 설명했다. 대학 강당에서의 강연 뒤에 그는 대구뿐만 아니라 서울에서도 온 다양한 단체의 학생과 일반인들을 팔공산에서 만났다. 세계 구석구석으로 수출된 모델인 서구식 발전 개념에 대한 작스의 비판은 청중들에게 깊은 공감을 얻었다. 한국에서도 박정희 대통령에 의해 이 모델이 채택

되어 맹렬히 시작되었다. 1960년대와 70년대에 한국을 통치한 그는 한국과 한국 경제를 '발전시킨' 최고 권력자이자 독재자strongman로 오늘날까지도 많은 사람들의 숭배를 받고 있다. 1990년대 말에 경제위기를 겪으면서 IMF 긴급구제의 '극약 처방'이라 불리는 사건을 치른 한국인들은 경제 자유화 조치를 진전시키기를 열망했기 때문에 생태와 사회 정의를 고려하기보다는 기업에 권력을 주기 위해 2008년 선거에서 이명박이라는 보수파 대통령을 선출했다.

볼프강 작스는 이러한 모델이 어떻게 불가능한 전제, 즉 계속적인 경제성장이라는 개념 위에 기초하고 있는지는 물론, 이러한 성장 패러다임 자체에 의문을 갖지 않는다면 어째서 이른바 '지속가능한' 성장이라는 개념조차 넘어설 수 없는지를 보여주었다. '지속가능한' 성장 역시, 그것이 주장하는 바와 모순되게도, 사람과 국가들 사이의 불평등을 만들어내고 인간이 자연과 맺는 관계에 필요한 균형은 가져오지 못하기 때문이다. 새로운 기술들이 사멸할 운명의 서구식 과잉성장으로 하여금 죽음의 시기를 늦출 수 있게 하기보다는, 과잉생산과 걷잡을 수 없는 소비가 핵심 문제라고 똑바로 말해야 한다.

얼마 지나지 않아 대학 총장이 김 교수를 자신의 사무실로 불렀다. 총장은 여러 가지 이유를 들면서 그를 비판했는데, 특히 그가 연속 학회를 위해 예산을 다룬 방식에 대해 비판하면서 사실상 예산을 삭감할 것이라고 말했다. 한국과 한국 대학들이 할 수 있는 일이란 발전과 경제성장을 극구 칭송하는 것일 뿐인 시기에 반反성장이라는 강연 주제를 내세운 것에도 총장은 아주 불편했을 거라고 나는 짐작한다. 입학 학생 수가 감소하는 침체기에 살아남기 위해 대학들이 산업계와 경제적 거래를 하고 있을 때였다. 총장실에서의 이 첫 번째 언쟁에서 격앙된 김 교수가 분노하는 고함소리가 터져 나왔다. 그 결과는 김 교수 스스로 느닷없이 〈21세기를 위한 연속 사상 강좌〉 프로그램을 취소해버린 것이었다. 누구도 중재에 나설 겨를이 없이 그는 때때로 충동적인 선택을 하곤 했다.

김 교수는 나중에, '연속 사상 강좌'의 서울 강연자로 이미 초대해두었던 이들 가운데 한 사람을 자비를 들여 초대했다. 몇 년 전에 한국어로 번역된, 라다크에 관한 책 『오래된 미래』로 한국에서 유명한 헬레나 노르베리 호지의 대중 강연에 수많은 사람들이 모여들었다. 라다크를 예로 들면서 그녀는 전통적인 자급자족 문화들이 수입된 체제와 소비주의 단일문화에 의해 어떻게 파괴되고 있는지를 통렬하게 보여주었다. 그녀와 그녀의 남편은 서울에서 멀지 않은 농촌 지역인 홍성도 방문해서 유기농 농민들, 작가, 예술가, 학생 그리고 다른 관심 있는 사람들을 만났다. 지방 정부 그리고 그 지방 정부가 대표할 의무가 있는 사람들의 목소리를 압도할 만한 힘을 지닌 지구적 제도와 기구들에 맞서는 지방의 생산과 소비 체계들을 만들어낼 것을 강하게 격려했다. 기술에 의존하는 소비문화, 즉 경제적 지구화에 내재하는 위험들을 명료하게 지적했다.

그러나 그 다음에는 무슨 일이 있었을까? 일 년도 채 안 돼서 문과대학 앞에 있던 자전거가 세 대로 줄었다. 남아 있던 이 자전거들도 완전히 녹이 슨 채 관리도 되지 않고 자전거 보관대에 묶여 방치되어 있다가 모두 없어졌고, 김 교수와 김 교수의 동료이자 그와 같은 꿈을 꾸던 박혜영 교수가 이 대학을 떠나 서울로 이주해버렸다. 그 사이에 영문학과장인 이 교수는 자리에서 물러나 있었다. 또 다른 권력 분파가 부상했지만, 적어도 당시로서는, 영문과에서 흥미로운 학회와 영상물을 볼 수 있는 것은 그것이 마지막이었다(김 교수와 그의 두 동료 교수들은 지칠 줄 모르고 학생들에게 정규 교과 이외의 다양한 문화적 기회를 주는 노력을 했다).

자전거와 녹색의 힘으로 이루어진 막간극이 끝난 것처럼 보였다. 아니면 진짜로 끝난 것일까? 그것이 남긴 영향은 그대로 남아 있었다. 그리고 이 대학에 남아 (여전히 걸어 다니던 나처럼) 계속해서 자전거로 출근을 하고, 강당에서 대중적으로 하는 것은 아니더라도 적어도 강의실이라는 피난처에서는 계속해서 정치, 사회 문제 다큐멘터리를 학생들에게 보여주는 이 교수에 의해 그 사업이 여전히 육성되고 있었다는 사실을 제쳐두고라도, 한번 충격을 끼친 그 영향은 계속해서 반향을 얻고 있다.

죽은 듯이 있는 것보다 소동을 겪는 것이 나았다. 그리고 사람들의 가슴속에 아로새겨진 조화의 기억이 남아 있다. 교수와 학생 사이의 특별한 관계의 기억이 바로 그것이다. 그것은 함께 작업하는 사람들 간의 우애와 기쁨의 특별한 속성을 표현하면서 이반 일리치가 쓰는 말인 '공생공락conviviality'으로 특징지을 수 있다. 인류가 직면하고 있는 치명적 난국을 명료하게 예견한 20세기의 예리하고 급진적인 사회비평가이자 총명한 사상가인 일리치는, 사람들이 서로서로 그리고 환경과 관계 맺는 '자율적이고도 창조적인' 방식이 바로 '공생공락'이라고 말했다. 하나가 다른 하나를 배제하는 것이 문제이기 때문이다. 그는 '공생공락'을 "개인적 상호의존을 통해 실현되는 개인의 자유"로, 또한 그런 의미에서 "본질적인 윤리적 가치"로 보았다. 김 교수에게는 일리치의 생각과 사회비판이 자기 자신의 사고방식의 정당성을 확인해주는 것이자 끊임없는

영감의 원천이었다.

속도보다는 느림으로 성취하는 공유의 가치. 함께함의 즐거움과 자전거의 느린 리듬.

여름 장마철 휴가 기간에 초록의 불꽃이 물결치고 있다. 찌는 듯한 무더위 속에 녹음과 연녹색이 한데 어우러져 있다. 넓게 펼쳐진 캠퍼스 뒤로 수많은 좁은 콘크리트길들이 포도밭과 복숭아 과

수원과 논을 둘러싸고 있다. 한 무리의 친구들을 비추는 늦은 오후 햇빛이 긴 그림자를 만들어낸다. 학생과 교수들이 자전거를 타고 바퀴를 돌리면서 발에 느껴지는 조용한 리듬을 즐기고 있다. 이 친구들 무리는 자기 자신의 동력으로 움직이고 있다. 서두르지 않는다. 행선지도 없다. 이들의 목적지는 자신들의 가슴속에 품고 있는 기쁨과 함께함의 느낌일 뿐이다. 천천히 가는 속도 덕분에 발을 저으면서 대화를 나누고 생각을 표현할 수 있다.

지구는 자전축을 중심으로 돈다. 태양 주위를 돈다. 태양은 광대한 우주 속에서 움직인다.

포도밭을 휘돌아 붉은 황금빛으로 희미하게 반짝이는 잠자리들이 노니는 연못가를 지나가고 있는 이 친구들 무리는 자유로운 사람들이다. 적어도 지금은 그렇다. 그리고 지금 이 휴식 속에 영원한 순간이 있다. 이 자전거 바퀴통이 창조성의 무한한 원천이다.

바닥이
보이지 않는
그릇에서
나온
이야기들

희비喜悲의 사연들로
엮여진 고갯마루

철새들은 오늘도 와
어제를 지저귀지만

그렇게 살아온 나날이예
내일 비는 자세예.[27]

A host of events and stories
must have crossed these ranges.
Birds call and flowers bloom in season
while winds comb the tree line.

이태극

27　역주) 이 시조는 현대시조시인 이태극의 3연으
로 된 「자하문紫霞門」이라는 연시조의 마지막 연이
다. 위에 소개된 영문 작품과 가장 가까운 내용으
로 되어 있으나 특히 종장 내용은 아주 다르다.

15
여행자와 이야기꾼

우주는 원자가 아니라 이야기로 이루어져 있다.

The universe is made of stories, not atoms.

뮤리엘 루키저

　한국에서 이야기와 전설이 전해진 가장 강력한 방법 가운데 하나가 판소리라는 독특한 예술을 통해서였다. 이것은 말 그대로 '소리의 장소'를 뜻한다. '마당'이라 불리는 다섯 개의 주요 이야기들은 완창을 할 경우 각각 몇 시간이 걸리는데, 완전한 형태로 남아서 여러 세대에 걸쳐 전해져 왔다. 이 가운데 가장 잘 알려진 이야기가 심청과 춘향과 흥부에 관한 이야기다. 앞의 두 이야기는 현대 발레와 영화를 통해 다른 나라에도 널리 알려지게 되었다. 본래 판본에서는 각각의 이야기가 여러 가지 부차적 줄거리가 딸린 하나의 주된 줄거리로 이루어져 있는데, 그 속에서 무속과 도교와 불교와 유교를 비롯한 다양한 세계관과 종교의 가닥들이 서로 얽혀 있다.

다른 곳에서와 마찬가지로 한국에서는 많은 옛이야기와 전설들이 아동용 이야기책 판본에서 희석된 채로 들어가 있는데 이 과정에서 교육용 수단이 되기도 했다. 그래서 본래 이야기가 지닌 이미지와 소리와 폭과 깊이의 풍요로운 결이 매우 간과되어버린 것인데, 판소리 전통을 계속해서 의식적으로 가꾸고 발전시키는 사람들의 경우는 그렇지 않다. 한국의 경우 가치관 교육은 조선 왕조의 통치 기간 수 세기를 지배했고 지금은 부분적으로 쇠퇴하고 있는 유교Neo-Confucianism에 주로 기초하고 있다. 그래서 예컨대 학교 교과서 판 심청전은 맹인 아버지의 시력을 되찾아주려고 자기 목숨을 기꺼이 희생하는 여성 주인공 심청의 효심에 관한 이야기로 축소되어 있다. 심청과 전생에 자기 어머니라는 것을 심청이 알게 된 장승상 부인의 시에서 묘사되는 것과 같은 가장 시적인 면들뿐만 아니라 원본의 유머 넘치는 모든 것이 생략되어 있다. 아, 심청이여, 다가오는 죽음을 한탄하는 당신의 감동적인 시가 축약본에서 과연 빠져 있어도 괜찮단 말인가?

사람이 살고 죽는 게 한 순간 꿈속이니
정에 끌려 어찌 굳이 눈물을 흘리랴마는
세간에 가장 애끓는 것이 있으니
지난 봄 강남 간 사람이 돌아오지 못하는 일이라.

To live to die is but a dream of a while

Why do we weep yearning for a loved one?

What grieves us most in the world

Is the not returning

Of the one who left for Gangnam last spring.[28]

봄에 강남으로 떠난다는 것은 이승의 문턱을 넘어 저승으로, 더 큰 삶으로 가는 것을 뜻하는 옛 표현인데, 물론 결국은 환생하는 영혼이 거기에서 되돌아온다. 그러나 아직은 아니다, 아직은 아니다….

죽음을 무릅쓰고 고문을 견뎌 자기 연인에게 진실한 사람으로 남는, 여성적 미덕의 또 다른 화신인 춘향은 학교 교과서에서 충절의 상징으로서 불후의 명예를 부여받는다. 판소리 '다섯 마당'에는 속하지 않지만, 여성 정절의 또 다른 원형적 이야기가 바로 아랑 이야기인데, 아랑은 겁간을 당하기보다 죽음을 택한다. 아랑 전설은 밀양에 있는 영남루에 모신 사당 안의 채색 그림으로 묘사되어 있다. 처녀 아랑이 숲속에서 무도한 하인의 손아귀에서 벗어나려고 발버둥 치지만 결국 살해당하는 장면을 볼 수 있다. 그리고 아랑의 원혼이 살아 있는 자들에게 나타나 결국 복수가 이루어지게 된다. 오늘날까지 해마다 아랑의 정절을 기리는 제사가 사당에서 거행되고 있다. 과거 그 시대에는 여인들이 저고리 속에, 수를 놓

---

28 이것은 한국어로 된 『심청전』에 쓰여 있는 한시의 축어역이다.

은 작은 천 칼집에 든 작은 칼을 지니고 다녔다. 외간 남자에게 겁탈을 당하게 되면 가문의 명예를 지키기 위해 스스로 목숨을 끊었던 것이다.

누대에 걸쳐 전해져 내려온 판소리 마당에는 신화와 꿈과 현실이 놀랍도록 복잡하게 얽혀 있는데, 그 속에서 서로 연결되어 있는 일화들을 사설과 창을 통해 들려주면서 느낌과 소리를 파노라마처럼 계속해서 펼쳐 보여준다. 나는 서울에서 한국 인간문화재 중 한 사람인 안숙선이 고수의 북 장단에 맞춰 심청가와 흥부가 몇 대목을 공연하는 것을 들을 기회가 있었다. 손에 부채를 든 소리꾼이 걸걸한 목소리의 사설과 창으로 이야기 속의 여러 일화들을 들려주면서 시간을 초월한 이야기의 초자연 세계 속으로 관객들을 이끌고 간다. 판소리 공연에서 없으면 안 되는 구성원인 고수는 바닥에 앉아 박자를 맞추면서 창에 힘을 실어주기도 하고 이따금씩 찬동과 격려의 표현도 하는데 그렇게 하면서 이야기가 진행됨에 따라 관객과 한패가 되는 일도 자주 있다. 비극과 유머와 멜로드라마가 모두 담겨 있는 아주 강력한 예술 형태다. 전체 분위기는 실제 삶보다 더 크다는 의미에서 신비롭지만, 계급과 가문과 가족과 개인 간의 사랑을 망라하는 인간의 일상 다툼과 본질적으로 연관되어 있다.

안숙선이 고수와 함께 빛나는 연주로 관객을 사로잡았지만, 나는 이 예술 형태는 실내보다는 실외가 더 어울린다고 느끼지 않을 수 없었다. 판소리는 벽 안에 갇히는 게 아니라 먼 산을 꿰뚫고 들어가 인간의 다툼과 사랑의 슬픔과 기쁨이 메아리쳐 돌아올 수 있어야 하기 때문이다. 판소리의 이 떨리는 목청소리는 우선, 먼 지평선까지 뻗어나가는 산맥과 계곡의 물결 같은 주름을 만들어내는 지구 속의 긴장과 진동과도 유사하지 않은가?

너무나도 깊어서 깊이를 잴 수 없을 정도의 쓰라림과 비통함을 나타내는 한국말 '한'을 이해하지 않고는 판소리를 이해하기 어렵다. 판소리의 '한'이라는 본질적 요소는 1990년대에 전국적 성공을 거둔 임권택의 영화 〈서편제〉에서 훌륭하게 표현되어 있다. 그 뒤 임권택은 저 유명한 정절의 여성 주인공을 그린 〈춘향뎐〉, 19세기에 전통적 회화 형태의 금기를 깬 열정과 불온의 화가 오원 장승업의 생애를 그린 〈취화선Painted Fire〉과 같은 영화들로 세계에서 큰 명성을 얻었다.

〈서편제〉는 자신의 딸을 판소리 창자로 그리고 아들을 고수로 훈련시키는 가난한 판소리 소리꾼의 이야기이다. 태어나자마자 어머니를 잃은 송화는 시종일관 자기 아버지에게 순종한다. 떠돌이 소리꾼 가족이 겪는 극심한 가난과 고난에도, 특히 의남매인 동호와 함께하는 것이기 때문에 그녀의 삶은 참을 만한 것이다. 그러나 결국 동호는 연습을 할 때 폭력에 가까운 아버지의 인정사정없는 태도 때문에 가족으로부터 도망가고 만다. 그녀의 오빠는 끊임없는 방랑과 궁핍에다 아버지의 독재까지 더해지는 끔찍한 삶보다는 나은 삶을 찾고 싶어 한다. 오빠를 잃은 송화가 느끼는 슬픔은 너무도 깊고 이겨낼 수 없는 것이어서 한참 동안 송화는 완전히 생의 의욕을 잃고 병에 걸린다. 송화가 병이 낳고 나자, 전후 몇 년의 처참한 시기 동안 살아남기 위해 발버둥 치면서 극심한 고통에 시달리는 절망 상태의 아버지는 딸의 눈에 독초를 발라 일부러 딸을 눈멀게 하는 절망적 수단을 쓴다. 이것은 아주 심오한 정수를 지닌 '한'의 진짜 느낌이 영원히 송화의 노래에 확실히 배어 있도록 하기 위한 것이다.

사랑하는 오빠가 떠나기 전 이야기 속 한 장면에서 카메라가 전혀 움직이지 않은 채 어떤 풍경에 고정된다. 당시 남도 시골 풍경에서 흔히 볼 수 있었던 낮은 돌담 옆 좁은 굽잇길에서 이 작은 판소리 가족이 멀리서 나타나더니 큰 길 쪽으로 점점 더 가까이 내려오면서 관객과 가까워진다. 처음에는 아버지만 노래하고 있는 것처럼 보인다. 선창을 하고 있는 것이다. 딸이 노래에 합세하더니 마지막으로 북을 메고 두 사람을 따라오는 아들도 노래를 한다. 딸은 작은 여행 가방을 손에 들고 있고, 아버지는 등에 북과 가방 하나를 함께 메고 있고, 아들은 북을 치기 위해 손을 자유로이 놀리려고 봇짐을 진 채, 이 떠돌이 소리꾼들은 노래하고 춤추며 길을 내려온다.

마치 그 노래가 그들 너머 어느 곳에서 오는 것처럼 노래의 힘에 취해 더없이 흥겨워진다. 이들이 점점 더 관객에게 가까이 다가옴에 따라서 특히 아버지의 노래가 점점 더 낭랑하고도 열정적으로 울려 퍼진다. 잊을 수 없는 장면이다. 예술적 영감에 가득 차 있고 아름답지만 자신들이 사는 시대와 자신들의 예술적 재능 때문에 깊은 괴로움에 시달리는 이 세 사람이 비교적 함께 행복한 것은 이 때가 마지막이다.

이 깊은 감동을 주는 장면과 필적할 만한 유일한 장면은 영화 막

바지에서 여러 해 뒤 동호가 여동생을 다시 찾을 때이다. 동호가 그녀를 마주하고 앉아 있을 때, 이제는 앞을 못 보는 송화는 심청 이야기를 노래한다. 북을 한 번 때리자마자 송화는 오랜 세월을 헤어져 지낼 수밖에 없었던 비극에도 불구하고 그것이 오빠의 솜씨임을 알아차렸다. 하지만 아무런 말도 없이 이튿날 그가 다시 떠나 버리는 것으로 영화는 끝난다.

예술이나 제의에서 '한'이 표현되면, 그것은 고유의 카타르시스가 된다. 예술은 카타르시스의 동력으로 움직이기도 하고 푸닥거리의 역할을 하기도 한다.

하지만 어떻게든 인간 세계를 꿰뚫고 지나가 초자연 힘의 반향을 얻어내는 쓰라림과 한탄과 슬픔을 뜻하는 '한'은 영어로 쉽게 번역되지 않는다. 한국전쟁 뒤의 정치적 억압 시기 여러 해 동안 감옥에 갇혀 있었던 시인 김지하는 '한'을, 가슴속을 깊이 갉아먹듯 파고드는 그 무엇이라고 썼다. 응혈처럼, 쓰라린 경험이 덩어리져 굳어 있는 그 무엇.

한국 역사에서 '한'이라는 느낌은 여러 가지 원천이 있다. 수많은 외침과, 유교 사회에서 지배계급에 의한 농민 억압과 여성의 하층 계급화와 남성 호의에 대한 절대 의존이 수 세기 동안 민중들을 괴롭혔다. 그러고는 20세기 일본에 의한 식민화였고 그 다음에는 전후의 두 주요 초강대국 러시아와 미국이 각각 '영향력 행사 영역'을 확보하기 위해 강요한 남북 분단이었다. 뒤 이어 한국전쟁이 1950년대 3년간을 휩쓸어 이 땅을 폐허로 만들었다. 하지만 '한'은 역사적 사회적 사건들로 쉽게 설명되어버리고 말 것이 아니다. 다양한 예술 형태로 표현될 때 한은 생존 기술이 되기도 하고 한 민족의 운명이 지닌 창조성이 되기도 한다.

판소리 방식으로 노래 연습을 할 때 소리꾼이 피를 토할 정도로 성대에 상처를 내야 한다는 말을 들었다. 걸걸한 소리가 나오다가도 때로는 날카로운 비브라토 방식의 노래가 이어지는 판소리는, 산과 계곡이 있는 풍경 속에서 풀이 바람에 떨고 돌이 흔들리는 것을 연상케 한다. 이것은 오로지 한국에만 있는 것이다.

'한'과 얽혀 있는 또 다른 면이 한국 문화 전반에 들어 있는 무속의 요소인데, 이것은 불교나 유교보다 먼저 있었던 것이지만 이 두 가지가 지배적 민족 종교나 도덕 철학이 되면서도 그것에 완전히 포괄되지 않았다. 기독교라는 서양 종교만이 19세기 이래로 한반도에 진출하면서 어떤 형태의 무속도 유교의 조상 숭배도 허용하지 않았다. 한편 불교는 샤머니즘의 여러 요소를 자기 안으로 통합했고 그것이 오늘날까지 불교 의식에서 분명하게 나타난다.

한국에서 무속 제례는 계속해서 행해지고 있다. 이 제례에서는 신들린 샤먼, 즉 '무당'이 장례를 거행하거나, 죽은 영혼의 애통한 사연이나 '한'을 치유하고 달래주는 것을 볼 수 있다. 죽은 이들 또한 그 비통함을 달래주고 덜어주어야 이 세상을 떠돌지 않고 저승으로 가는 여행을 계속할 수 있기 때문이다.

내 친구들과 내가 걸어서 자주 넘어 다니는 팔공산 좁은 계곡에서 우리는 치료나, 사업이나 학업의 성공을 바라며 하는 의식을 자주 보았다. 적은 수의 사람들이 시냇가 평평한 바위나 동굴처럼 생긴 움푹한 바위 아래 모여 있었다. 보통은 고수 한 사람이 기도문을 읊조렸지만, 어떤 때는 한 여성이 무당의 상징인 삼지창을 휘두르고 있으면 굿을 의뢰한 이들은 쌀과 과일 같은 제물을 올려놓은 돌 제단 앞 바위의 방석 위에서 연신 절을 하는 모습을 보기도 했다. 시냇물 흐르는 소리, 북소리와 기도문 읊조리는 소리 그리고 향이 타며 피어오르며 나는 연기와 냄새는, 그 시냇가 바로 옆 도로에 주차된 매끈한 자동차들이 아니었다면 아주 먼 과거 속 장면처럼 보였을 것이다. 의식이 끝나면, 영들이 먹은 음식을 종이상자에 금세 다시 담아 차에 싣고 가져가서 함께 나누어 먹었다.

하지만 내가 진짜 무당을 잠깐 보았다고 믿는 것은 더 북쪽 지역인 안동 북부의 산에서였다. 그것은 돈을 벌기 위해 임의로 설정해서 하는 굿도 아니고, '쇼'나 관광객을 위한 공연 때문에 의식을 하는 동안만 촬영을 하다가 그 의식의 분위기가 금세 돌변하는 굿도 아니다.

잘 모르는 길을 걷다가 산에서 길을 잃었을 때, 내 도보여행 동료들과 나는 순간적으로 언뜻 길고 검은 머리칼의 키 큰 여인 한 사람을 보았다. 평범한 한복 치마를 입고 있었고, 쉽게 신고 벗을 수 있어서 잘 닳는, 스님이나 비구니 스님이 많이 신는 슬리퍼처럼 생긴 연푸른색 고무신을 신고 있었다. 거의 수직으로 나 있는 가파른 산비탈을, 나무들을 헤치며 걸어 올라가고 있었다. 크고 호리호리하지만 다부진 몸짓을 보이는 그녀는 초자연적 존재처럼 가볍고도 힘 들이지 않고 움직였다. 내가 본 것을 내 두 친구들도 함께 보지 않았다면 나는 환영을 보았다고 생각했을 것이다. 그 여인은 광채가 나는 에너지를 내뿜고 있었다. 아직 우리 가까이에 있었을 때는 우리를 알아보고 미소를 지어 보였다. 그 여인은 혼자였는데 재빠르게 우리 위쪽으로 사라지듯 올라갔다. 우리는 주변 나뭇가지에 비단 천이 매달려 있고 촛불들이 켜져 있는 동굴 몇 개와 마주쳤다. 나무 밑에 돌로 만든 낮은 제단에 제물로 바친 소주병들이 놓여 있었다. 그렇다, 그 여인은 상상의 산물도 아니었고, 그 나무나 동굴도 아니었다. 그녀는 이야기들로 이루어진 실재 바로 그것이다.

"누구신가요?" 내가 묻는다.
"저는 저 자신의 이야기입니다." 그녀의 대답이다.

이야기에 관해 공부해보는 동안 내내 나는 과거 역사를 주의 깊게 살펴보았는데 고대 그리스 시대와 같은 시대에 우랄알타이 문명이라 알려져 있는 것이 번성했다는 것을 알게 되었다. 이 문명은 핀란드와 헝가리에서부터 우랄 산맥을 넘어 한반도까지 이르는 것이었다. 한국에서는 이 문명이 서기 전 5세기와 4세기 사이에 고대 신라의 불교 문명에 무너질 때까지 존속했다.[29]

경주의 한 무덤에 봉안되어 있는 신라 왕관을 보면, 우주 나무를 상징하는 잎이 달린 나뭇가지와 사슴뿔을 쉽게 알아볼 수 있다. 이런 왕관들은 우랄알타이 전역에서 발견되었다. 그리스 신화에서는 태양신 아폴로와 그의 전차가 동쪽에서 서쪽으로 지나가는 하

---

29 역주) 서기 527년 이차돈의 순교 이후 신라에서 불교가 번성하기 시작했음을 생각한다면 이것은 시기가 맞지 않는다.

늘의 태양 길을 지나가는 반면에, 알타이 문명에서는 매일 지나가는 태양 길을 상징하는 궁륭the dome of the sky을 가로질러 날아가는 것이 바로 황금빛 뿔을 가진 사슴이었다.

무속신앙을 지닌 민족들에게 이 나무는 세상의 중심축을 표현하는 것이다. 한국에서는 오래된 나무에 띠나 비단 천이 매달린 것을 아직도 때때로 볼 수 있다. 운문사의 오래된 소나무처럼 지지대를 세워주고 돌보는 오래된 나무들도 볼 수 있다. 수백 년 된 이 소나무는 정기적으로 막걸리를 주어서 영양을 보충해준다.

이 오래된 '나무님들'이 수 년 전에 삼림이 베어져 지금은 대부분 새로 심은 나무들로 이루어져 있는 풍경 속에서 도드라져 보인다. 이 나무들은 수호신이 깃들 수 있게 해주는 역할을 계속할 뿐만 아니라 과거를 보존하고 있기도 하다. 이 나무들의 껍질 속에는 '한'의 영 또한 서려 있다. 그래서 고대에는 그 넓은 그늘 속에서 사람들이 제의를 거행하기도 하고 마을 모임을 열어 이야기를 나누기도 했다.

이야기들은 민족과 함께 이동하고 퍼지는데, 넓은 영역에 펼쳐져 있는 외부 풍경과 인간 정신의 내면 풍경을 거치며 귀에서 입으로, 듣기에서 들려주기로 옮아가는 동안 서로 다른 문화의 옷을 입게 되면서 변형된다. 그것이 바로 이 세상의 완전히 서로 다른 지역에서 다양한 겉모습을 한 같은 이야기들을 거듭해서 만나게 되는 이유다. 이야기는 문화라는 땅의 부엽토다. 한 지역 민중이나 민족의 정신적 외상들, 꿈, 비전과 영감의 표현인 이야기는 유머라는 소금과 위안이라는 연고로 어느 정도의 균형을 가져다준다. 이야기는 전쟁과 고난의 시절에 사람들에게 적대감을 불러일으켜 행동에 나서게도 하고, 힘과 용기를 주며, 실제 삶보다 더 큰 원시 심상들을 보여주기도 한다.

오늘날에도 이야기하기는 정보로 이루어지는 가장 일반적인 의사소통 형태의 해독제가 될 수 있다. 우리는 그래픽 이미지가 즉석에서 제공되기 때문에 이 세계에서 벌어지고 있는 모든 것을 알 수 있지만, 바로 이 점이 상상력과 이야기의 빈곤을 낳았다. 신비한 초자연적 말들과의 우연한 만남을 비롯한 진짜 경험에서 나오는 인간 지혜의 샘이 말라버릴 위험에 처해 있다.

그럼에도, 해마다 11월이면, 이야기를 가지고 만나는 세계인의 행사가 하나 있다. 이름하여 '텔레브레이션Tellebration.' 이야기telling 의 잔치celebration인 것이다. 온 세계에서 모여든 크고 작은 무리의 이야기꾼들이 공개된 곳에서 오랜 이야기의 전통을 찬미하는 구연 한 마당을 벌이는 것이다.

가을이 굽이쳐 내려앉아 바람에 떨어진 나뭇잎들이 보도 위에 흩날릴 때였다. 대구의 한 작은 이야기꾼 모임에서 텔레브레이션 잔치를 열기로 했다. 바깥 계절은 초겨울 소리와 냉기에 은밀히 귀를 기울이고 있었지만 모임 장소인 카페 안단테는 청중들이 이야기가 피어나는 저녁 속에 자리를 잡고 앉았기 때문에 친밀하고 따뜻한 분위기였다.

이야기 구연은 정미화의 가야금 음악으로 시작되었다. 나비의 날갯짓 같은 가벼움과 산들바람처럼 불다가 돌풍으로 바뀌는 듯한 힘을 함께 지닌, 치터zither[30]처럼 생긴 이 악기의 열두 줄 위를 연주자의 손가락들이 휘젓듯 돌아다녔다. 유명한 민요 〈도라지〉가 경이로움과 향수, 일종의 마음속 귀향의 느낌을 주었고, 이야기의 마법에 들어맞는 분위기를 만들어주었다.

그럼 이야기꾼들은 누구였을까? 그들은 아주 자발적으로 형성된 사람들 모임의 일부였다. 전문 이야기꾼이 아니라 친구로 1년 이상 만나 이야기를 나누어 온 다양한 문화 배경을 지닌 모임이었다. 우리는 한국인, 러시아인, 우즈베크인, 중국인, 아프리카계 미국인, 캐나다인 등 다양한 문화 배경을 지닌 사람들이었고 우리의 이야기에는 수많은 여정이 담겨 있었다. 우리 중 일부는 가르치거나 공부하기 위해 한국이라는 토양에 잠시 뿌리를 담근 여행자들이었다. 우리 이야기 중 일부는 우리 자신의 삶에서 나온 것이었고 다른 이야기들은 여러 땅을 거쳐 바람에 날려 온 이야기 씨앗에서 나온 것이었다. 저녁의 만남을 함께하며 우리는 이야기를 가지고 동에서 서로 이주해 다녔다.

판소리의 고장 전라남도의 무속 이야기 「바리데기」에서는, 왕가의 딸이 바다에 던져져 수많은 시련을 만나지만 초자연 세계로 올라가 산파 여신이 되었고[31], 태백산의 단군 이야기에서는 한민족의

---

30 역주) 치터zither : 평평한 공명 상자에 30~45개의 현이 달려 있는 현악기.

31 「바리데기」라는 서사 무가는 지역에 따라 매우 다양한 판본이 있다. 예컨대 어떤 판본에서는 바리데기가 천상으로 올라가 초자연적 치유자가 되기도 하고, 지하세계를 관장하는 무계 여신이 되기도 하며, 모든 무당의 최초의 어머니가 되기도 한다. 「바리데기」 영어 번역으로는 아래 책을 볼 것.
The Columbia Anthology of Traditional Korean Poetry, ed. Peter H. Lee, NY: Columbia University Press, 2002.

첫 번째 통치자이자 하느님의 왕자의 아들인 단군이 한때 곰이었던 여인의 몸을 통해 태어났다. 호랑이와 경쟁관계였던 이 곰은 쑥과 마늘만으로 100일을 버티는 시험을 이겨내고 인간이 되는 바람을 이루었다.

한반도에서 시작한 우리는 러시아 친구와 함께 화산으로 이루어진 반도 캄차카로 갔는데, 이곳에는 가장 위대한 거짓말쟁이이자 허풍쟁이인 브류치Bryuch가 살았다. 그는 거짓말을 아주 잘했기 때문에, 앞서서 한 거짓말 때문에 생긴 곤경에서 벗어날 수 있을 만한 새롭고도 훨씬 터무니없는 거짓말을 지어낼 수 있었다. 사실 그는 자신의 백성들을 파멸시키려고 하는 서리와 굶주림과 질병의 정령들의 사악한 의도를 물리칠 수 있는 선한 허풍쟁이였고, 이것이 바로 이 이야기 전체의 요점이다. 그 다음에는 서쪽으로 방향을 돌려 몽골로 갔는데, 이 땅에는 목걸이에 달린 조약돌들처럼 함께 엮인 일화로 이루어진 이야기들이 있다. 말하는 말들과 허세로 과장하는 영웅들이 펼치는 무모한 모험 이야기들이다.

중국에서 우리는 달의 여신 창오의 신세를 슬퍼하는데, 영원한 아름다움을 지니고 있지만 오만함의 잘못으로 고향인 지구에서 달로 추방되어 연인과 헤어진 비극 이야기로 지금도 중국인들에게 영감을 준다. 여기서 우리는 중국인 학생이자 가장 젊은 이야기꾼인 키안이 때로는 눈에서 눈물을 닦아가며 열정적으로 들려주는 고아 저우에 관한 이야기도 들었다. 이것은 한 아기를 제외한 씨족 전체의 말살에 관한 이야기인데, 몇 사람이 자기 씨족의 영원한 회복과 부활을 위해 이 아기의 생명을 구하려고 목숨을 기꺼이

솟대

희생했다. 키안은 아직 영어에 능숙하지 않으면서도 조금도 소홀함 없이 이 이야기를 영어로 번역하여 하룻밤 사이에 외워서 우리를 그 마법으로 사로잡았다.

다시 북쪽으로 방향을 돌려 시베리아의 광활한 타이가로 가서, 아이들이 죽을병이 든 엄마를 돌보지 않으니 엄마가 새가 되어 날아가버리는 이야기를 듣는다. 엄마는 돌아올 수 없다. 이 이야기를 들으면 언제나, 그 다음 세대가 보살펴주지 않으면 어찌하여 이야기 속 엄마가 달아나버릴 수밖에 없는지 생각하게 된다. 그리고 다시 남쪽으로 방향을 돌려 과일이 많이 나고 기후가 따뜻한 우즈베키스탄으로 가서 우리의 우즈베크 친구와 함께 우즈베크 사람들의 기원에 관한 노래를 부른다.

순록이 얼음과 불 주위를 빙빙 돌며 춤을 추는 우랄산맥을 지나서, 우리는 동부와 서부 유럽의 한때 켈트족이 살던 지역으로 도착했다. 말하는 사슴과, 광대하게 펼쳐진 하늘을 지나 세상 끝까지 가는 여행에 관한 이야기를 듣는다. 견과 껍데기에 꼭 맞는 은과 금의 옷 이야기와, 인간 영혼의 이미지인 마법에 걸린 공주가 자유를 기다리는 동과 은과 금의 왕국 이야기를 듣는다. 마지막으로 초록의 에메랄드 섬 아일랜드에 왔는데, 이곳은 오래 전에 신성한 주목과 물푸레나무와 오크가 무성했다. 아일랜드에서는, 아일랜드식 축복이 으레 그런 것처럼, 길이 생겨나 우리를 맞이하고 바람이 등 뒤에서 불어준다.[32] 여기서는 초기 아일랜드 신화라는 바다의 아홉 번째 파도가 자갈과 바위로 된 이 땅의 해안으로 아직도 이야기를 실어 날라주고 있다.

알타이 문명의 황금 사슴이 날아간 길을 따라서 동에서 서로 가는 여정 전체의 처음부터 끝까지 아프리카 북의 리듬이 함께했다. 아프리카는 우리 모두의 어머니다.

우리의 아프리카계 미국인 이야기꾼이자 여배우인 쉐일라 하퍼가 영리한 거미 아닌시가 되었다가, 악마보다도 영리한 아프리카

---

32 역주) 길이 생겨나 우리를 맞이하고 바람이 등 뒤에서 불어준다. : 이것은 예로부터 내려온 아일랜드의 축복의 말 가운데 일부다.

May the road rise up to meet you,	길이 생겨나 당신을 맞아주기를.
May the wind always be at your back,	바람은 언제나 당신 등 뒤에서 불어주기를.
May the sun shine warm upon your face,	태양은 당신의 얼굴에서 따뜻하게 빛나고,
and rains fall soft upon your fields,	비는 당신의 들녘에 가만히 내리기를.
And until we meet again,	그리고 우리가 다시 만날 때까지,
May God hold you in the palm of His hand,	신께서 그 손아귀로 당신을 잡아주시기를.

계 미국인 소녀 멜린디가 되기도 하면서, 조상 전래의 기억과 최근 기억들이 모두 형체를 갖추었다. 서로 다른 수많은 등장인물의 형형색색 복장과 영혼을 보여주기도 하고, 아프리카계 미국인 여성으로 살아온 자신의 삶에서 나온 이야기들을 들려주기도 하면서, 쉐일라는 유머와 내면의 힘이 어떻게 생존을 보장해주는지 생생하게 보여주었다.

함께 우리는 이야기의 샘물을 깊이 맛보았다. 말하자면 그 역시 바닥이 보이지 않는 그릇이 아닐까? 절에 정착하기 이전 시절에 여행자였던 초기 승려들이 들고 다닌 바리때였고, 절에서는 다른 이들을 위해 그것에 물질 영양분을 채워주었던 사람들이 그 보답으로 정신적 영양분을 받았던 그 그릇 말이다. 마음처럼 깊이를 알 수 없는 그릇은 깊고 무한하다. 풍요로운 인간의 마음은 자연과 초자연 세계의 무한한 이야기들을 만들어내고, 그것들이 충돌하고 합쳐져 가장 섬세한 상상력의 불꽃을 계속해서 살아 있게 해준다. 우리에게는 이 여행이 깊은 유대감을 만들어주어 공통의 뿌리와 유산을 생각할 수 있게 해주었다. 우리가 말했듯이, 문이 열렸고, 벽이 사라졌다. 이 용서할 줄 모르는 기계의 시대에 인질로 잡힌 채 먹을 것을 얻지 못해 굶주리고 있는 상상력을 치유하고 자극하는 이야기들이었다.

그리고 마지막으로 아직 끝나지 않은 이야기가 하나 있다. 그것은 전설과 꿈이 스며들어가 있는 한국 역사로부터 잊을 수 없는 기억의 조각으로 나가온다. 모든 이야기는 본질적으로 끝나지 않은 이야기다. 우리가 그것에 무언가를 덧보태고, 그것을 꿈꾸고, 기억과 희망으로 그 이야기를 더 짜나가기 때문이다. 바닥이 보이지 않는 그릇에서, 14세기 말 격변의 시대를 살았던 도공 만공의 이야기가 나온다.

고려왕조는 폐허 속에 있다. 몽골의 침략이 국토를 유린하고 사찰을 불태웠다. 불꽃이 타오르는 소리, 매서운 불의 시련이 이 나라 운명의 새로운 전환기가 시작되고 있음을 알린다. 불교국가 고려왕조가 조선왕조로 넘어가고 조선은 20세기 초 일본의 한국 합병 때까지 통치한다. 조선의 통치 이념인 성리학이 확고히 뿌리를 내리려 한다.

만공의 시대에는, 살던 곳에서 쫓겨나 집을 잃은 민중들이 산에 모여들어 낮에는 거처를 짓고 밤에는 농작물을 심었다. 하루 종일 산채 짓는 일을 하고 난 뒤, 만공은 달빛 속에서 옹기그릇을 만들었다. 청자의 푸른 유약 속으로 흰 새들과 불멸의 학들을 새겨 넣었다. 우리는 그 새들을 보았고 그것들이 푸른 하늘 속으로 날아가는 것을 오랫동안 지켜보았다. 지평선 끝 파란 하늘에 푸른빛이 희미하게 반짝인다.

이 이야기에서는, 가마의 불꽃 속에서 새들의 형상이 녹아 없어진다. 새들의 영 가운데 하나가 고뇌하는 만공에게 돌아왔고 만공은 그 새를 쫓아가려고 애를 썼다. 새를 잡으려고 했지만 허사였다.

인간의 역사라는 가마에서 꿈이 구워져 변형되는 연금술 같은 이야기다.

정신은 자유로이 날아간다.

16
길가에서 만난 어느 스님 이야기

텅 빈 마음이 보물을 가져온다.

Empty Mind Brings Treasures.

모퉁이 하나를 돌자 나타난 길가의 형형색색 접시꽃 가운데에 얇은 잿빛 승복을 입고 서 있는 스님 한 분이 보였다. 환영일까? 아니었다. 내 친구 지옥이 차를 멈추었다.

누군가 차를 태워주기를 기다리고 있었던 걸까? 스님이 웃고 있었다. 어깨에는 잿빛 천 가방을 걸치고 마치 여인네들을 만나리라 기대하고 있었던 것처럼 손에는 들꽃 한 다발을 들고 있었다. 나는 창문을 내려서 어디로 가시는 길이냐고 물으니 스님이 곧바로 내 손 안에 그 작은 꽃다발을 불쑥 쥐어주고는, 뒷문을 열고 차에 올라탔다.

　지옥과 나는 운문사로 가는 길이었다. 약간 추웠지만 아름다운 날이었다. 스님이 지옥과 말을 나누는데, 나는 무슨 일인가 되풀이 되고 있다고 느꼈다. 몇 년 전 어느 날에도 우리는 운문사를 향해 출발했고 길가의 한 여인이 손짓을 하면서 다급하게 태워달라고 했다. 그녀는 운문사 근처 암자에 시주물을 가져가야 했는데 늦은 것이었다. 부처님 오신 날이어서 암자로 올라가는 좁은 길에서 교통 체증으로 시간이 지체되었기 때문에 우리는 본 사찰 의식에 참석하지 못했다. 하지만 우리 손님은 마지막 오르막길을 걸어서 가는 것보다는 더 빨리 암자에 도착해야 했다. 그러나 그녀는 피곤해 보였고 암자에 더 빨리 도착한다는 거짓 느낌을 주고 있는 차의 안락함을 즐기고 있었다. 모두 선업을 위한 일이었다.

　다른 절과 마찬가지로 운문사는 스님들이 사는 곳에 접근할 수 없게 되어 있다. 그러나 부처님 오신 날에는, 이 날을 알리는 수많은 분홍빛 연등이 매달려 있는 줄을 따라가서, 비구니 스님들의 방에 들어가 쌀과 된장국과 김치와 채소 반찬으로 이루어진 보통의 사찰 채식 공양을 함께 할 수 있었다. 스님들은 절에서 이어지는 넓은 텃밭을 일구었는데 넓은 챙 밀짚모자를 쓰고 땅 위에 몸을 구부리고 있는 모습을 자주 볼 수 있었다.

　그때 지옥과 나는, 다시 운문사로 가는 길에, 그 날의 우리 계획을 변경하게 하는 계획을 지닌 손님 한 사람과 함께하고 있었다. 그는 운문사 근처에 살고 있다고 말했다. 그런데 운문댐에 도착하고 나니까 우리 목적지의 반대 방향으로 가달라는 것이었다. 자기가 서예가라고 말했다. 역시나, 인간문화재였다. 도대체 얼마나 많은 인간문화재 서예가가 있는 건지 궁금했다. 굳이 우리에게 선물을 주고 싶어 했다.

산비탈을 따라 차를 몰고 올라갔다. 아래쪽으로 좁은 계곡이 입을 벌리고 있고 작은 시내가 있는 그 계곡에 집 몇 채가 무리지어 있었다. 마을로 이어지는 내리막의 거친 길은 가파르고 좁았다. 심한 폭우로 망가져 있기도 했다. 둑 하나는 무너져서 구멍이 여러 개 나 있었다. 우리는 속도를 줄였고 우리의 스님은 계곡 입구 정반대편의 이 마을 끝자락으로 우리를 데리고 갔다. 그가 사는 집이 있었다. 집 몇 채가 드문드문 있는 데에서도 끝에 약간 외따로 서 있는, 별 특징 없는 평지붕 콘크리트 집이었다.

차 세울 장소가 전혀 없어서 그가 차에서 나와 앞문 근처에서 마당 안으로 차를 후진해서 들어오라고 손짓했다. 끊임없이 말하고 흥분한 표정으로 약간 짜증을 내면서 손짓을 하다가 명령까지 하는 것이었다. 솔직히 말하자면, 우리는 우리 갈 길을 가는 게 나았다.

직사각형 방으로 들어가니 거기서부터 한 쪽으로만 작은 방 세 개가 연이어 딸려 있었다. 모두 같은 크기였고 침상이 하나 있고 옷가지들이 방바닥에 너저분하게 뒤얽혀 팽개쳐져 있는 방 하나 말고는 아무도 거처하지 않는 것 같았다. 안방 바닥에는 음식이 남아 있는 접시가 몇 개 있다. 김치. 밥. 그리고 파리들. 빈 초록색 병도 몇 개 있는데 일부는 음식 접시 옆에도 나뒹군다. 아무것도 애써 치우지 않으면서 그는 방바닥에 앉아 자기 가방을 뒤졌다. 우리는 장판 위에 공손히 앉았다. 그는 붓 몇 개와 종이 그리고 정체 모

를 갈색 병 하나를 꺼내더니 병에 든 것을 곧장 몇 모금 마셨다. 그렇게 그는 알코올 없이는 돌아다니지 못하는 것이었다. 그는 우리를 그곳에 붙잡아두지 못할까 불안해하면서 끊임없이 대화를 부추겼다. 누군가 함께 있기를 바라는 것이었다. 틀림없었다.

　잠시 뒤 먹을 갈아서 먹물을 준비하더니 말린 종이 한 장을 방바닥에 펴놓았다. 이번에는 자리를 뜨더니 파란 천과 금빛 물감을 가지고 돌아왔다. 종이에 하는 것보다 천에 하는 서예가 더 어렵다고 그가 말했다. 그가 천 위에 웅크리고 큰 붓을 휘두를 때 나는 그가 상당히 강한 몸을 가지고 있는 걸 알아보았다. 완전히 집중하다가도, 내가 느끼기에는 약간 과시적 몸짓을 보이기도 하고, 무언가 기억해내려고 애쓰는 듯 이따금 멈추어 허공을 응시해가면서, 한자네 글자를 썼다. 쓰기를 마치자 말리기 위해 옆으로 치워 놓았다. 갈색 병에 든 것을 또 마셨다. 서예를 하려면 에너지가 많이 들어서 우리에게 두 번째 작품을 써주기 전에 연료 보충을 해야 한다고 설명했다. 한참을 쉰 뒤에 길고 가는 천 조각을 다시 펼쳐놓고 양 끝에 문진을 올려놓는다. 붓을 금색 물감에 찍더니 글자들의 획을 긋기 시작했다. 나는 그 글씨의 수준을 알 수 없었고 내 친구 지옥도 그 시간 내내 입을 꼭 다물고 조용히 바라보고만 있었다. 지옥이 마음속으로 무슨 생각을 하고 있는지 전혀 알 수 없었다. 이젠 그 글씨가 마르기를 기다리는 수밖에 없는 것이었다. 천에 쓴 굵은 금색 글씨가 마르는 데에는 시간이 꽤 걸리기 때문이었다.

나는 그가 우리에게 써준 글씨들을 설명해달라고 했다. 설명하는 것은 소용없는 일이고 글씨를 써주는 게 중요한 거라고 말하면서 처음에는 거절했다. 그러더니 툴툴거리기 시작했고 화가 난 것처럼 보였다. 결국은 나한테 써준 글자들의 뜻을 있는 그대로 말해주겠다고 했다. "텅 빈 마음이 보물을 가져온다."

그러는 사이에 나는 우리가 있던 방에서 가장 먼 쪽 끝에 있는 작은 방에 눈길이 가 있었다. 텅 빈 방안에 밀짚모자 하나, 목탁 하나, 북 하나와 작은 징 하나만 있었다. 나는 그에게 북을 좀 연주해줄 수 있겠느냐고 물었다. 그는 그 방으로 들어가 자기 앞에 악기들을 놓고 방석에 앉았다. 그러더니 북을 치면서 경전을 읊기 시작했다. 그의 존재 깊은 곳에서 나온 목소리가 의기양양하고 강력하게 울려 퍼졌다. 그러나 오래도록 지속하지는 못했다. 독경을 갑자기 멈추고 잠시 쉬더니 다시 시작했고, 이번에는 좀 더 오래 했지만 또다시 갑자기 멈춰버렸다. 그러더니 놋쇠 징을 쳐서 악령을 쫓는 듯한 소음을 만들어냈다. 전통적으로 무속과 연관되어 있는 이 징들은 악령이 가까이 오지 못하도록 하는 데 쓰인다. 그리고 그것이 끝이었고 그는 그 방에서 나왔다. 그러나 그의 악령들이 그를 혼자 내버려두었다면 그가 어떻게 되었을지, 아니 여전히 어떨지 어렴풋이 알 수 있었다. 그의 독경은 최고였다.

글씨가 천에서 마르는 데에는 시간이 오래 걸렸다. 우리는 그와 함께 밖으로 나갔고 그는 자신이 온갖 종류의 채소를 기르고 있다고 말했지만, 별로 볼 수 없었다. 빨간 고추 몇 그루와 배추 몇 포기가 있을 뿐이었다. 그는 목각을 한다고 말하기도 하면서 자신이 작업하고 있는 재미나게 생긴 큰 나무뿌리들을 보여주었다. 그러나 여기서도 만들어놓은 것은 별로 눈에 띄지 않았다. 텃밭은 시내를 끼고 있었고 반대편에는 절벽이 있었다. 이곳에는 무언가 거칠고 돌보아지지 않은 것이 있었다. 내 생각에는 제비보다는 까막까치가 어울리는 장소였다. 이 모든 광경을 보니 과거에 무당들이 마을 경계 밖에 살아야만 했던 사정이 생각났다. 그들이 불러오는 영들이 꼭 유순하지만은 않았던 것이다.

다시 안으로 들어가니 그가 차를 만들어 마시자고 했다. 지옥이 차를 끓이고 찻잔을 준비하고 부엌에서 이것저것 가져왔다. 차를 마시고 있자니 그의 기분이 어둡고 칙칙해졌다. 술병을 들고 또 마셨다. 굵은 금색 글씨가 거의 말랐고 그는 우리가 떠날 순간을 두려워하고 있었다. 아마도 고독을 견딜 수 없을 것이었다. 북을 리듬 있게 치면서 독경을 할 때처럼 영들과 교신할 수 있다면 기적을 낳을 수 있을 만한 엄청난 에너지를 그는 내뿜고 있었다. 그러나 그 에너지는 완전히 고삐 풀린 것이었다. 그는 좌절감으로 산꼭대기에서 집채를 날려버릴 수 있을 것처럼 보였다.

우리는 그가 누구인지도 그에게 무슨 일이 있었는지도 전혀 알수 없었다. 분명한 것은 그가 절에서 스님으로 살 수는 없다는 것이었다. 엄청난 에너지가 그에게는 최악의 적이 된 것 같았다. 저토록 강한 육체는 잠재된 힘과 인내력을 충족시킬 만한 과제가 필요했다. 어떻게 승려가 된 것일까? 궁금하지 않을 수 없었다. 자신의 악령들을 이겨낼 수 있을까?

꽃다발을 들고 있던 길가의 스님은 미소를 지었었다. 거기 접시꽃 사이에서. 이제 우리를 집밖으로 이끌고 있는 그는, 우리를 그곳에 더는 있게 할 만한 구실이 없고 우리가 떠나야 한다는 것을 줄곧 알고 있었기에, 절망스러워 보였다. 우리는 뒤돌아보지 않은채 그와 헤어져 천천히 아까 왔던 길을 올라갔다. 비웃는 듯한 웃음을 띠고 있는 한 노파가 우리가 가는 길 저편에 쭈그리고 앉아있었는데, 나는 그 노파가 승려와 그의 두 여성 방문객들을 줄곧감시하고 있었다는 느낌을 지울 수 없었다.

거기에 있는 동안 내내 지옥은 말을 거의 하지 않았다. 가만히 공손하게 필요한 말만 할 뿐이었다. 아주 소극적이면서도 조심스러운 것 같았다. 무슨 목격자가 된 것 같지만, 그곳을 떠나 경산에 돌아온 뒤에 나는 그녀도 그 길가의 스님에게 말없이 연민을 느낀다는 것을 느꼈다. 어떻게 해볼 수 없는 상황에서 느끼는 동정심이아니라, 그의 고통이 그의 삶의 개울에 놓인 그 다음 디딤돌로 이끌어주는 그의 운명의 일부라는 것을 마음속으로 알게 되는 것 말이다.

나는 꽃다발을 차에 두었는데 그날 우리가 집에 도착했을 때에는 꽃들이 시들기는 했지만 아직 죽진 않았다.

당시에는 금색 글씨가 쓰인 그 파란 천은 내게 아무 의미도 없었다. 나는 그것을 어떤 친구에게 주었는데, 이 행동을 나중에 깊이 후회했다. 결국 그는 아무 가식적 행동도 하지 않았고 그것은 자신의 가치를 우리에게 증명하려 한 것이었다. 내가 어떻게 그의 선물을 마다할 수 있었을까? 내가 그렇게 한 것은 터무니없는 일 같았다.

그러나 그의 독경, 울림 있는 목소리, 힘과 기운은 한동안 나를 따라다녔고 나는 그의 과거와 전생과 이생의 거울을 들여다보고, 무슨 일이 일어났고 무엇을 구해낼 수 있는지 알고 싶었다. 그러나 나락에 떨어졌다가 신처럼 충만한 힘으로 솟아오를 수 있으려면 그는 아직 가야 할 길이 좀 남아 있었다. 그때는 그의 열정이 그의 목소리에게 산꼭대기까지 올라서 메아리의 물결들을 되받아 들을 수 있는 힘을 줄 것이다. 조만간에 그런 일이 일어나야 한다고 나는 생각했다. 당장은 그는, 그래, 텅 빈 마음이 보물을 가져온다는 것을 생생하게 생각나게 하는 사람이었다. 그의 태도를 차별이나 거부 반응 없이 한 외고집 승려의 행동거지로 받아들이면, 그 태도는 명료한 것이기 때문이다. 그리고 지옥과 나는 그의 집에 잠시 머물다가 다시 밖으로 두둥실 떠간 두 꽃잎이었을 뿐이다.

그럼에도, 보이지 않는 연결 고리가 그 우연한 만남 뒤에 있었음에 틀림없다.

17
경주 남산의 암자들

헤치고 들어가도

더 헤치고 들어가도

푸른 산들.

Even going deeper

and still deeper

green mountains.

산토카[33]

---

33 역주) 산토카 : 타네다 산토카樽田山頭火(1880~1940). 5.7.5조의 일본 정형시인 하이쿠에 자
유율을 도입한 천재 시인. 망나니로 살아서 집안을 풍비박산 낸 아버지 때문에 어머니는
아들 산토카가 보는 앞에서 우물에 빠져 죽고 동생도 깊은 산속에서 목을 매달아 죽는 아픔
을 어린 시절에 겪은 시인은, 우여곡절 끝에 아내도 얻고 자식도 낳았으나 이시카와 다쿠보
쿠 같은 동시대 시인을 보고 자기 정체성에 회의를 느껴 집을 뛰쳐나와 중이 된다. 평생 문
전걸식하면서 기행을 하며 하이쿠만을 쓰다가 죽었다. 그의 일생을 그린 만화『흐르는 강

우리가 남산의 작은 마을을 돌아가고 있을 때 확성기를 단 트럭 한 대가 지나간다. 부부가 앞에 타고 있다. 남자의 단조로운 목소리가 개를 팔라고 한다. 식당에 팔기 위해 두 마리가 이미 트럭 뒤에 실려 있고 더 많은 개들을 사서 싣고 갈 것이다. 이것은 우리 서양인들 중 많은 사람들이 비난하는 관습이지만, 세계에서 가장 고기를 많이 소비하는 사람들이 바로 서양인들이다. 이내 들판이 다시 고요해지더니 집 몇 채가 띄엄띄엄 나타난다. 지금 우리는 푸른 은빛으로 일렁이는 보리밭을 지나가고 있다. 이 계절에 가장 먼저 익는 곡식이고 일 년에 한 번 이상 심는 것이 보리다. 낱알들 사이의 길고 품위 있게 생긴 잎들은 산들바람이 불고 햇빛을 반사하며 움직일 때 그 춤추는 파스텔 색들의 향연 속에서 반짝거린다. 바람결에 흘러가는 보리밭은 믿을 수 없을 만큼 부드러워 보인다. 잎들이 정말로 모서리가 아주 날카롭고 끝이 뾰족해서 새들이 새로 열린 연한 낱알들을 먹지 못하도록 주의를 돌려놓는다. 봄의 초입에 보리밭의 오묘한 빛깔들은 잊을 수 없는 풍광을 보여준다.

이 색의 향연을 뒤로 한 채 우리는 오랜 신라 수도 경주 인근의 남산 기슭에 있는 일곱 부처님들의 암자, 칠불암으로 오르는 길 발치에 도착한다. 작은 시내를 따라서 조금 오르다 보면 단풍나무가 지키고 서 있는 샘에 다다른다. 흰 초 동강이 몇 개가 돌출된 바위 아래에 버려져 있다. 우리 앞으로는 좁지만 아주 가파르고 바위가 많은 돌계단 길이 뻗어 있다. 이 길에는 지금 대나무가 줄지어 있

물처럼』(다카시 이와시게 지음, 서현아 옮김, 학산문화사, 2004)이 있다.

어서 바람결에 잎이 바스락거리는 소리가 귀를 즐겁게 한다. 이 마지막 오르막길을 다 올라가면 갑자기 그리고 거의 예기치도 못하게, 뒤로는 절벽을 둔 채 바위 위에 새겨진 일곱 부처님 앞의 작은 공터가 나타난다.

제단과 짚방석과 초 몇 개가, 조각된 불상 앞에 있고, 그 옆으로는 부엌이 딸린 작은 암자 건물 하나가 산을 끌어안고 서 있다. 가운데 바위에 서 있는 본존불상은 석굴암 부처님과 마찬가지로 오른손은 아래를 가리키고 왼손바닥은 위로 향하는 '항마촉지인', 즉 '착각에서 깨어남'을 뜻하기도 하고 때로는 '악을 이겨내기'로 번역되기도 하는 손짓을 하고 있다. 협시보살은 아발로키데스바라, 즉 '연민의 보살'인 관자재보살이고, 한쪽 옆에는 크시티가르바, 즉 저승의 죽은 자들의 영혼을 교화하는 지장보살이 있다. 이 커다란 삼불상 앞에는 네 방향을 향하고 있는 각 면에 부처님들이 새겨진 바위가 하나 서 있어서 이 불상들 전체가 부동의 지혜를 나타내는 일곱 부처님의 무리를 완성한다.

이따금 이곳에 외로이 사는 비구니 스님이 유쾌하고 밝은 얼굴로 재가 신도와 여행객들을 반긴다. 그렇지 않을 때에는 비구님 스님 혼자 그 작은 법당에 모습을 감춘 채 낭랑한 염불 소리와 목탁 두드리는 소리만이 산 손님들을 맞는다.

짧지만 가파른 길을 또 한 번 오르면 칠불암 바로 위에 선반처럼 튀어 나온 좁은 바위에 이른다. 여기에 바위에 새긴 또 하나의 보살상이 있는데(이 오래된 암자 터 이름은 신선암이다.), 이 작은 보살상에는 통일신라시대의 특징인 우아함과 흐르는 듯한 곡선이 있다.

만돌라 모양 벽감에 조각되어 있는 이 보살상은 머리와 양 어깨 뒤에서 후광이 빛나고 있고 머리에는 보석 세 개가 있는 관을 쓰고 있는데, 받침대 위에 앉아 있는 모습이 구름 위에서 쉬고 있는 것처럼 보인다. 얕은 돋을새김의 이 조각상은 바위 벽감 속에서 별로 눈에 띄지 않기 때문에 좁은 선반 바위 가를 살살 걸어가면서도 그 모습을 알아보지 못한 채 쉽게 지나쳐버릴 수 있다. 여기서부터 놀랄 만한 광경이 펼쳐진다. 눈이 안으로 오그라든 채 감겨 있기까지 한 보살님이 오랜 세월 동안 받아들인 광경이다. 우리의 눈길이 보살님의 눈길을 따라갈 때 우리는 오래 전 시대 속으로 들어가 이내 영원timelessness 속으로 옮겨진다. 특히 구름과 안개가 건너편 산들의 소나무와 절벽과 험준하고 울퉁불퉁한 바위들을 휘돌아 감쌀 때 그런 경험을 한다.

이 산들은 인간 활동의 기색을 보여주지 않고, 여러 사찰과 호텔과 식당들을 지나가다가 마지막에 동해안 감포로 이어지는 번잡한 도로의 교통 행렬이 건너다보이는 계곡을 안성맞춤으로 가려준다. 감포에는 고구려와 백제와 신라라는 고대의 세 왕국을 통일신라로 통합한 왕인 문무왕의 수중 능이 있다. 지금은 끓어오르는 바닷물 기둥인 용오름으로만 문무왕의 모습을 볼 수 있다. 끓어오르는 바닷물 위를 휘갈기는 그 신비롭고도 변화무쌍한 나선형 에너지의 장막을 상상력이 꿰뚫고 들어갈 때에야, 형상을 갖춘 그의 모습이 눈에 보이는 것이다. 사후에 토함산 석굴암을 지키는 용이자 신라 왕국 전체의 수호자가 되기 위해, 문무왕은 자신을 화장한 재를 바다에 평평하게 솟아 있는 검은 빛깔의 바위 밑에 묻으라고 명했다.

이 바다로 가는 길에 기림사가 있는데, 과거에 이 절은 신라 수도 근처에서 가장 큰 절이었고, 이름이 말해주듯 오래 전 과거의 숲에서 이름을 딴 절이다. 경내에는 잎이 무성한 거대한 나무가 한 그루 있는데, 내가 처음 보았을 때 이 나무는 파란 꽃들이 만발했고 아주 많은 벌들이 그 꽃들 위를 윙윙거리며 날고 있었다. 무슨 나무냐고 물으니 500살 된 보리수라고 했다. 부처님이 인도 부다가야에서 깨달음을 얻은, 넓은 그늘의 그 나무와 같은 종류의 나무였다. 이 절에는 닥종이와 나무와 삼베에 금칠을 해서 만든 건칠보살이라는 이름의 작은 상이 있다. 이 연민의 부처님, 즉 아발로키테스바라는 한쪽 다리는 아래로 하고 다른 다리는 위로 들어 무릎 옆에 붙여 접어놓고 작은 단 위에 앉아 있다. 오른손은 무릎 위에 올려놓은 채 아래를 향해 땅을 가리키고 다른 쪽 팔은 놀랍게도 뒤쪽에 두고 있다. 머리는 살짝 앞으로 기울이고 눈은 약간 감은 채 아래쪽 인간 세계에서 벌어지고 있는 것을 깊이 귀 기울여 듣고 있다. 인간의 운명을 격려해주지만 간섭하지는 않는 연민의 지혜로 이 '들어주시는 보살님'은 인간의 '속삭임과 울부짖음'에 완전히 주의를 집중한다. 소박한 외양의 이 보살상은 오늘날까지 광채와 손으로 만져질 듯한 온기를 내뿜고 있다.

언젠가 남산에서 우리는 '들어주시는 보살님'의 또 다른 모습을 본 일이 있다. 안개가 소용돌이치고 구름이 변화무쌍한 어느 비 오는 날, 내 도보여행 친구들인 한 러시아 부부와 내가 소풍을 나왔다가 비를 피해 큰 바위 곁에서 옹송그리고 모여 있을 때였다. 불

칠불암 석불

현듯 나는, 떨어진 장대비가 천천히 그리고 끊임없이 바위 위로 흘러내려 그 등줄기와 틈새로 흘러들더니 그 틈새의 군데군데 이끼가 자라나 있는 곳 속으로 졸졸 흘러들어가는 것을 눈여겨보게 되었다. 바위가 흐느끼고 있었다. 슬픔 때문도 아니고, 기쁨 때문도 아니라, 말하자면 세월의 지혜인 꾸밈없이 받아들임으로, 고요하지만 신선한 모습으로 그곳에 있었다. 평정심을 유지한 채 태양의 열기와 비의 서늘함을 함께 받아들이고, 날씨와 이끼에 그 피부가 벗겨지고 서서히 흩어지며 조각되면서 이 바위는 오랜 세월 숨 쉬어 왔던 것이다. 물방울이 그 오래된 얼굴 위를 부드럽게 미끄러져 내려갈 때, 바위는 주의를 기울이면서 주변의 모든 것과 함께하고 비와 그 빗속에 담긴 소리에 깊이 귀 기울인다. 그 소리는 바로 그 바위의 소리이자 '들어주시는 이'의 소리다.

그 자리를 뜰 때 우리는 바위가 땅을 만나는 곳에 산의 정령께 바치는 제물로 음식을 조금 놓아두었다. 작은 구멍들이 천천히 물로 차고 있었다. 한때는 떠도는 정령들께 성찬이 바쳐졌고 이제는 그것에 함께할지도 모르는 작은 새들을 위한 아주 작은 목욕 연못들이다.

우리는, 일부는 세월과 함께 묻혀버린 수많은 부처님들, 암자와 탑들이 있는 산, 남산에 자주 갔다. 화산이 많은 캄차카 반도 출신의 세르게이와, 부계의 한국인 조상을 둔 시베리아 출신 그의 아내 폴리나는 열정적인 도보여행자들이었다. 한국에서 대학원 학생으로 지내는 몇 년 동안 그들은 여유 있는 시간이면 언제나 지역에 있는 산을 걸어서 여행하면서 금세 현지의 새와 식물과 나무와 버섯 이름들을 알게 되었고, 사랑하는 자기 나라를 아름답게 수놓는 동식물과의 차이와 비슷함을 찾아내면서 늘 즐거워했다. 이들은 특별한 재능이 있었다. 자연과 사랑을 찬양하는 러시아의 귀한 민요들을 가슴속으로 아주 많이 기억하고 있었다. 이들은 화음을 맞추어 노래했는데, 세르게이의 한결같은 바리톤 저음 위로 폴리나의 목소리가 새처럼 고음을 냈다. 서로 경의를 표하는 음색에 화음을 맞추는 이들의 목소리를 들으면, 나무들은 자기 가지들을 흔들곤 했고 바람은 자기 팔에 그 노래들을 모았다가 산에 흩뿌려주었고 산은 부처님이 새겨진 절벽과 바위에서 메아리를 가져다주었다.

산등성이를 건너간 뒤에는 삼릉이 있는 산비탈로 곧장 내려가서 머리 없는 불상들을 지나(어떻게 이 불상들이 머리를 잃어버렸는지는 확실치 않다.) 시냇가를 따라서 삼릉(세 왕의 무덤)이라는 이름을 붙여준 거대한 세 무덤이 있는 크고 굽은 소나무들의 숲으로 갈 때도 가끔 있었다. 그렇지 않으면 더 긴 경로를 택했는데, 용산 계곡을 통해 내려가서 라면, 아이스크림, 술, 청량음료 등속을 파는 구멍가게 앞의 표지판 없는 버스정류장이 있는 아래쪽 길로 가는 것이었다. 스프링은 삐걱거리는 데다 낡고 세월에 바랜 소파 하나가 가게 앞에 놓여 있었다. 이곳에 사는 할머니들이 이따금씩 모여들어 아직 형형한 눈으로는 그 시골길 모퉁이를 쏘아보며 누가 지나가지나 않는지 궁금해 하면서 수다를 떨곤 하는 곳이었다.

우리는 여기서, 할 수 없이 도시로 돌아가기 전에 낮 시간을 늘려볼 양으로 버스를 기다리지 않고 경주 도심으로 가는 길을 따라 먼 길을 걷는 일이 자주 있었다. 도랑과 길 사이의 작은 둑 위에서 균형을 잡아가며 우리는 양파, 마늘, 고추, 배추를 심은 밭들 그리고 어수선하게 흩어져 있고 일부는 낡고 쓰러져가는 집들을 지나갔다. 이것은 산의 다른 쪽, 가득 들어찬 골프장, 현대식 호텔, 컨벤션 센터와 호화 식당들이 관광과 사업의 구미를 맞춰주는 보문리조트가 있는 경주의 또 다른 얼굴과 겸손한 대조를 이루었다.

나는 그것이 어떤 환영이나 꿈이었는지, 아니면 내가 실제로 그걸 본 건지 알 수 없었다. 남산의 머리 없는 부처님들도 내게 말해주지 못했다. 한번은 능선을 따라 경주 남산을 혼자 걸어서 여행하고 있을 때 아주 오래된 버려진 암자 하나와 마주쳤다. 돌로 지은 법당들은 일부가 무너져 있었고 돌 틈에서는 이끼가 자라고 있었다. 사람이 살고 있는 흔적은 없고 연못 하나와 큰 벚나무 한 그루가 있을 뿐이었다.

봄이었고, 벚꽃이 함빡 떨어져 잔잔한 연못 표면과 다 쓰러져가는 법당의 낡은 기와 그리고 흰 꽃들이 살짝 내려앉아 더욱 드러나 보이는 통로의 판돌 잔해들을 뒤덮고 있었다. 버려진 암자에 준 조용한 선물이었다. 암자는 더없이 가벼운 꽃의 외투를 입고, 스님이나 비구님 스님 한 분이 모든 것을 돌보았고 목탁과 염불 소리가 잠자는 자연을 깨웠던 과거 시절을 꿈꾸고 있었다.

나중에 그 암자를 다시 찾아보았지만 찾을 수 없었다.

아마 그곳을 다시 지나간 것이겠지만, 그 벚꽃들이 암자에 베푼 꿈과 광휘의 장막 없이는 그곳을 알아볼 수 없었다. 아니면, 숱한 나날들 가운데 하필 그날에, 내 눈이 늘 기억 속에 간직되는 아름다움을 그 암자에 부여하여 그 아름다움이 더는 암자의 본래 모습과 같지 않게 된 것일까?

하지만 어느 날 나는 그 비슷한 무언가를 보았다. 러시아 친구들과 함께 그 근처를 걸으며 우리는 차를 만들려고 쑥을 캤다. 그런데 아니다, 꿈의 마법 속에서 모습을 드러낸 것은 그 암자가 아니었다. 내 친구들과 내가 걸어 들어간 곳에는 그날 행인들이 버리고 간 사탕 껍질 몇 개, 쭈그러진 종이컵 하나와 담배꽁초 몇 개, 무덤가에 흐드러지게 난 쑥과 봄 산들바람과 계곡 아래에서 자라고 있는 연푸른 벼 줄기들처럼 사소하지만 분명한 흔적들이 있는, 이를 데 없이 희미한 그 암자의 그림자가 있었다.

무엇이 진정 현실일까? 진실한 마음일까?

"왜 그 빛을 찾아 거슬러 올라가지 않고 그 외양을 찾으려 하는가?"라고 조계산의 지눌대사가 말했다. 만물의 본질에는 빛이 있다.

생명은 틀로 찍어내는 물질도 재료도 아니다.

생명은 자기 갱신의 원리이니, 끊임없이

스스로를 새롭게 하고 다시 만들고 변화시키고 변형시키는 일이다.

Life is never a material, a substance to be moulded —

life is the principle of self-renewal, it is constantly

renewing and remaking and changing and transfiguring itself.

보리스 파스테르나크

18
감의 빛깔들

모든 존재 속으로 단 하나의 공간이 확장된다.

새들은 고요히 우리들 속을 가로질러 날아간다. 아, 성장하고픈 나는

밖을 바라보고, 그러면 내 안에 나무가 자라난다.

The one space reaches through all Beings:

The birds fly silently through us. Oh, I, who want to grow,

look outside, and in me grows the tree.

라이너 마리아 릴케

한국에 있는 동안, 나는 많은 변화를 지켜보았다. 한국은 미신과 전통을 통해 여전히 한쪽 발은 과거에 둔 채 다른 쪽 발은 미래 속에 확실히 내뻗어 박아두고 있다는 것을 나는 자주 느꼈다. 한국은

세계에서 '가장 통신망이 발달한' 나라가 되었다.

경제적 이익뿐만 아니라 인간적 대가도 가져온 빠른 속도의 경제발전으로, 한국은 농촌 공동체들로 이루어진 반도의 땅에서, 그 경제적 정치적 허브이자 한강 주위에 있던 본래 터를 넘어서 사방으로 영역을 뻗어 수직 수평으로 팽창해온 서울이라는 거대 도시를 지닌 '세계무대의 주역'으로 부상했다.

현재 한국은, 다른 '선진'국들과 마찬가지로, 부자와 빈자 간의 격차가 다시 크게 벌어지면서 근심거리를 낳는 상황에 놓여 있다. 1960년대와 70년대 박정희 대통령 시대에 시작된 '한강의 (경제) 기적'은 그 뒤 네 번의 대통령 임기 동안 거품이 빠져, 김영삼 정부 때 한국인들은 이른바 IMF '긴급 구제'라 불리는 사태로 이어진 엄청난 재정 위기를 경고도 없이 갑자기 맞이했다. 세계 재정 기구들이 개별 국가들과 그 시민들의 일상생활의 자율성에 가한 대단히 파괴적인 영향이 잘 기록되어 있다.[34] 그 위기는 순전한 의지의 노력으로 잠시 극복되었지만, 일시적 경기 고양 뒤 지금 한국은, 이문이 남는 무역 상대로 중국을 골랐지만, 다른 나라들과 마찬가지로 끊임없이 점점 더 급락하는 경제 전망치와 마주하고 있다.

내가 처음 한국에 왔을 때 가장 자주 받은 질문은 "한국에 대해서 어떻게 생각하느냐?"는 것이었다. 사람들은 서양 사람들이 자기 나라를 어떻게 보는지 늘 호기심을 가졌다. 지금 자주 받는 질

---

34 Michel Chossudovesky, *The Globalization of Poverty and the New World Order*, Montreal: Global Research, 2003을 보라. '한국의 재식민화The Recolonization of Korea'라는 장이 특히 1997년 한국 금융위기를 다루고 있다.

문은 그와 다르면서도 깊은 좌절감이 다분한 것이다. "한국 경제에 대해 어떻게 생각하세요?"

물질적 안락의 상승, 그것도 모두가 즐기는 것은 전혀 아니지만, 그리고 서구식 현대화를 향한 정신없는 돌진과 함께, '진짜 authenticity'의 감소 또한 이루어져 왔다. 내가 말하는 진짜란 한 사람이나 민족이 가지고 있으면서 내면의 힘을 얻어 쓰는 의지 대상이다. 그것은 극단적 강압의 시대에조차 개인이건 집단이건 생존해서 스스로 우주의 질서에 다시 통합될 수 있는 인간 정신을 갖게 해주는 사고와 정신(문화)의 기초다. 그런데 우리가 속한 자연에 더는 뿌리를 두지 않으면 인간 사고와 느낌과 행위의 이 기본 토대는 산산이 부서지고 만다.

문화의 뿌리들은 깊은 것이다. 그 뿌리들을 보살피지 않으면 사회 또는 공동체라는 나무가 병들고 잎과 열매는 시들어 죽는다. 개인은 생존하기 위해 자아정체성의 감각을 가질 필요가 있는데 이 감각은 공동체 안에서 생겨난다. 공동체란 공통의 숭고한 목표를 가진 집단으로, 더 넓은 세상의 구조 안에서 강한 존재감을 갖게 해주는 잠재력과 창조성의 원천이다. 우리가 과거와 현재에 볼 수 있는 민족주의는, 참된 공동체에 기초하지 않으면, 병들고 만다. 피상적 오만함과 공허한 가식적 우월감이라는 옷을 입고, 그 위에 허무감이나 화합의 결여라는 사고방식을 더 껴입은 채, 길들이기를 목적으로 하는 대중매체와 교육기관들이 차려주는 밥상을 받으면, 민족주의는 위험해진다.

또한 시간이라는 강은 계속 움직인다. 가만히 있는 법이 없다. 시간은 되돌아간다거나, 시간의 흐름 속에서 의미를 잃어서 지금은 일종의 허무감을 가리거나 더 깊은 낭패감을 붕대로 감싸는 데에만 사용되는 낡은 관습이나 의례로 되돌아가는 문제가 아니다. 또한 언제나 그것은 즐거운 과정이기도 하면서 괴로운 과정이기도 하다.

한국의 문제들은 세계의 문제다. 농업의 감소, 걷잡을 수 없는 과소비, 대중매체와 비디오 게임에 과도하게 노출된 데 부분적 원인이 있는바 아이들이 아이다움을 잃어버리는 것(희망에 찬 미래를 잃어버리는 것은 말할 것도 없이) 그리고 자원은 줄어들고 정신의 샘은 말라가는 세상에서 기술이 유도하는 중독에 점점 더 의존하는 것 등등은 세계적 현상들이다. 우리의 현 수준의 물질적 안락함은 그것을 잃어버리기 전에는 어찌됐든 반드시 필요한 것이자 냉혹한 현실로 여겨지기 때문에, 우리 시대를 완전히 이해하고서, 우리가 아주 소중히 여기는 것을 희생하는 것을 포함하여 파괴적 방식들을 지향하는 우리의 습관들을 변화시키고자 하는 것은 우리 의지에 달려 있다. 인간의 기술 남용에 의해 야기된 자연 재난과 전쟁이 기본적인 최저 생활의 가능성조차 궤멸시키기 때문에 사람들이 생존하기 위해 발버둥치는 세계의 여러 지역에서 이러한 전환은 이미 현실의 문제다.

우리가 알고 있는 인간성은 지금 어떤 경계에 서 있다.

처음 겪는 일이 아니다.

그러나 나는 내가 한국에 머무는 동안 만난 사람들과 여행에 관한 이 이야기를 아주 사적인 방식으로 시작했다. 오래되고 잎이 넓은 시골 느티나무 그늘에 앉아 불교 가르침의 영원한 지혜에 영감을 받으면서 말이다. 심연의 저편 또는 피안에는 또 다른 비전이 있기 때문이다. 저편에서 우리를 맞이하기 위해 놓인 돌계단들이 이미 보이기 시작하고 있다.

다시 한 번 나는 청도 새뜰말New Garden Village에 있다.

과수원들은 여전히 꽃이 만발하고 열매가 맺혀 있다. 여명도 여전히 날마다 아름답게 빛난다. 때때로 놀라게 하는 일이 없지 않지만 사계절도 여전히 서로에게 손을 내민다.

연보랏빛 도는 파란색에 나팔 모양 큰 오동나무 꽃들의 추억이 있다. 내 친구 영조가 마을을 향해 있는 잿빛 돌담 곁에 서서 이 나무를 내게 가리켜 보이며, 여자아이가 태어나면 이 나무 한 그루를 심는 전통이 있었다는 이야기를 해주었다. 여자아이가 혼인할 나이가 되면, 그 나무를 목재로 해서 장롱 같은 가구를 만들어주곤 했다는 것이다. 어떨 때는 그 여인의 장례식에서 상주가 짚는 지팡이를 만드는 데 사용되기도 했다.

오동나무는 빨리 자라고 여러 용도로 쓰는 나무다. 또 하나의 용도는 가야금 목재로 쓰는 것이다. 이 열두 줄 악기는 여러 가지 형태의 한국 풍경을 묘사하는 듯이 낭랑하게 울리는 소리로 한국인 정신의 온갖 분위기를 표현할 수 있다. 완전히 잘라진 뒤에도 다시 자라날 정도로 그 뿌리 조직이 아주 강해서 이 나무는 '불사조 나무'라 불리기도 한다. 또한 나팔 모양의 파란 꽃에서 발달하는 열매에는 아주 많은 씨앗이 들어 있다.

오동나무는 희망과 가능성의 상징이다.

모든 것을 아우르는 자연과 정신의 법칙들 앞에서 겸손한 모든 것을 증명하는 시 「알 수 없어요」에서, 일본의 식민 지배 기간 동안 적극적으로 저항 투쟁에 나서기도 했던 승려 시인 한용운은 오동 잎을 환기시킨다.

알 수 없어요

바람도 없는 공중에 수직의 파문을 내이며, 고요히 떨어지는 오동잎은 누구의 발자취입니까.

지리한 장마 끝에 서풍에 몰려가는 무서운 검은 구름의 터진 틈으로, 언뜻언뜻 보이는 푸른 하늘은 누구의 얼굴입니까.

꽃도 없는 깊은 나무에 푸른 이끼를 거쳐서, 옛 탑 위의 고요한 하늘을 스치는 알 수 없는 향기는 누구의 입김입니까.

근원은 알지도 못할 곳에서 나서, 돌부리를 울리고 가늘게 흐르는 적은 시내는 굽이굽이 누구의 노래입니까.

연꽃 같은 발꿈치로 가이없는 바다를 밟고, 옥 같은 손으로 끝없는 하늘을 만지면서, 떨어지는 날을 곱게 단장하는 저녁놀은 누구의 詩입니까.

타고 남은 재가 다시 기름이 됩니다. 그칠 줄을 모르고 타는 나의 가슴은 누구의 밤을 지키는 약한 등불입니까.

I Do Not Know

Whose step is the paulownia leaf that falls silently

in vertical wavelets against the windless skies?

Whose looks are these patches of blue that peep

through the cracks in the dark, lowering clouds driven

by the west wind after a long rainy spell?

Whose breath is this subtle scent that wafts

through the green moss on an old and flowerless tree

to lure the quiet sky above an ancient pagoda?

Whose song is this little brook that runs

no one knows from where purling over the pebbles?

Whose ode is the flush of sunset that graces the dying day

as it steps, soft as a lotus bloom, on the infinite seas

and touches the edgeless sky with its delicate hands?

The burnt out ashes turn to fuel again.

Whose little lamp is my heart that burns flickering

all night long, I know not for whom?[35]

---

35   Han Yong-Un, op. cit., p.22.

"이 '알지 못한다'는 마음을 늘 간직하라Keep this don't know mind at all times"[36]고 육조 혜능은 일갈했다. 절간 부엌에서 일개 조수로 방아를 찧던 나날로부터 불법에 관해 담론을 나누는 데까지 이르는 그의 이야기를 한국의 많은 사찰 벽화에서 볼 수 있다. "오직 모를 뿐!Only don't know"이라는 말은 한국 선에서 오랜 세월 계속해서 메아리치고 있다.

우리는 혜능의 『육조단경』에 나오는, "아무것도 알 수 없다는 것을 깨닫는 것이 진정한 앎이다"라는 말에서 역설을 볼 수 있다. 스스로를 조계산의 목우자라 불렀고 오랜 기간 동안 타락했던 선의 맥박을 되살려놓은 지눌대사는 이 경전을 통해 첫 번째 깨달음을 얻었다.

바람에 날려 땅에 서서히 내려 쌓이며 오동잎이 따라가는 표지 없는 길에서 우리는 자연의 법칙이라는 더 넓은 세계의 리듬과 형태를 알아볼 수 있다. 재가 다시 기름이 되어 가슴의 등불을 밝히는 것처럼 이 법칙들은 부활을 포함하고 있다.

"네가 너 자신의 등불이 되라Be as a lamp unto yourselves"는 것이 부처님이 제자들에게 한 마지막 말이었다. 권위주의의 시대는 끝났다. 모든 이가 자기 자신이 누구인지 깨달아야 한다.

청도에서, 허공을 떠돌던 연보랏빛 파란 꽃들이 지난 몇 해 동안 껍질이 쪼그라든 검은 곶감이 널려 있는 바닥에 사뿐히 내려앉는다.

봄에는 감나무에 흰 꽃이 피어난다. 그 꽃들은 작기도 하고, 넓고

---

36 역주) 『육조단경』의 「기연품機緣品」에 나오는 "我不會佛法", 즉 "나는 불법佛法을 알지 못한다"는 말을 가리키는 듯함.

푸른 잎사귀 때문에 금세 그늘이 드리워진다. 색조와 열매가 풍부해지는 가을에는, 이 나무들이 짙푸른 잎사귀와 산뜻한 오렌지색 열매로 마을의 잿빛 돌담과 마을 집들의 비스듬한 기와지붕을 아름답게 장식한다.

신선한 감을 하나 따서 가운데를 쪼개면 가운데 주위에 가지런히 배열되어 있는 여덟 개의 완전한 씨앗들을 보게 된다. 불법의 여덟 개 바큇살을 닮았다. 한 점에 집중하는 마음에서 완성되는 불교의 팔정도가 여기에 있다.

그것은 부처님들의 땅에서 나는 열매다.

늦가을에는 감이 마을 집들의 처마에 매어 놓은 줄에 매달려 있다. 겨울 몇 달 동안 달콤한 맛이 풍미를 더해간다. 서서히 말라감에 따라 감이 쪼그라들고, 산뜻한 오렌지색을 잃어버리고, 태양의 선물인 그 달콤함을 응축시킨다. 곶감 빛깔은 인동처럼 베이지색에 가까운 노란빛을 약간 띠는 연한 오렌지색이다. 그것은 요란하지 않고, 도드라지지도 않고, 열매 본래의 광채와 산뜻함도 없고, 정수만 남은 온기와 달콤함의 빛깔이다. 그것은 두 번째 성숙이자 잔광 같은 것이다. 우주라는 바닥이 안 보이는 그릇에서 모양을 갖추고 성숙하는 곶감은 온전한 문화의 집중된 핵심의 이미지다.

가을에 장대를 써서 감나무 가지들을 쳐가며 노소가 감을 따는 것은 아주 즐거운 일이다. 그러나 어떤 감은 나뭇가지 높은 곳에 언제나 남아 있다. 겨울에 새들이 먹을 것으로 남겨 놓는 것이 마을사람들의 전통이다. 인간세계를 갈가리 찢어놓는 탐욕과 대조되는 이미지로, 파란 겨울 하늘을 배경으로 앙상한 가지에 달려 있는 감의 모습은 희망을 준다. 그것은 베풂의 몸짓이자 생명의 몸짓이다.

또한 우리가 흐르는 물 밑에 있을 것으로 겨우 짐작할 수 있을 뿐인, 피안으로부터 펼쳐져 나오는 디딤돌들의 윤곽을 알아볼 수 있게 해주는 것도 바로 이 베풂의 몸짓이다. 피안에는 들꽃도 덤불도 풀밭도 나무도 우는 새도 없다. 그것은 음색과 소리와 선율과 색조와 빛깔 속에 있는 이 모든 것이다.

여기서 비전vision이 생겨난다.

그 깨달음의 나무는 높이 솟아 아주 특별하였습니다. 몸통은 금강석이었고, 큰 가지는 유리로 되어 있었으며, 잔가지들은 온갖 아름다운 보석들로 되어 있었습니다. 보석으로 된 잎들은 사방으로 뻗어 그늘을 드리운 것이 마치 구름과 같았습니다. 보석으로 된 꽃들은 온갖 빛깔로 가지마다 널리 퍼져 그림자를 드리웠습니다. 또 보주로 된 열매는 빛을 머금고 빛을 발하며 꽃과 꽃 사이에 줄지어 있었습니다. 그 보리수 둘레에서는 온통 빛을 발했고, 그 빛 안에서 보석이 비 오듯 쏟아졌고, 하나하나 보석 안에는 수많은 보살들이 있었는데, 그 보살 대중들은 구름이 몰려오듯 함께 나타났습니다.

The tree of enlightenment was tall and outstanding. Its trunk was diamond, its main boughs were semi-precious stones, its branches and twigs were of various precious elements. The leaves, spreading in all directions, provided shade, like clouds. The precious blossoms were of various colors, the branching twigs spread out their shadows. Also, the fruits were jewels containing a blazing radiance. They were together with the flowers in great in great arrays. The entire circumference of the tree emanated light; within the light there rained precious stones, and within each gem were enlightened beings, in great hosts, like clouds, simultaneously appearing.

『화엄경』에서[37]

37 역주) 『화엄경』 가운데 「세주묘엄품世主妙嚴品」에 있는 내용이다. 한문 원문은 다음과 같다.
其菩提樹 高顯殊特 金剛爲身 瑠璃爲幹 衆雜妙寶 以爲枝條 寶葉扶疏 垂陰如雲 寶華雜色 分枝布影 復以摩尼 而爲其果 含暉發焰 與華間列 其樹周圓 咸放光明 於光明中 雨摩尼寶 摩尼寶內 有諸菩薩 其衆如雲 俱時出現.

홍섭에게. 아래 지도의 오른편을 잘 보면 아래쪽에 흰 글자로 쓴 다운즈 곶을 볼 수 있을 거야. 다운즈 곶 바로 아래에 파란 선이 있는데, 개울이야. 이 개울(파란 선)을 따라서 조금만 올라가면 숲속 개울가에 내 오두막이 있어. 나는 보통 이 개울을 따라서 숲을 지나 다운즈 곶이 있는 바다까지 걸어가곤 해. 거기서 여름에는 수영을 하기도 하는데 내 몇몇 친구들이 몇 년 전에 손수 지은 그곳 집에서 살고 있지. 여긴 이 지상에 있는 내 정신의 고향이야. 이건 얼마 전에 이 개울 근처에서 쓴 산문시야. 일종의 명상이기도 하고 이 개울의 느낌을 전해주는 거야. 잘 간직해줘. 리타.

개울과 나눈 이야기

"보라 저 형태를, 보라, 식물의 왕국이 엮어낸 저 리듬의 형태를" 이라며, 산들바람과 벌레와 바스락거리는 이파리들의 목소리와 조약돌 소리로, 자연이 속삭인다.

이 늦여름 개울 바닥은 말라 있어도 생명 가득하다. 둑 위로, 작은 모래톱 위로, 그리고 조약돌들과, 아주 오랜 길처럼 구비 도는 개울 바닥 바위 사이로 온갖 초목이 밀려 올라왔다. 흘러간 시간이 저마다 다른 모양으로 찍힌 잎새들은 여기저기 흩어져 있다. 더러는 완전히 투명하여, 고운 그물망 잎줄기와 섬세한 잎맥만 보일 뿐, 실체 없이 형태만 지니고 있다. 물질에 남겨진 정신의 발자국들. 또 더러는 아직도 신선함과 색채를 지니고 있다.

산들바람의 살랑거림, 벌레 울음소리와 숲의 소곤거림 속 저 깊은 곳에서 내게 닿는 소리가 있다. 그것은 바위와 초목의 노래, 그 사이에서 끊임없이 흐르며 형태를 이루는 말들의 잔물결이다. 온 개울 바닥이 속삭이고, 한숨짓고, 웃으며, 기쁨에 겨워 춤추기 때문. 아주 작고 어린나무들과 모래에서 솟아오르는 아기 양치식물들과 이끼로 덮인 채 쓰러진 나무 둥치들도 조약돌과 바위의 이야기에 끼어든다.

작은 돌 하나 들어 손바닥 안에 품고, 개울 바닥에서 온 그 축축함과 윗면의 그 건조함을 함께 느낄 때, 그 빛깔을 보며 나는 또 놀란다. 잿빛과 흰 빛의 반점들, 그리고 시원한 바닥에 머물러 있던 부분의 그 자줏빛 색조를. 작은 돌을 제자리에 놓을 때, 내 손에는 그 생김새와 빛깔과 온기가 남긴 것, 그 침묵의 말이 들어 있다.

개울 바닥을 따라 가벼이 발걸음 옮겨, 사슴 발자국, 새의 발자국, 잔가지들, 부러진 나뭇가지들, 그리고 마치 되는 대로 떨어져 있는 듯 흩뿌려진 노랗고 푸른 잎새들의 무수한 형태들을 따라간다. "보라 저 형태를, 리듬 있게 엮어낸 저 형태를." 여기서는 늙음의 성장과 태어남의 성장이 태양의 온기와, 별과 달의 어슴푸레한 빛을 함께 나눈다.

"인간은 어떤가?" 나는 묻는다. "그 생채기투성이 아름다움을 품은 채 인간은, 숲의 굽이를 거쳐 바다의 소금과 합해지는 이 아주 오랜 오솔길을 여전히 걸을 수 있을까?"

행성들은 하늘 위를 여행하고, 지구의 맥박은 발아래 고동친다. 개울 바닥이 기쁨에 겨워 웃는다. 밤이 되니, 어느새, 개울 바닥이 일어나 은하수 소리와 하나가 된다.

Dear Hong Seop, if you look on the right side of the map below, on the lower part you will see Downes Point in white letters. Just below Downes Point is a blue line which is a creek. Follow the creek (blue line) up a bit and my hut is beside the creek in the forest. I usually walk along the creek through the forest to the sea to Downes Point. There I can swim in the summer and some of my friends live there in houses that they built by themselves many years ago. It is my spiritual home on this earth. Here is a prose poem that I wrote some time ago about the creek. It is a kind of meditation and gives the feeling of the creek. Please keep well, Rita.

Creek Conversation

"Behold the pattern, behold the rhythmic weaving of the kingdom of plants," Nature whispers with the voice of breeze, insects, rustling leaves and pebble sound.

The late summer creek bed although dry is full of life. All sorts of plants have surged on the embankments, on small sand bars and between pebbles and rock of the creek bed itself which winds like an ancient road. Leaves uniquely imprinted by the flow of time are scattered here and there. Some, completely transparent, consist only of a fine mesh of stalk and delicate veins, retaining form without substance. Footprints of spirit in matter. Others still have freshness and colour.

Deep within the stir of breeze, the hum of insects and the murmur of the forest there is a sound that reaches me. It is the song of rocks and plants, the ripple of words flowing and forming endlessly among them, for the whole creek bed whispers, sighs, laughs and rocks itself with joy. The tiny tree saplings and baby ferns rising from sand and moss-covered trunks of fallen trees join the ancient conversation of pebble and stone.

As I lift a small stone, cradling it in the palm of my hand feeling its dampness from the creek floor and its dryness on the topside, I marvel at the colors—grey and white speckles and a purplish tinge where it has rested on cool ground. Placing it back in its spot, my hand retains the impression of its shape, colour and warmth—its silent speech.

Moving lightly along the creek bed, I follow the myriad patterns of deer tracks, bird prints, twigs, broken branches, and yellow and green leaves scattered as if in random purpose. "Behold the pattern, the rhythmic weaving." Here old and new growth share the warmth of sun, the gleam of stars and moon.

"What about humanity?" I ask. "Can it in its aching beauty still tread this ancient path that through wood winding merges with the salt of the sea?" Planets travel above, the pulse of the earth throbs from below. The creek bed laughs with joy. At night, imperceptibly, it rises and joins the sounding of the milky way.

리타 테일러는 산이 많은 나라 스위스에서 태어났다. 어린 시절
에 가족이 캐나다 몬트리올로 이주해서 캐나다 시민이 되었다. 캐
나다 밴쿠버의 브리티시컬럼비아대학교 비교문학과 대학원을 졸
업하자마자 여러 나라를 여행하면서 대개 문학 분야 강의를 하는
생활을 시작했다. 인생 절정기 가운데 한때가 피지에 머문 2년간
이었는데, 사우스퍼시픽대학에서 문학 강의를 하면서 미술워크숍
을 열었다. 이곳에서 학생과 그 가족들을 통해 피지에 사는 피지와
힌두 민족들뿐만 아니라 바누아투, 통가, 쿡제도와 같은 다양한 남
태평양 민족들의 문화를 접하는 매우 귀중하고 잊을 수 없는 기회
를 얻었다. 그 뒤 코스타리카로 이주해서 문학 강의뿐만 아니라 다
양한 사회 프로젝트에 참여하기도 했다. 이 프로젝트들에 참여하
면서 그 이웃나라들인 니카라과와 남미의 컬럼비아로 가는 여행
을 여러 차례 했다.

서로 다른 문화와 땅과 민족들에 끌려 깊은 관심을 갖는 것은 캐
나다로 이주한 어린 시절 경험에서 시작되었는데, 그 덕분에 한국
에도 오게 되어 대학에서 영어와 영문학을 가르치면서 11년을 보
냈다. 교수직을 그만둔 뒤에는 대개 일 년에 몇 달씩 한국에 와 있
으면서, 루돌프 슈타이너의 교육철학에 기초를 둔 한국의 몇몇 발

도르프 학교에서 일했다. 학생들의 영어 교육 프로그램을 돕는 것과 함께, 슈타이너의 인지학에 바탕을 둔 교육과 전기biography 작업 그리고 동화와 관련된 주제의 워크숍과 세미나를 열었다.

리타 테일러는 캐나다와 미국에 살고 있는 아들과 딸의 어머니이자 두 손녀의 할머니이다. 다른 일이 없을 때에는, 캐나다 태평양 연안 한 섬의 수도와 전기가 없는 소박한 오두막집에서 글쓰기에 영감을 주는 자연 속의 소박한 생활을 즐기며 지냈다. 문화, 문학, 인지학과 관련된 여러 주제에 관한 글, 그리고 시뿐만 아니라, 스페인어로 된 산문과 시를 영역해서 발표하기도 했다. 스위스라는 작은 나라의 수많은 산들, 광대한 숲과 끝없이 펼쳐진 땅으로 이루어진 캐나다의 풍경, 그리고 절과 암자가 있는 한국 산들의 독특한 분위기, 이곳과 세계의 여러 다른 지역에서 온 사람들과의 수많은 만남과 우정, 이 모든 것들이 바로 저자가 느낀 것이자, 교사이자 작가인 저자의 삶에 끊임없이 원기를 보충해주고 영감을 주는 창조의 원천이었다.

2016년 3월 8일(캐나다 시간으로는 3월 7일), 갑작스레 약화된 육신을 지상에 벗어두고 차원이 다른 세계로의 또 다른 여행을 홀연 시작했다.

그리운 리타 선생님

"홍섭에게, 이메일 고마워. 예전 해외 생활에 관한 건 책은 없고 일기와 회고록을 써둔 게 있어. 나는 지금 혼비에 잠시 머물고 있어서 당분간 컴퓨터를 쓸 수가 없어. 다시 연락할게.

리타"

"Dear Hong Seop, thanks for your mail. I have written diaries or memoirs concerning some of my previous journeys but not a book. I am on Hornby for a short while and won't be at a computer for a while. Will get in touch with you again.   Rita"

선생님께 받은 마지막 소식이다. 한국 날짜로 2016년 2월 23일이었다. 그리고 꼭 2주 뒤, 선생님의 부고를 들었다. 그 중간에, 갑자기 위독해지셨다는 소식을 접했지만, 어쨌건 믿을 수 없었다. 지금도 그렇다. 불현듯, 가슴이 철렁 내려앉기도 하고, 주체할 수 없이 눈물이 쏟아지기도 하지만, 돌아가셨다는 '사실'이 실감나서 그런 건 아니다.

2009년에 영어 원문 그대로 출간된 선생님의 책 *Mountain Fragrance*를 한글판으로 다시 출간하기 위한 번역을 하던 중, 한국 생활 이전에 다른 다양한 나라들에서의 생활 경험을 글로 쓰신 것이 또 있을 거라 짐작하고 그에 관해 여쭤본 것이 내가 선생님께 보낸 마지막 이메일이었다(아니, 또 하나가 사실은 더 있다. 그 이메일에 관한 이야기는 뒤에 있다). 그 답신이 선생님의 저 이메일이었다. 그러니 돌아가실지도 모른다는 생각을 하기는커녕, 나는 선생님의 다른 글들을 번역해서 두 번째 한국어판 책으로 출간할 궁리를 미리 하고 있었던 것이다.

이 책의 영어판 원본인 *Mountain Fragrance*를 번역해서 한글판으로 다시 출간하게 된 사연을 먼저 소개해보려 한다. 위에 말한 대로 선생님의 *Mountain Fragrance*는 벌써 여러 해 전인 2009년에 녹색평론사에서 출간되었다. 출간 직후에 리타 선생님은 내 아내 이은영과 내 이름 그리고 귀한 덕담 한마디를 적어서 그 책 한 권을 선물해주셨다. 책을 받고 우리는 의아한 생각이 들었다. 한국 출판사에서 한국인들에게 읽힐 목적으로 내는 책을 왜 영어 원본으로 낸 걸까? 무슨 이유인지 선생님께 여쭈어보고는 더 의아했다. 당신도 이유를 모른다는 것이었다. 번역을 하지 않고 영어 원본으로 내는 것은 당신의 의도가 아니었고 출판사의 결정이라는 것이었다. 책 제목도 선생님이 처음 제안한 것은 이 한글판의 원제이자 마지막 장 제목인 The Colour of Persimmon이었다고 한다 (이 제목에 담긴 심오한 의미는 책을 읽어보면 자연스럽게 알게 된다. 물론 나는 선생님이 애초에 제안한 제목에 깊이 공감한다). 도무지 이해할 수 없는 노릇이었지만 내가 나설 수 있는 일이 아니었다. 그리고 부끄러운 고백을 하자면, 당시에는 이 영이 원본을 제대로 읽어보지 못했다. 주변 사람들도 마찬가지인 것 같았다. 만약 누군가 숨은 보물 같은 이 책을 정독했는데도 다른 사람들과 그 감동을 함께하고 싶어 하지 않았다면, 그 사람은 내면에 무언가 심각한 문제가 있는 사람일 것이다.

그리고 몇 년 뒤, 나는 내 책 『삶의 지혜를 찾는 글쓰기』를 한국어와 영어로 함께 쓰는 책으로 낼 것을 구상하면서 영어 감수를 리타 선생님께 염치없이 부탁드려보기로 했다. 이루 말할 수 없이 감사하게도, 선생님께서 흔쾌히 응낙하셨다. 그때, 선생님께 이런 큰 부탁을 드리는 마당에 선생님이 써서 주신 책을 뒤늦게라도 제대로 읽어보는 게 최소한의 도리라는 생각이 들었다. 책의 한 장, 한 장을 읽어가면서 형언하기 힘든 묘한 부끄러움과 감동에 시도 때도 없이 가슴이 벅차올랐다. 책을 읽는 동안 이미 돌이킬 수 없는 마음이었지만, 읽기를 마치고 난 뒤에는 선생님의 이 책을 반드시 한글로 번역해서 출간해야겠다는 결심이 더더욱 확고해졌다. 선생님의 허락도 구하지 않은 채 번역을 시작했다. 선생님께 내가 진행하고 있는 번역 작업에 관해 말씀드리고 이메일을 통해 '공식적인' 출간 허락을 받은 것은 1차 번역이 거의 끝났을 때였다. 선생님의 '반응'을 기다리며 내심 조금은 조마조마하기도 했는데, 한국어판으로 재출간할 것을 아주 기뻐하셔서 정말 몸 둘 바 모르게 내가 더 기뻤다. 선생님의 책을, 홈스쿨링을 하는 작은딸과 영어와 한국어로 함께 읽고 있다는 말씀을 드리니 더 기뻐하시기도 했다. 이런 과정을 거치면서 1차 번역을 2016년 2월 6일에 마쳤다. 아내와 나는 선생님의 한국어판 책을 가지고 선생님이 머무시는 캐나다 밴쿠버 연안의 작은 섬 혼비의 오두막집을 찾아가는 장면을 상상하고 있었다.

리타 선생님과 더불어 이 책의 번역 출간 계획을 가장 기뻐한 사람은 내 아내 이은영이었다. 사실 아내의 매개가 아니었으면 나는 선생님과 그렇게 자연스럽고도 돈독한 교분을 분명 나눌 수 없었을 것이다. 아내는 리타 선생님과의 인연이 나보다 훨씬 더 오래고 깊다. 이 책의 출간을 준비하면서, 처음 뵀을 때부터 이제까지 선생님과 맺어 온 인연의 과정을 최근에 아내에게 새삼 묻고 들으며 나는 깊은 회한에 젖기도 했다. 여러 해 동안 동화 공부에 심취하면서 알게 된, 루돌프 슈타이너 인지학에 바탕을 둔 리타 선생님의 동화 강의에 참석하면서 청중의 한 사람으로 선생님을 처음 뵌 것이 2000년이고, 그 뒤 만들어진 동화 공부 모임을 이어오다가 선생님과 비로소 대면하여 인사를 나눈 것이 2002년 무렵이라 한다. 2004년에 아내가 한 발도르프학교의 담임교사가 된 뒤로는 선생님께 정신적으로 더 깊이 의지하면서 수업을 비롯하여 크고 작은 문제에 관해 자문을 구하고 실제로 많은 도움을 받으며 지내 왔다는 것은 나 역시 잘 알고 있다. 몇 년 전, 선생님을 우리 집에 모셔서 조촐한 저녁식사를 함께 한 뒤에 숙소로 보내드리기 직전에, 아내는 선생님을 와락 껴안으며 "선생님은 또 한 분의 제 어머니예요."라는 말을 서툰 영어로 한 적이 있다. 자신이 꼬박 8년을 재직한 학교에서 겪은 이런저런 일 때문에 극도로 심신이 고단했던 아내가, 선생님께 그 말을 얼마나 마음에 사무쳐서 한 것인지 나는 잘 안다. 이런 아내이기에 신생님 책의 번역 출간을 누구보다도 기뻐했고, 아내의 격려가 이 책의 번역과 출간 작업에 큰 동력이 된 것은 말할 것도 없다.

그러니까 이 책은 애초 계획대로라면 작년 봄쯤에 나왔어야 했다. 그러나 그렇게 되지 못했고 저자의 1주기인 2017년 3월 8일에 맞추어 출간하게 되었다. 왜 이렇게 되었는지, 위에 소개한 '사적인' 사연을 이 책을 통해 처음 접한 독자들도 짐작하시리라 생각한다. 그리고 이런 사적인 사연을 소개하는 것이 이 책과 그 저자를 이해하는 데 왜 필요한지도 공감하시리라 믿는다. 그런데 사실 이 책 자체가, 예컨대 저자가 대학에서 가르친 학생들과 그들의 꽤나 개인적인 사연을 소개할 정도로 사적인 이야기들을 많이 담고 있다. 그 사적 이야기들이 일면 이 책에 흥미를 더해주기도 하지만, 그것을 통해 저자가 정작 말하고 있는 것들이 얼마나 '공적' 성격의 논제인지 그리고 그것을 펼쳐나가는 바탕인 저자의 지성과 감성이 얼마나 보편적인 설득력과 감화력을 지니고 있는지, 이 책을 읽은 분들에게는 굳이 다른 설명이 필요 없으리라 확신한다.

책을 모두 읽은 분들에게는 정말 사족이 되겠지만, 책에 관해 미리 안내 받고자 하는 독자가 혹시 계실까 하여, 먼저 읽은 사람으로서 소감을 조금 밝힌다. 이 책은, 이생 그리고 아마도 전생의 어떤 피치 못할 인연으로 한국에 와서 무척 오랜 세월 동안 머물며 한국의 산천과 사람들과 깊은 친분을 나눈 어느 서양인의 매우 독특한 여행기이다(한번은 전남 순천에 다녀오신 말씀을 하시면서 순천이라는 지명의 뜻을 물으셨다. '하늘에 순종한다'는 뜻이라고 말씀드리자 깊이 감탄하면서 기회가 되면 그곳에서 일도 하며 살고 싶다고 말씀하신 적도 있다). 여러 면에서 독특하다. 우선 한국이라는 나라에 상주한 기간이 10여 년이니 여행기치고는 아주 긴 시간 동안의 여행담이다. 둘째, 여행기로서 정말 흔히 볼 수 없는 아주 품격 높은 에세이다. 특히 불교를 비롯한 한국 전통문화에 관한 아주 수준 높은 이해와 한국 산천과의 깊은 교감을, 마력이라 할 만한 문장력으로 생생히 표현하고 있다. 이런 글을 낳은 원천이 어디에 있을까?

사실은 어떤 에세이도 그래야 마땅한 법이지만, 이 책의 글에는 글쓴이의 삶의 이력과 그를 통해 형성된 품성이 오롯이 배어들어 있다. 독자는 책날개에 실린 저자의 독특한 삶의 이력에 특히 관심이 쏠리리라. 이 책의 저자는 전 세계의 다양한 곳들을 그냥 훑어 지나다닌 정도가 아니라 그곳 자연과 사람들을 오히려 그 지역 사람들보다도 더 깊이 느끼고 이해하며 생활한 경험을 한 사람이다. 이러한 경험 그리고 그것을 가능케 한 사려 깊고 차별 없이 겸손한 마음 바탕이 글쓴이 자신을 진정한 의미의 세계주의자이자, 인문과 자연 생태를 하나로 보고 느끼며 진심으로 공경할 수 있는 진정한 지식인으로 만들어낼 수 있었다고 생각한다. 그리고 도력 높은 승려 못지않게 명상이 어울리는 분이기도, 흉내 낼 수 없는 특유의 예술 감식안을 지닌 분이기도, 늘 의지하고 의논하고 싶은 스승이기도, 다정다감한 어머니이자 할머니이기도, 자기가 속한 공동체의 좋은 성원이자 이웃이기도 했다. 곁에서 본 저자는 반듯함과 여유, 단호함과 따뜻함, 판단력과 유머 감각, 자유로움과 절제가 한몸에 온전히 밴 사람이었다. 마력이라 할 만하다고 말한 그 문장력은 바로, 글쓴이의 평생의 이 모든 이력과 공력 그리고 글쓴이 스스로 말하듯 평생 없어서는 안 될 일상의 일부였던 독서와 글쓰기 연마의 내공이 합쳐져 빚어 낸 것이다(한번은, 내 책의 출간을 계기로 알게 된 한국 작가 박완서의 『나목』이라는 작품에 관심을 보이셔서 그 영문판을 드렸더니, 캐나다로의 귀국 길 기내에서 "아주 감명 깊게" 끝까지 탐독했고, 돌아가자마자 한국 출신의 한 이웃 여성에게 읽어보라고 권했는데 아마도 그녀에게 이 작품 읽기가 인생의 큰 전환점이 될 것 같다는 말씀을 귀국 직후 이메일로 하신 일도 있었다).

책 내용에 글쓴이의 모습이 그대로 투영되어 있음은 물론이다. 앞서 말했듯이 이 책의 글쓴이는, 한국의 아름다운 자연과의 깊은 교감, 한국에서 만난 선량하고도 성숙한 사람들과 나눈 영적 교분 그리고 불교를 비롯한 한국 전통문화에 관한 심오한 이해와 애정을 따뜻하고도 지적인 필치로 보여주고 있다. 이와 동시에, 한국의 자연과 사람들이 앓고 있는 중병에 관해서는 입바른 비판과 질타를 서슴없이 한다. 미국과 영어에 대한 맹목적 숭배, 시멘트와 골프장으로 상징되는 건설 사업 중독, 핸드폰 중독 등등, 가히 절망적이라 할 만한 한국의 중증 질환들에 관해 저자는 가차 없이 죽비를 내려친다. 특히 '세계화'와 '신자유주의'의 물결이 몰아닥친 이후의 한국 사회와 대학과 청년 문화의 잘못된 '변화'를 저자는 심각하게 우려한다. 이 책에서 지율 스님과 만난 이야기를 왜 그다지도 중요하게 다루고 있는지, 발도르프학교의 성장에 공을 들인 저자가 왜 하필 '실상사 작은 학교'를 자상히 소개하면서 한국의 교육이 나아가야 할 방향에 관해 논하고 있는지 깊이 생각해 보아야 한다. 저자의 형형한 혜안을 통해 우리는 스스로 보지 못하는 우리 자신의 모습을 똑바로 보며 반성하는 계기를 가질 수 있다. 나아가, 한국뿐만 아니라 지구상의 어떤 나라와 지역의 상황과 사태에 관해서도 올바르게 바라볼 수 있는 보편적 시각 또한 얻을 수 있을 것이다. 이러한 보편적 설득력과 감동은, 거듭 말하지만 저자의 문장력 덕분에 가능한 것이다. 이 책을 읽은 독자가 영문판 원본마저 읽는다면 그 감동이 배가될 것임은 물론, 고급 영어를 감상하고 공부하는 좋은 기회도 갖게 될 것이다.

이 책의 출간을 준비하면서 정말 우연이자 필연으로, 이 책의 한 장을 이루고 있는 이야기의 주인공인 재불 미술가 이배 선생과 연락이 닿아 만나 뵙기도 했다. 저자께서 돌아가셔서도 이런 좋은 인연을 이어주신다는 느낌이 강하게 들었다(저자가 이 책 여러 곳에서 아주 깊은 인연으로 언급하는 유영조 선생, 지율 스님 그리고 영문판 원본의 출판사인 녹색평론사의 김종철 선생께도 책의 출간과 저자에 관한 소식을 알려드리려고 한다). 그런데 정작, 이 책의 저자인 리타 선생님께는, 이 지상 어디에서도 만나 뵙고 당신 책의 출간 소식을 알려드릴 수가 없다는 사실 때문에 가슴이 미어진다. 당신이 직접 확인하실 수 없다는 것을 알면서도, 허전한 마음을 주체할 수 없어서 돌아가신 바로 그날 당신께 내가 마지막으로 보내드린 이메일을 새삼 또 보니 더 아프다(마지막으로 보내드린 이 이메일도 '수신 확인'이 되었다. 리타 선생님이 지상에서 보낸 마지막 며칠 동안은 선생님의 따님이 이메일을 대신 열어서 읽어드리거나 대신 보내드렸다고 한다. 내가 보내드린 이 마지막 이메일을 따님을 통해 들으셨는지 모르겠다. 꼭 그랬기를 간절히 바란다).

Hello Rita teacher

Will I be able to call you again like this in this world?

Will I be able to see you again as we have met in Korea?

What can I say to you?......

We all—Eunyoung, Jiyoon, Jisoo and me—miss you as much as perhaps you cannot even imagine, and are so much sad because we are not and cannot be just beside you.

I have so much to say to you and talk with you, but I cannot say much more now...

I just love you so much.

And I will surely tell your stories to many Korean people by publishing your book in Korean. I think it is my work for the memory of you. And I will visit you with Eunyoung carrying your book in Korean after it is published.

Please greet us and your book gladly then.

Much love

Hongseop

리타 선생님께

이 세상에서 이렇게 선생님을 다시 불러볼 수 있을까요?

우리가 한국에서 만났던 것처럼 선생님을 다시 뵐 수 있을까요?

무슨 말씀을 드려야 하나요?…

우리 모두—은영, 지윤, 지수 그리고 저—는 아마 선생님이 상상도 못하실 만큼 선생님이 그리워요. 그런데 선생님 곁에 지금 있지도 않고 그럴수도 없으니 너무나 슬픕니다.

선생님께 드릴 말씀도 함께 나누고 싶은 말씀도 아주 많은데, 이제 더는 그럴 수가 없네요…

그냥 아주 많이 사랑한다는 말씀만 드립니다.

그리고 선생님 책을 한국말로 출간해서 많은 한국 사람들에게 선생님 이야기를 꼭 들려줄 겁니다. 그게 선생님을 기억하기 위해 제가 해야 할 일이라고 생각해요. 그리고 한국어로 된 선생님 책이 출간되고 나면 그걸 가지고 은영과 함께 선생님을 찾아뵐게요.

그때 우리하고 선생님 책을 반갑게 맞아주세요.

많이 사랑해요.

홍섭

책의 출간에 맞춰서 가지는 못하지만, 올 8월에 뒤늦게라도 온 가족이 캐나다를 방문하기로 했다. 선생님의 유해가 묻혀 있는 밴쿠버 연안의 말콤 섬 소인툴라의, 리타 선생님의 아드님이 운영하는 민박집 마당에 있는 그 나무를 찾아보기 위함이다(우리 가족이 'Rita's Cabin'이라는 이름의 방에 묵게 해달라고 아드님께 부탁했다). 이 책이 느티나무 이야기로 시작하여 감나무 이야기로 마무리되는 것을 보아도 알 수 있듯이, 리타 선생님은 특히 나무를 사랑한 분이다. 아드님이 수목장을 하여 어머니를 곁에 모시기로 한 마음에 깊이 공감한다. 아드님이 동의한다면, 이 한글판 책을 리타 선생님 유해 곁에 묻어드리려고 한다. 지금은 리타 선생님이 머물지 않는 곳이지만, 생전에 당신의 '정신의 고향'으로 삼았던 섬 혼비의 그 오두막집도 찾아보려 한다. 이 책 본문 맨 뒤에 실은 이메일은 몇 년 전에 리타 선생님이 내게 보내주신 것이다. 선생님이 산문시에서 묘사하고 있는 이 섬이 바로 밴쿠버 연안의 작은 섬 혼비이다.

선생님이 쓰시던 이메일 계정은 폐쇄되었다는 얘기를 아드님께 들었다. 선생님의 이메일 아이디는 'gayageum2000'이었다. 한국의 전통문화를 얼마나 사랑하셨는지 알 수 있다. 이제는 이 아이디의 주인과, 이메일을 통해서는 소식을 주고받을 수가 없다. 간절한 마음과 정신의 성숙만이, 다른 차원으로 날아가신 리타 선생님과 새롭게 소통할 수 있는 방법을 찾아내게 해주리라.